鄭吉成 編著
金貞淑 審訂／錄音

附MP3

必備1788單字

韓語動詞形容詞黃金方程式

初級、中級、高級程度都適用，必備單字大收集！

按照使用頻度的高低，集中收錄最重要的動詞和形容詞，從中再細分三個等級。讓讀者可以優先掌握重要單字群，避免花時間背生硬冷僻的單字。

最有系統的排列組合，獨創單字記憶術，保證記得住！

全國首創以子音語幹和母音語幹為基準，將動詞和形容詞有效地排列組合。使活用規則相同以及相關連的複合動詞能夠集中在一起，進而提昇學習者記憶單字的效率，減輕負擔。

反覆聆聽單字活用變化，保證聽過事半功倍！

MP3檔案不只是收錄單字的錄音，活用規則也全數收錄。因此，同一個單字，讀者等於一次聽五遍，可以加深印象，也能熟悉動詞／形容詞經過活用變化之後的發音變化。這是其它單字書難以比較的。

每5個單字群一個MP3檔案，反覆聆聽背誦最便利！

每個MP3檔案只收錄5個單字群，長度約一分鐘，最適合集中精神聆聽。讀者不必為了某個段落，反覆操作隨身聽的按鈕。

前言 Preface

大多數的單字書都是按照字母順序編排，字典也是如此。實際上，按照字母順序排列單字，等於把彼此相關連的單字群打散，不利學習者背單字。字典以字母順序編排，是為了方便使用者查找生字，不是要讓讀者拿來背的。背單字還是要以單字書為主。通常作者會根據重要程度，選取適量的單字，並且以自己認為最好的方式編輯成冊。如果單字書只是按照字母順序編排，除了省下出書的時間，對讀者並沒有特別的好處。

寫作這本單字書的靈感可以追溯到十幾年前，筆者當時還沒開始學韓語。靈感來自兩本字典，分別是郡司利男的**「英語逆引辞典」**和北原保雄的**「日本語逆引き辞典」**。這兩本有別於其它字典的地方，在於它們不是按照字母順序由前往後，而是採用相反的方向由後往前的方式編排。筆者確信類似的方法，同樣適用於韓語。不過，並不是所有的詞類都適合這種編排，因此筆者將焦點集中在動詞和形容詞。在編排的順序上，則是按照韓語的特性，另外做了一些調整，俾使單字的排列更符合學習效率。

語言是一門科學，唯有透過科學分析，才能讓學習者確實地掌握外國語言的特性，迅速上手。單字書的編排當然也要因應語言的特性做調整。韓語有什麼樣的基本特性？首先從語序上看，韓語屬於SOV型，述語放在受格的後面，同時有非常豐富的語尾變化。有別於英語，韓語的形容詞兼具有述語的功能。從外觀上看來，動詞和形容詞長得一模一樣，都是由「다」結尾。甚至銜接語尾的方法，這兩者也是大同小異。無論從外觀或活用規則，都看不出有多大的差別。正因為如此，有些韓語教材直接把形容詞稱為「狀態動詞」。編輯韓語動詞、形容詞單字書，按照詞類區分的意義不大。

筆者開始構思本書的時候，就決定不以字母順序編排單字，也不打算把動詞和形容詞個別分開，而是以述語連接語尾的規範為基準。首先，將動詞、形容詞依照子音語幹和母音語幹的不同，分別放在第一單元和第二單元，하다用言和되다用言，單獨放在第三單元處理。這種編排方式，最顯而易見的優點，是複合動詞將會集中在一起。「먹다」、「마음먹다」、「얻어먹다」、「잡아먹다」這幾個單字如果按照字母順序編排，將會分散在不同的地方。除了標示等級、詞類、發音、字義之外，為了讓初級的學習者早日熟悉活用規則，另外還附有三種文體的肯定句形式和修飾語形式，省下讀者另外查找用言活用規則的時間。本書採用最容易記憶的方式整理單字，相信讀者很快就能進入狀況，毫不費力地掌握韓語動詞、形容詞的特性，很容易就可以看到學習韓語的成效。

鄭吉成

使用說明

0036	★★★	形	많습니다 / 많아요 / 많다 / 많은
많다 [만타] 多			일이 많기 때문에 시간을 낼 수가 없다. 因為事情很多，無法抽出時間。
0045	★	動	본받습니다 / 본받아요 / 본받는다 / 본받는
본받다 [본받따] 【本-】 仿效/效法			후배는 선배를 본받기 마련이다. 學弟理當效法學長。
❶	❷	❸	❽
❹ ❺ ❻ ❼			❾

1. 編號
2. 等級：★★★初級 / ★★中級 / ★高級
3. 詞類：形 形容詞 / 動 動詞
4. 單字
5. 發音
6. 漢字
7. 中文字義
8. 活用變化：합쇼체/해요체/해라체/관형사형
9. 例句

本書總計收錄1788個單字，筆者按照分類標準，整理成以下各表。讀者可以先有一個概括的認識。為了提升學習效益，初、中級程度的讀者，不妨先跳過高級的單字，以減輕負擔。

<table>
<tr><th>等級</th><th>動詞</th><th>形容詞</th></tr>
<tr><td>★★★</td><td>495</td><td>135</td></tr>
<tr><td>★★</td><td>434</td><td>114</td></tr>
<tr><td>★</td><td>486</td><td>124</td></tr>
<tr><td rowspan="2">合計</td><td>1415</td><td>373</td></tr>
<tr><td colspan="2">1788</td></tr>
</table>

<table>
<tr><th>子音語幹</th><th>母音語幹</th><th>하다用言</th><th>되다用言</th><th>合計</th></tr>
<tr><td>352</td><td>657</td><td>660</td><td>119</td><td rowspan="2">1788</td></tr>
<tr><td colspan="2">1009</td><td colspan="2">779</td></tr>
</table>

韓語具有非常豐富的敬語體系，同一句話可以有不同的說法。針對談話對象的不同，說話者會使用不同的文體。本書為了加強讀者對單字的印象，某些例句的動詞述語會使用原型。嚴格說起來，這是不正確的。讀者必須學會掌握排列在例句上方的活用規則，適當地轉換不同的文體，加以應用。

單字的分類標準，主要是根據形態、機能、字義來區別。韓語的動詞和形容詞，很明顯不是依靠形態做為分類的標準，這一點和文法相近的日語不同。筆者在前言中提到韓語的動詞和形容詞的活用變化大同小異，以下我們將簡單地介紹動詞和形容詞的主要差異。

形容詞主要用來表示事物的性質、狀態，不能用在命令句和勸誘句。因此，語尾「-아/어라」、「-자」、「-(으)려고」等等，前面都不可以接形容詞述語。另外，形容詞往往有成對的反義詞，例如：「大、小」、「長、短」、「高、低」等等。這使得形容詞使用否定句的機會，遠比動詞來得少。動詞述語搭配格助詞可以構成多樣而複雜的句型；形容詞述語的句型，相對來得單純。

動詞和形容詞當修飾語的活用規則不一樣，如果是現在式修飾語，動詞語幹+는，而形容詞語幹則是+(으)ㄴ。形容詞修飾名詞採用現在式比率較高，而動詞在這一方面的應用就比較多樣化。修飾語形式的差異，在動詞和形容詞接某些語尾也會出現。例如，動詞語幹+는데，而形容詞語幹+(으)ㄴ데等等。整體而言，動詞和形容詞都是使用同一套體系的活用規則。

早期的外國學者認為中文沒有語法和詞類可言，只能通過廣泛的閱讀，熟悉中文的造句方法。現在我們當然知道中文有語法也有詞類，也了解中文有一個單詞具備多詞性的特殊現象。韓文引進漢字語的同時，這些漢字語保留了中文的特性，同樣的漢字可以當名詞也可以當動詞或形容詞。只是，韓語的漢字語動詞/形容詞必須在漢字後面添加「하다」或「되다」才算完整。至於自、他動詞的辨別，以中文為母語的學習者，憑感覺多半就能掌握得很好。以下使用「가입하다(加入)」所造的例句：第一句的「가입하다(加入)」是自動詞，而第二句則是他動詞。

(ㄱ) 노조에 가입하다. (加入工會)

(ㄴ) 새로운 항목을 가입하다. (加入新項目)

為方便讀者將來查尋生字所需，筆者另外按照字母順序，整理了索引，使讀者可以更有效率地使用本書。最後，關於本書的錄音方式，每一個MP3檔案只在開頭的單字錄下編號，這個編號同時也是檔名。檔案長度約一分鐘，加上沒有中文錄音的干擾，一氣呵成。每一個檔案只錄5個單字和各別的活用規則以及例句，除了檔案開頭的編號，沒有任何多餘的東西。讀者集中精神聆聽，也不會太累。

第1單元 子音語幹

ㄱ		
0001 ★★★	動	막습니다 / 막아요 / 막는다 / 막는
막다 [막따] 堵/堵塞/擋住/截住 遮/遮住/阻止/防止		자금이 해외로 빠져나가는 것을 막다. 阻止資金外流到海外。
0002 ★	動	가로막습니다 / 가로막아요 / 가로막는다 / 가로막는
가로막다 [가로막따] 攔截/攔阻/阻擋 阻撓/阻礙/阻截		남의 발언을 도중에서 가로막지 마시오. 別中途阻撓別人的發言。
0003 ★★	動	박습니다 / 박아요 / 박는다 / 박는
박다 [박따] 釘/嵌/盯/照(相) 安插/印刷/扎根		액자를 고정시키기 위해서 벽에 나사를 박다. 為了讓相框固定住，在牆壁上釘螺絲釘。
0004 ★★★	形	작습니다 / 작아요 / 작다 / 작은
작다 [작따] 小/短小/細小 矮/狹窄/狹小		옷이 작아서 입을 수가 없다. 衣服太小件，沒辦法穿。
0005 ★★★	動	먹습니다 / 먹어요 / 먹는다 / 먹는
먹다 [먹따] 吃/喝/吸/取/得		싼 가격으로 배불리 먹고 싶어요. 想以便宜的價格，吃到飽。
0006 ★	動	마음먹습니다 / 마음먹어요 / 마음먹는다 / 마음먹는
마음먹다 [마음먹따] 決心/銳意		언니가 한국에 유학가기로 마음먹었어요. 姐姐決心要去韓國留學了。

0007 ★ 動 얻어먹습니다 / 얻어먹어요 / 얻어먹는다 / 얻어먹는

얻어먹다
[어더먹따]
乞食/討吃/挨罵

선배한테 저녁을 얻어먹었다.
讓學長請吃晚餐。

0008 ★★ 動 잡아먹습니다 / 잡아먹어요 / 잡아먹는다 / 잡아먹는

잡아먹다
[자바먹따]
捕食/占據/耗費

시간을 잡아먹는 일을 하기 싫어해요.
討厭做耗費時間的事情。

0009 ★★ 動 썩습니다 / 썩어요 / 썩는다 / 썩는

썩다
[썩따]
腐爛/腐敗/腐朽
埋沒/頹廢/墮落

바닷물이 마르고 돌이 썩다.
海枯石爛。

0010 ★★ 形 어리석습니다 / 어리석어요 / 어리석다 / 어리석은

어리석다
[어리석따]
愚蠢/愚笨/愚昧
糊塗/懵懂/蒙昧

그게 얼마나 어리석은 생각인지 알았어요.
明白了那是多麼愚蠢的想法。

0011 ★★★ 動 적습니다 / 적어요 / 적는다 / 적는

적다
[적따]
寫/記錄

답안지에 답을 적는다.
把答案寫在答案紙上。

0012 ★★★ 形 적습니다 / 적어요 / 적다 / 적은

적다
[적따]
少/寡/稀少/稀有
些微/單薄/菲薄

그는 말수가 적은 사람이다.
他是沉默寡言的人。

0013 ★ 動 녹습니다 / 녹아요 / 녹는다 / 녹는

녹다
[녹따]
溶化/溶解/氣餒

얼어붙었던 강이 녹고 있다.
結冰的河川正在溶化。

0014 ★ 動	속습니다 / 속아요 / 속는다 / 속는
속다 [속따] 上當/被騙/受騙	나는 그의 달콤한 말에 완전히 속았다. 我完全被他的甜言蜜語所騙。
0015 ★ 動	**묵습니다 / 묵어요 / 묵는다 / 묵는**
묵다 [묵따] 下榻/住宿/投宿 陳舊/荒廢/荒蕪	지금 묵고 계시는 데가 어디십니까? 現在投宿的地點在哪裡？
0016 ★★★ 動	**죽습니다 / 죽어요 / 죽는다 / 죽는**
죽다 [죽따] 死亡/亡故/逝世 凋謝/凋落/停止	집에서 키우던 강아지가 병으로 죽었다. 飼養在家裡的小狗，因病死掉了。
0017 ★★ 動	**식습니다 / 식어요 / 식는다 / 식는**
식다 [식따] 涼/冷/降溫 消退/減弱/低落	그는 나에 대한 애정이 식은 것 같다. 他對我的愛似乎降溫了。
0018 ★★ 動	**익습니다 / 익어요 / 익는다 / 익는**
익다 [익따] 熟/成熟 煮熟/醃好/釀熟	사과가 벌써 잘 익었어요. 蘋果已經很成熟了
0019 ★ 形	**익습니다 / 익어요 / 익다 / 익은**
익다 [익따] 熟悉/熟練/習慣	손에 익지 않아서 생긴 문제일까요? 是因為不熟練的關係，所產生的問題嗎？
0020 ★★★ 動	**찍습니다 / 찍어요 / 찍는다 / 찍는**
찍다 [찍따] 按/點/拍照 蓋(章)/印刷	상장과 꽃다발을 가슴에 안고 사진을 찍었다. 將獎狀和花束抱在胸前拍照。

ㄲ

0021 ★★★ 動 **닦습니다 / 닦아요 / 닦는다 / 닦는**

닦다
[닥따]
擦/擦拭/琢磨
砥礪/奠定/修築

수건으로 얼굴의 땀을 닦다.
用毛巾擦拭臉上的汗水。

0022 ★★ 動 **깎습니다 / 깎아요 / 깎는다 / 깎는**

깎다
[깍따]
刮/削/剃/削減
殺價/貶低/貶損

교육비를 오 퍼센트 깎는다.
將教育費削減5%。

0023 ★★★ 動 **섞습니다 / 섞어요 / 섞는다 / 섞는**

섞다
[석따]
混合/摻雜/攪拌

빨간색과 파란색을 섞으면 보라색이 된다.
把紅色和藍色混合在一起，就會變成紫色。

0024 ★★ 動 **꺾습니다 / 꺾어요 / 꺾는다 / 꺾는**

꺾다
[꺽따]
折/折疊/攀折
摧折/打敗/轉

꽃 가지를 꺾지 마시오.
請勿攀折花枝。

0025 ★★★ 動 **겪습니다 / 겪어요 / 겪는다 / 겪는**

겪다
[격따]
經歷/閱歷/經驗
接觸/招待/款待

어린 시절부터 온갖 고초를 겪었어요.
從小的時候就經歷了所有的苦楚。

0026 ★ 動 **엮습니다 / 엮어요 / 엮는다 / 엮는**

엮다
[역따]
編/編織/編纂

여행 이야기를 책으로 엮고 싶어요.
想把旅行的故事編纂成書。

0027 ★★★ 動	볶습니다 / 볶아요 / 볶는다 / 볶는
볶다 [복따] 炒/炮/磨人/糾纏	양파와 피망을 넣어 같이 볶다. 放入洋蔥和青椒一起炒。

0028 ★★ 動	묶습니다 / 묶어요 / 묶는다 / 묶는
묶다 [묵따] 捆綁/綁縛/綑紮 聚攏/匯集/匯總	몇 권의 시집을 전집으로 묶다. 將幾本詩集匯總成全集。

ㄴ

0029 ★★★ 	안습니다 / 안아요 / 안는다 / 안는
안다 [안따] 抱/捧/摟/懷/擔負	아이를 안아서 의자에 앉히다. 抱起小孩，讓他坐在椅子上。

0030 ★ 	끌어안습니다 / 끌어안아요 / 끌어안는다 / 끌어안는
끌어안다 [끄러안따] 摟抱/擁抱	그는 배를 끌어안고 웃었다. 他摟著肚子笑出來。

0031 ★★ 動	신습니다 / 신어요 / 신는다 / 신는
신다 [신따] 穿(鞋子/襪子)	러닝머신을 뛸 때는 운동화를 신는다. 在跑步機上跑步的時候，要穿運動鞋。

ㄵ

0032 ★★★ 動	앉습니다 / 앉아요 / 앉는다 / 앉는
앉다 [안따] 坐/停/歇/落	바닥에 앉아서 책을 읽었다. 坐在地板上看書。

0033 ★★ 動	주저앉습니다 / 주저앉아요 / 주저앉는다 / 주저앉는
주저앉다 [주저안따] 一屁股坐下 塌陷/放棄	지진으로 많은 가옥이 주저앉았다. 因為地震的關係，很多房屋都塌陷了。

0034 ★★ 動	가라앉습니다 / 가라앉아요 / 가라앉는다 / 가라앉는
가라앉다 [가라안따] 下沉/沉沒/沉澱 沉穩/平息/消退	그녀의 위로 덕분에 조금 마음이 가라앉았다. 幸虧她的安慰，心情稍微沉穩了。

0035 ★★ 動	얹습니다 / 얹어요 / 얹는다 / 얹는
얹다 [언따] 放置~上/安置~上	그는 다정하게 내 어깨에 손을 얹었다. 他親切地把手放在我的肩膀上。

ㄶ

0036 ★★★ 形	많습니다 / 많아요 / 많다 / 많은
많다 [만타] 多	일이 많기 때문에 시간을 낼 수가 없다. 因為事情很多，無法抽出時間。

0037 ★★★ 形	수많습니다 / 수많아요 / 수많다 / 수많은
수많다 [수만타] 【數-】 無數/眾多	수많은 난관을 극복한다. 克服眾多的難關。

0038 ★★★ 形	괜찮습니다 / 괜찮아요 / 괜찮다 / 괜찮은
괜찮다 [괜찬타] 不錯/不妨/無妨 不要緊/沒關係	효과가 그런대로 괜찮다. 效果還不錯。

0039 ★★	形	귀찮습니다 / 귀찮아요 / 귀찮다 / 귀찮은
귀찮다 [귀찬타] 心煩/不耐煩 厭煩/麻煩/費事		나는 몸이 아파서 만사가 다 귀찮다. 我因為身體痛，什麼事都嫌麻煩。
0040 ★★★	動	않습니다 / 않아요 / 않는다 / 않는
않다 [안타] 不		그는 말을 않고 떠났다. 他一言不發地離開了。
0041 ★★	形	못지않습니다 / 못지않아요 / 못지않다 / 못지않은
못지않다 [몯찌안타] 不輸		그의 솜씨는 전문가 못지않다. 他的本事不輸給專家。
0042 ★	形	점잖습니다 / 점잖아요 / 점잖다 / 점잖은
점잖다 [점잔타] 溫厚/文雅/斯文 持重/穩重/端莊		사람을 응대하는 태도가 매우 점잖다. 待人的態度非常溫厚。
0043 ★★★	動	끊습니다 / 끊어요 / 끊는다 / 끊는
끊다 [끈타] 中斷/切斷/打斷 斷絕/杜絕/戒除		술과 담배를 끊으려고 해요. 打算戒掉煙酒。

ㄷ

0044 ★★★	動	받습니다 / 받아요 / 받는다 / 받는
받다 [받따] 博取/得到/接受 感受/承受/承蒙		의사에게 진료를 받다. 接受醫生的診療。

0045 ★ 動 **본받습니다 / 본받아요 / 본받는다 / 본받는**

본받다
[본받따]
【本-】
效法/仿效/模仿

후배는 선배를 본받기 마련이다.
學弟理當效法學長。

0046 ★ 動 **인정받습니다 / 인정받아요 / 인정받는다 / 인정받는**

인정받다
[인정받따]
【認定-】
被認可

많은 사람에게 영어 실력을 인정받다.
被許多人認可英語實力。

0047 ★★ 動 **주고받습니다 / 주고받아요 / 주고받는다 / 주고받는**

주고받다
[주고받따]
交往/交換

의견이 서로 다른 친구들과 의견을 주고받는다.
和互相意見不同的朋友們交換意見。

0048 ★★★ 動 **닫습니다 / 닫아요 / 닫는다 / 닫는**

닫다
[닫따]
關/閉/關閉

가게를 닫는 시간은 언제나 저녁 여덟 시다.
關店時間，一直都是晚上八點。

0049 ★★★ 動 **깨닫습니다 / 깨달아요 / 깨닫는다 / 깨닫는**

깨닫다
[깨닫따]
領悟/領會/醒悟
覺悟/覺醒/理解

예습의 중요성을 다시 한번 깨닫다.
再一次領會到預習的重要性。

0050 ★★★ 動 **걷습니다 / 걸어요 / 걷는다 / 걷는**

걷다
[걷따]
走路/步行/行走

집에서 역까지 걸어서 오 분도 안 걸린다.
從家裡到車站，走路不用五分鐘。

0051 ★ 動 **걷습니다 / 걷어요 / 걷는다 / 걷는**

걷다
[걷따]
捲/撩/收攏/收拾

소매를 걷어 올리다.
捲起袖子。

0052 ★★★ 動	얻습니다 / 얻어요 / 얻는다 / 얻는
얻다 [얻따] 得到/博得/獲得 牟取/借到/得(病)	노력한 만큼 대가를 얻다. 獲得和努力相當的代價。
0053 ★★ 動	**뻗습니다 / 뻗어요 / 뻗는다 / 뻗는**
뻗다 [뻗따] 伸展/伸出 延伸/蔓延	멀리 외국에까지 세력이 뻗는다. 勢力伸展到遠方的外國。
0054 ★★ 動	**쏟습니다 / 쏟아요 / 쏟는다 / 쏟는**
쏟다 [쏟따] 倒/傾注/傾瀉	물통의 물을 쏟아 버리다. 把水桶裡的水全部倒出來。
0055 ★★ 形	**굳습니다 / 굳어요 / 굳다 / 굳은**
굳다 [굳따] 堅固/堅硬/結實 頑固/倔強/堅定	그의 의지가 어른보다 더 굳다. 他的意志比大人更加堅定。
0056 ★★★ 動	**묻습니다 / 물어요 / 묻는다 / 묻는**
묻다 [묻따] 問/詢問/發問 追問/打聽	역으로 가는 길을 묻다. 詢問去車站的路。
0057 ★★ 動	**묻습니다 / 묻어요 / 묻는다 / 묻는**
묻다 [묻따] 附著/沾染/沾粘	옷에 흙이 묻었다. 泥土附著在衣服上面。
0058 ★★ 動	**묻습니다 / 묻어요 / 묻는다 / 묻는**
묻다 [묻따] 埋/埋藏/掩埋 掩蓋/掩飾/隱瞞	그 비밀은 네 마음 속에 묻어 두어라. 把那個祕密埋藏在你的內心深處。

0059 ★★★ 動	듣습니다 / 들어요 / 듣는다 / 듣는
듣다 [듣따] 聽/聽見/收聽 聽取/聽從	왜 이렇게 말 안 듣니? 你為什麼這麼不聽話？

0060 ★★ 動	알아듣습니다 / 알아들어요 / 알아듣는다 / 알아듣는
알아듣다 [아라듣따] 聽懂/聽出來/聽明白	누구의 목소리인지를 알아들을 수 없다. 聽不出到底是誰的聲音。

0061 ★★ 動	뜯습니다 / 뜯어요 / 뜯는다 / 뜯는
뜯다 [뜯따] 拆/卸/剝/摘/撕 剝削/採摘/彈奏	고장이 난 기계를 뜯어 분해하다. 將故障的機器拆開，加以分解。

0062 ★★★ 動	믿습니다 / 믿어요 / 믿는다 / 믿는
믿다 [믿따] 相信/信仰/信任 信賴/依賴/倚靠	실력만 믿고 공부를 안했다가 시험에 떨어졌다. 只是相信自己的實力而沒有念書，以致名落孫山。

0063 ★★★ 動	싣습니다 / 실어요 / 싣는다 / 싣는
싣다 [싣따] 裝載/搭載 登載/記載	차에 짐을 실어 나르다. 將行李裝載到車上運送。

ㄹ

0064 ★★ 動	갑니다 / 갈아요 / 간다 / 가는
갈다 [갈다] 磨/打磨/研磨 琢磨/砥礪	그는 화가 나서 이를 부득부득 갈고 있다. 他氣得直磨牙。

0065 ★	動	갑니다 / 갈아요 / 간다 / 가는
갈다 [갈다] 換/更換/撤換		투수를 다른 선수로 갈다. 更換投手。

0066 ★	動	번갑니다 / 번갈아요 / 번간다 / 번가는
번갈다 [번갈다] 【番-】 交替/替換		두 사람이 번갈아 가며 운전을 했다. 二人輪流替換開車。

0067 ★★	動	깝니다 / 깔아요 / 깐다 / 까는
깔다 [깔다] 鋪/墊/鋪設/敷設		도로에 아스팔트를 깔다. 在馬路鋪柏油。

0068 ★★	動	납니다 / 날아요 / 난다 / 나는
날다 [날다] 飛/飛翔/揮發		새들이 공중에서 날다. 群鳥在空中飛行。

0069 ★★★	動	답니다 / 달아요 / 단다 / 다는
달다 [달다] 佩帶/佩戴 安裝/裝置/架設		인터넷 전화를 달다. 安裝網路電話。

0070 ★	動	답니다 / 달아요 / 단다 / 다는
달다 [달다] 給		나에게 생각할 시간을 다오. 給我思考的時間。

0071 ★	形	답니다 / 달아요 / 달다 / 단
달다 [달다] 甜/甘甜/甜美		처벌을 달게 받다. 甘受處罰。

0072 ★ 動 **잇답니다 / 잇달아요 / 잇단다 / 잇다는**

잇달다
[읻딸다]
陸續/接連/繼續

버스가 잇달아 출발했다.
公車陸續出發了。

0073 ★ 動 **맙니다 / 말아요 / 만다 / 마는**

말다
[말다]
捲

기계로 김밥을 말다.
用機器捲紫菜捲。

0074 ★★★ 動 **맙니다 / 말아요 / 만다 / 마는**

말다
[말다]
停止/中斷/中止

이야기를 하다 말다.
中斷說話。

0075 ★★★ 動 **삽니다 / 살아요 / 산다 / 사는**

살다
[살다]
居住/度過
活/生活/過活

나는 너 없이 못 살겠다.
沒有你，我無法活下去。

0076 ★ 動 **먹고삽니다 / 먹고살아요 / 먹고산다 / 먹고사는**

먹고살다
[먹꼬살다]
過活/糊口

서울에서 먹고살기가 정말 힘들다.
在首爾過活，真的不容易。

0077 ★ 動 **빱니다 / 빨아요 / 빤다 / 빠는**

빨다
[빨다]
吮/吸吮

배고픈 젖소가 자기 젖을 빨아 먹다.
肚子餓的乳牛吸吮自己的乳汁。

0078 ★ 動 **빱니다 / 빨아요 / 빤다 / 빠는**

빨다
[빨다]
浣/涮/洗/洗滌

더러운 옷을 빨다.
洗髒衣服。

0079 ★★★ 動	압니다 / 알아요 / 안다 / 아는
알다 [알다] 知道/明白/知曉 懂得/認得/認識	모르면서 아는 체 하지 말라. 別不懂裝懂。
0080 ★★ 形	**잡니다 / 잘아요 / 잘다 / 잔**
잘다 [잘다] 細小/零碎/小氣 詳細/仔細	그는 사람이 너무 잘다. 他為人很小氣。
0081 ★★★ 動	**팝니다 / 팔아요 / 판다 / 파는**
팔다 [팔다] 銷售/發售/販賣 出賣/假借/轉移	그녀는 심지어 결혼 반지까지 팔았다. 她甚至連結婚戒指都賣了。
0082 ★★★ 動	**겁니다 / 걸어요 / 건다 / 거는**
걸다 [걸다] 掛/懸掛/寄託/鎖	거울을 벽에 걸다. 將鏡子懸掛在牆上。
0083 ★ 動	**내겁니다 / 내걸어요 / 내건다 / 내거는**
내걸다 [내걸다] 掛到外邊/往外掛 提出/豁出去	면허도 없으면서 의사의 간판을 내걸다. 執照都沒有，竟然掛出醫生的看板。
0084 ★★ 形	**낯섭니다 / 낯설어요 / 낯설다 / 낯선**
낯설다 [낟썰다] 生疏/陌生/面生	그러한 문제는 우리에겐 매우 낯설다. 這樣的問題對我們而言非常陌生。
0085 ★★ 動	**덥니다 / 덜어요 / 던다 / 더는**
덜다 [덜다] 減少/削減/裁減 減輕/緩和/分擔	육아 부담을 덜기 위한 정책을 자세히 설명했다. 仔細地說明為了減輕育兒負擔的政策。

0086 ★★★ 動	떱니다 / 떨어요 / 떤다 / 떠는
떨다 [떨다] 打顫/顫抖/悸動 畏懼/吝嗇/計較	날씨가 추워서 몸을 떨었어요. 因為天氣寒冷，身體直發抖。

0087 ★★★ 形	멉니다 / 멀어요 / 멀다 / 먼
멀다 [멀다] 遠/遙遠/久遠/疏遠	집부터 학교까지 거리가 너무 멀다. 從家裡到學校的距離很遠。

0088 ★★★ 動	법니다 / 벌어요 / 번다 / 버는
벌다 [벌다] 賺/賺取/招致	돈을 많이 벌다. 賺很多錢。

0089 ★★★ 動	씁니다 / 썰어요 / 썬다 / 써는
썰다 [썰다] 切	고기를 먹기에 편하게 썰어 주세요. 請把肉切得容易入口。

0090 ★ 動	업니다 / 얼어요 / 언다 / 어는
얼다 [얼다] 凍/冰凍/凍結/凍僵	눈이 내리고 얼음이 얼다. 下雪結冰。

0091 ★★ 動	텁니다 / 털어요 / 턴다 / 터는
털다 [털다] 撣/拍打/抖動 傾囊/竊盜	모자 위의 먼지를 털었어요. 抖落帽子上的灰塵。

0092 ★★★ 動	엽니다 / 열어요 / 연다 / 여는
열다 [열다] 打開/揭開/開創 建立/召開/舉辦	창문을 좀 열어 주십시오. 請打開窗戶。

0093 ★★★ 動	놉니다 / 놀아요 / 논다 / 노는
놀다 [놀다] 玩/玩耍/遊玩 休息/遊手好閒	지금부터 한 시간 동안만 놀자. 從現在開始休息一個小時吧。

0094 ★★★ 動	돕니다 / 돌아요 / 돈다 / 도는
돌다 [돌다] 轉/旋轉/運轉/迂迴 流轉/流通/頭暈	지난주 토요일에 시골을 돌았어요. 上禮拜六到 下轉了一圈。

0095 ★ 動	나돕니다 / 나돌아요 / 나돈다 / 나도는
나돌다 [나돌다] 閒逛/流傳 流轉/充滿	불길한 소문이 인터넷에 나돌기 시작했지요. 網路開始流傳著不吉的謠言。

0096 ★★ 動	떠돕니다 / 떠돌아요 / 떠돈다 / 떠도는
떠돌다 [떠돌다] 漂流/漂泊/盤旋 露出/傳開/哄傳	그는 길거리를 떠돌며 노숙을 하기 시작했습니다. 他沿著街道流浪，開始露宿街頭。

0097 ★★ 動	몹니다 / 몰아요 / 몬다 / 모는
몰다 [몰다] 追趕/駕駛/集中	차를 과속하지 말고 잘 몰아라. 開車不要超速，要好好地駕駛。

0098 ★ 動	굽니다 / 굴어요 / 군다 / 구는
굴다 [굴다] 活動/舉止/舉動	바보같이 굴지 마세요. 舉止別像個傻瓜似的。

0099 ★★★ 動	웁니다 / 울어요 / 운다 / 우는
울다 [울다] 哭/啼哭/啼叫 鳴叫/皺褶	조그만 일에도 잘 운다. 即使是一點小事情，馬上就會哭出來。

0100 ★ 動 **기웁니다 / 기울어요 / 기운다 / 기우는**

기울다
[기울다]
傾斜/歪斜/衰微

여론이 찬성 쪽으로 기울다.
輿論傾向贊成的那一邊。

0101 ★★★ 動 **뭅니다 / 물어요 / 문다 / 무는**

물다
[물다]
叼/銜/咬/叮

담배를 입에 물다.
嘴裡叼著香煙。

0102 ★ 動 **다뭅니다 / 다물어요 / 다문다 / 다무는**

다물다
[다물다]
閉(嘴)/噤

그녀는 입을 굳게 다물었다.
她緊閉著嘴巴。

0103 ★★★ 形 **드뭅니다 / 드물어요 / 드물다 / 드문**

드물다
[드물다]
少有/稀有/罕有
稀落/稀疏

이곳을 지나는 버스는 아주 드물다.
往來於這裡的巴士非常稀少。

0104 ★★ 動 **머뭅니다 / 머물어요 / 머문다 / 머무는**

머물다
[머물다]
停止/停靠/停泊
停留/停滯/逗留/待

하루 종일 집에 머물었다.
一整天都待在家裡。

0105 ★★★ 動 **붑니다 / 불어요 / 분다 / 부는**

불다
[불다]
吹/吹奏/招供/供認

겨울이 오자마자 된새바람이 불 것이다.
一到冬天，就會吹東北季風。

0106 ★★★ 動 **더붑니다 / 더불어요 / 더분다 / 더부는**

더불다
[더불다]
同/跟/一起

자연과 더불어 지내다.
與自然同時發展。

0107 ★★★	動	풉니다 / 풀어요 / 푼다 / 푸는
풀다 [풀다] 解開/解除/解散 化解/排解/溶解		붕대를 풀다. 解開繃帶。
0108 ★	動	베풉니다 / 베풀어요 / 베푼다 / 베푸는
베풀다 [베풀다] 舉行/實施/開設 施恩/施惠/給予		큰 연회를 베풀다. 舉行盛大的宴會。
0109 ★	動	부풉니다 / 부풀어요 / 부푼다 / 부푸는
부풀다 [부풀다] 起毛/浮腫/膨脹 充滿/洋溢		기대감에 부풀었던 마음을 글로서 표현해 봅니다. 試著用文字表現出洋溢著期待感的內心。
0110 ★★	動	줍니다 / 줄어요 / 준다 / 주는
줄다 [줄다] 減少/減弱/減縮 縮小/降低/退步		어떻게 해야 몸무게가 줄 수 있을까요? 要怎麼做，體重才會減少？
0111 ★★★	動	늡니다 / 늘어요 / 는다 / 느는
늘다 [늘다] 增加/增長 進步/發展		몸무게가 갑자기 부쩍 늘었어요. 體重遽然增加。
0112 ★★	形	가늡니다 / 가늘어요 / 가늘다 / 가는
가늘다 [가늘다] 細/纖細/纖小		몸 전체가 통통해도 허리가 의외로 가늘다. 全身即使圓滾滾，腰身意外地纖細。
0113 ★★★	動	듭니다 / 들어요 / 든다 / 드는
들다 [들다] 加入/進入 需要/習染		마음에 드는 사람이 있다. 有中意的人。

0114 ★★★ 動 **듭니다 / 들어요 / 든다 / 드는**

들다
[들다]
拿/提/舉起
列舉/用餐

증거를 들다.
提出證據。

0115 ★ 動 **거듭니다 / 거들어요 / 거든다 / 거드는**

거들다
[거들다]
幫忙/協助/插嘴

같은 반 친구들이 서로 거들다.
同班同學互相幫忙。

0116 ★ 動 **끼어듭니다 / 끼어들어요 / 끼어든다 / 끼어드는**

끼어들다
[끼어들다]
插手/插隊/插話

대화 중에 불쑥 끼어들다.
對話當中突然插話進來。

0117 ★ 動 **달려듭니다 / 달려들어요 / 달려든다 / 달려드는**

달려들다
[달려들다]
對抗/出手
投入/撲上

그는 돈이 되는 일이라면 뭐든지 달려든다.
只要是能夠換成錢的，他無論是什麼都會撲上去。

0118 ★ 動 **드나듭니다 / 드나들어요 / 드나든다 / 드나드는**

드나들다
[드나들다]
進進出出/頻繁更替
彎彎曲曲

해안선이 드나들다.
海岸線彎彎曲曲。

0119 ★★ 動 **떠듭니다 / 떠들어요 / 떠든다 / 떠드는**

떠들다
[떠들다]
喧嘩/吵鬧/騷動

제발 큰 소리로 떠들지 마세요.
請勿大聲喧嘩。

0120 ★★ 動 **뛰어듭니다 / 뛰어들어요 / 뛰어든다 / 뛰어드는**

뛰어들다
[뛰어들다]
闖進/闖入/跳進
跳入/投入/投身

스스로 그물에 뛰어들다.
自投羅網。

0121 ★★★ 動	만듭니다 / 만들어요 / 만든다 / 만드는
만들다 [만들다] 做/寫/創造/創作 制訂/打造/成立	여기서도 외화 통장을 만들 수 있습니까? 這裡也能做外幣存摺嗎？

0122 ★ 動	모여듭니다 / 모여들어요 / 모여든다 / 모여드는
모여들다 [모여들다] 聚攏/匯聚/聚集	벌떼처럼 우르르 모여들다. 蜂擁而至。

0123 ★ 動	몰려듭니다 / 몰려들어요 / 몰려든다 / 몰려드는
몰려들다 [몰려들다] 群集/簇擁/湧進 被趕進來	수많은 실업자가 광장에 몰려들다. 為數眾多的失業者湧進廣場。

0124 ★ 動	병듭니다 / 병들어요 / 병든다 / 병드는
병들다 [병들다] 生病/染病/得病	병들어서야 건강의 소중함을 안다. 就是因為生病之後，才明白健康的重要。

0125 ★ 動	붙듭니다 / 붙들어요 / 붙든다 / 붙드는
붙들다 [붇뜰다] 抓住/逮住/拘捕 扶持/攙扶/挽留	달아나는 도둑을 붙들다. 逮住逃跑的竊賊。

0126 ★ 動	스며듭니다 / 스며들어요 / 스며든다 / 스며드는
스며들다 [스며들다] 浸透/滲透 滲入/濡染	추위가 몸에 스며들다. 寒氣逼人。

0127 ★★ 動	잠듭니다 / 잠들어요 / 잠든다 / 잠드는
잠들다 [잠들다] 睡著/入睡 安眠/安息	그는 걱정이 태산같아 밤새 잠을 못 이뤘다. 他心事重重，整夜不能安眠。

0128 ★★ 動 **접어듭니다 / 접어들어요 / 접어든다 / 접어드는**

접어들다
[저버들다]
臨近/迫近/進入

경기가 내리막으로 접어들다.
景氣走下坡。

0129 ★★★ 動 **줄어듭니다 / 줄어들어요 / 줄어든다 / 줄어드는**

줄어들다
[주러들다]
減少/縮小
縮水/消退

바지를 빨았더니 줄어들었다.
洗了褲子，就縮水了。

0130 ★★ 動 **파고듭니다 / 파고들어요 / 파고든다 / 파고드는**

파고들다
[파고들다]
滲入/深入/深究
躋身/銘記/沁

그는 무슨 일이든 끝까지 파고드는 사람이다.
他是無論什麼事情都會深究到底的人。

0131 ★★★ 動 **흔듭니다 / 흔들어요 / 흔든다 / 흔드는**

흔들다
[흔들다]
搖動/抖動/揮動
揮舞/晃動/動搖

아이들을 향해 손을 흔들다.
朝向孩子們揮手。

0132 ★ 動 **흘러듭니다 / 흘러들어요 / 흘러든다 / 흘러드는**

흘러들다
[흘러들다]
流入/淪落

모든 하천이 바다로 흘러들다.
所有的河川都會流入大海。

0133 ★★★ 形 **힘듭니다 / 힘들어요 / 힘들다 / 힘든**

힘들다
[힘들다]
吃力/費力/費事
勞累/困難/艱難

그렇게 힘든 줄 몰랐어요.
沒想到會那麼費勁。

0134 ★★★ 動 **끕니다 / 끌어요 / 끈다 / 끄는**

끌다
[끌다]
拖拽/拉/牽/引導
招攬/拖延/耽擱

연설을 일주일 후로 끌기로 해요.
把演講往後延一個星期。

0135 ★★★ 動 **이끕니다 / 이끌어요 / 이끈다 / 이끄는**

이끌다
[이끌다]
拉/帶動/吸引
指引/引導/領導

아이의 손을 이끌고 공원에서 산책해요.
牽著孩子的手，在公園散步。

0136 ★★★ 形 **둥급니다 / 둥글어요 / 둥글다 / 둥근**

둥글다
[둥글다]
圓/渾圓/圓活

마당 앞에서 둥근 달을 구경하다.
在庭院前面欣賞滿月。

0137 ★ 動 **씁니다 / 쓸어요 / 쓴다 / 쓰는**

쓸다
[쓸다]
掃/打掃/拂拭
撫摸/擴散

방을 깨끗이 쓸어야 한다.
必須把房間打掃乾淨。

0138 ★  **휩씁니다 / 휩쓸어요 / 휩쓴다 / 휩쓰는**

휩쓸다
[휩쓸다]
橫掃/蕩平/席捲
遍及/籠罩/橫行

대규모의 해일이 전세계를 휩쓸었다.
大規模的海嘯席捲了全世界。

0139 ★★★ 動 **틉니다 / 틀어요 / 튼다 / 트는**

틀다
[틀다]
擰/扭/盤結
編結/妨礙

오른쪽으로 몸을 틀었어요.
扭身朝向右側。

0140 ★★ 形 **거칩니다 / 거칠어요 / 거칠다 / 거친**

거칠다
[거칠다]
粗糙/粗魯/粗野
粗暴/粗劣/荒蕪

거친 살결을 천연비누로 부드럽게 씻어요.
用天然肥皂輕柔地清洗粗糙的皮膚。

0141 ★★★ 形 **깁니다 / 길어요 / 길다 / 긴**

길다
[길다]
長

인생은 짧고 예술은 길다.
生命誠短暫，藝術恆久遠。

0142 ★★★ 動	밉니다 / 밀어요 / 민다 / 미는
밀다 [밀다] 推/刮/搓 推遲/推舉	문을 밀지 마세요. 請不要推門。
0143 ★★★ 動	**내밉니다 / 내밀어요 / 내민다 / 내미는**
내밀다 [내밀다] 突出/伸出/推卸	그는 귀찮은 일은 다 나에게 내민다. 他麻煩的事全推給我。
0144 ★ 動	**치밉니다 / 치밀어요 / 치민다 / 치미는**
치밀다 [치밀다] 冒出/湧出/噴出	이야기를 못할 만큼 화가 치밀었어요. 火冒三丈，氣得簡直快說不出話來。
0145 ★ 形	**모집니다 / 모질어요 / 모질다 / 모진**
모질다 [모질다] 殘忍/殘酷/激烈 嚴厲/堅忍/堅毅	마음을 모질게 먹고 귀여운 아들을 호되게 벌주었다. 狠下心腸，嚴厲地處罰可愛的兒子。
0146 ★★ 動	**빕니다 / 빌어요 / 빈다 / 비는**
빌다 [빌다] 祈禱/祈求/祝 請求/乞求	그는 여자 친구에게 자기를 용서해 주기를 빌었다. 他乞求女朋友原諒自己
0147 ★★ 動	**입니다 / 일어요 / 인다 / 이는**
일다 [일다] 發生/產生/發達 繁榮/興旺/沸騰	갑자기 사막 한가운데에 회오리가 일었다. 突然在沙漠的正中央發生龍捲風。

ㄺ

0148 ★★★ 形	**낡습니다 / 낡아요 / 낡다 / 낡은**
낡다 [낙따] 舊/陳舊/老朽	옷이 낡아서 더 이상 입을 수가 없다. 衣服陳舊，已經不能再穿。
0149 ★★★ 形	**맑습니다 / 맑아요 / 맑다 / 맑은**
맑다 [막따] 清/清新/清澈 清明/明淨/晴朗	물이 거울같이 맑다. 水清如鏡。
0150 ★★★ 形	**밝습니다 / 밝아요 / 밝다 / 밝은**
밝다 [박따] 亮/明亮/明快 明朗/靈活/靈敏	새로 지은 도서관은 높고 크며 또한 밝다. 新蓋的圖書館高大又明亮。
0151 ★★★ 形	**굵습니다 / 굵어요 / 굵다 / 굵은**
굵다 [국따] 粗大/粗重/粗壯 (聲音)洪亮	고생을 많이 하신 어머니는 손가락 마디가 굵다. 吃了很多苦的母親，手指關節粗壯。
0152 ★ 形	**묽습니다 / 묽어요 / 묽다 / 묽은**
묽다 [묵따] 稀/淡/軟弱	입맛 없는 아침에는 묽은 죽을 좋아해요. 沒有胃口的早上，我喜歡吃稀粥。
0153 ★★★ 形	**붉습니다 / 붉어요 / 붉다 / 붉은**
붉다 [북따] 紅/紅色	붉은 장미는 사랑과 정열의 상징이다. 紅玫瑰是愛情和熱情的象徵。
0154 ★ 動	**긁습니다 / 긁어요 / 긁는다 / 긁는**
긁다 [극따] 搔(癢)/摳/刮 搜括/貶低/招惹	가려운 곳을 긁다. 搔癢。

0155 ★★★ 動 늙습니다 / 늙어요 / 늙는다 / 늙는

늙다
[늑따]
老/年邁/年老

얼굴이 폭삭 늙다.
面貌很蒼老。

0156 ★★★ 動 읽습니다 / 읽어요 / 읽는다 / 읽는

읽다
[익따]
讀/閱讀/解讀
端詳/揣測/猜度

눈치로 남의 마음을 읽다.
從臉色揣測他人的心意。

ㄻ

0157 ★★ 動 닮습니다 / 닮아요 / 닮는다 / 닮는

닮다
[담따]
像/相似/模仿

아이들이 꼭 닮았네요.
孩子們長得好像呀。

0158 ★★ 動 삶습니다 / 삶아요 / 삶는다 / 삶는

삶다
[삼따]
煮/整地/耙地

감자를 너무 오래 삶아서 맛이 없다.
馬鈴薯煮太久，變得難吃。

0159 ★★★ 形 젊습니다 / 젊어요 / 젊다 / 젊은

젊다
[점따]
年輕/年輕氣盛

너는 나보다 한참 젊다.
你比我年輕多了。

0160 ★★ 動 굶습니다 / 굶어요 / 굶는다 / 굶는

굶다
[굼따]
飢餓/餓肚子

피검사를 하기 위해 아침을 굶다.
為了驗血，沒吃早餐。

ㄹㅂ

0161 ★★★	形	짧습니다 / 짧아요 / 짧다 / 짧은
짧다 [짤따] 短/短缺/短暫 短淺/不足/挑食		사용할 수 있는 기한이 매우 짧다. 能夠使用的期限，非常短暫。

0162 ★★★	動	밟습니다 / 밟아요 / 밟는다 / 밟는
밟다 [밥따] 踏/踩/蹬/跟蹤 經歷/辦理		용의자의 뒤를 밟다. 跟在嫌疑犯的後面。

0163 ★★	形	얇습니다 / 얇아요 / 얇다 / 얇은
얇다 [얄따] 薄/稀薄/單薄 (想法)淺薄		여기 벽들은 두께가 종이장처럼 얇다. 這裡的牆壁，厚度像紙張那麼薄。

0164 ★★★	形	넓습니다 / 넓어요 / 넓다 / 넓은
넓다 [널따] 寬大/寬廣/寬闊 寬敞/寬洪/開闊		우주는 끝없이 넓다. 宇宙無限地寬廣。

0165 ★★	形	폭넓습니다 / 폭넓어요 / 폭넓다 / 폭넓은
폭넓다 [퐁널따] 【幅-】 廣泛/廣博		그녀는 독서를 통해서 폭넓은 지식을 쌓아 왔다. 她通過閱讀，累積了廣博的知識。

0166 ★	形	엷습니다 / 엷어요 / 엷다 / 엷은
엷다 [열따] 薄/淡/稀薄 淺薄/輕薄		봄날 아침 하늘은 아주 엷은 파란색이에요. 春日早上的天空，是很淡的藍色。

ㅀ

0167 ★★★ 動	앓습니다 / 앓아요 / 앓는다 / 앓는
앓다 [알타] 患(病)/得(病) 勞神/操心	가끔 잔병을 앓다. 偶有小恙。

0168 ★★★ 形	옳습니다 / 옳아요 / 옳다 / 옳은
옳다 [올타] 對/正確/有理/得體	그의 의견이 아주 옳다. 他的意見很正確。

0169 ★★ 動	뚫습니다 / 뚫어요 / 뚫는다 / 뚫는
뚫다 [뚤타] 貫通/穿透 突破/衝破	장해물을 뚫지 못했다. 無法穿透障礙物。

0170 ★★ 動	끓습니다 / 끓어요 / 끓는다 / 끓는
끓다 [끌타] 沸騰/滾/滾燙/冒火	몸이 불덩이같이 끓는다. 身體好像一團火球那般地滾燙。

0171 ★★★ 形	싫습니다 / 싫어요 / 싫다 / 싫은
싫다 [실타] 討厭/厭惡 不願意/不喜歡	그의 이런 태도가 가장 싫다. 他的這種態度，最讓人討厭。

0172 ★★★ 動	잃습니다 / 잃어요 / 잃는다 / 잃는
잃다 [일타] 丟失/遺失/迷失 喪失/失去	난 길을 잃어버렸어요. 我迷路了。

ㅁ

0173 ★★★ 動 감습니다 / 감아요 / 감는다 / 감는

감다
[감다]
閉/合

눈을 감고 기도하다.
閉上眼睛祈禱。

0174 ★ 動 감습니다 / 감아요 / 감는다 / 감는

감다
[감다]
纏/繞/捲/絆

다리에 붕대를 감고 있다.
在腿上纏繞繃帶。

0175 ★★★ 動 남습니다 / 남아요 / 남는다 / 남는

남다
[남다]
剩餘/留下/遺留

목적지에 도착하기까지는 아직 30분이 남았다.
離抵達目的地還剩下30分鐘。

0176 ★★ 動 살아남습니다 / 살아남아요 / 살아남는다 / 살아남는

살아남다
[사라남다]
生存/存活

넷북 만들어야 컴퓨터 시장에서 살아남는다.
做筆記型電腦才得以在電腦市場生存。

0177 ★★★ 動 담습니다 / 담아요 / 담는다 / 담는

담다
[담다]
盛/盛放/寄託

그 일을 다시 입에 담지 마십시오.
別再把那件事放在嘴上。

0178 ★ 動 말미암습니다 / 말미암아요 / 말미암는다 / 말미암는

말미암다
[말미암다]
由於/因為

작은 일로 말미암아 큰 일을 그르치다.
因小失大。

0179 ★★★ 動 삼습니다 / 삼아요 / 삼는다 / 삼는

삼다
[삼다]
娶/招/收/作為
當做/看做

산책을 취미로 삼는다.
把散步當做是興趣。

0180 ★★★ 動 **참습니다 / 참아요 / 참는다 / 참는**

참다
[참다]
忍耐/忍受/禁受
按捺/憋/咬牙

가까스로 웃음을 참았다.
好不容易忍住，沒有笑出來。

0181 ★★★ 形 **검습니다 / 검어요 / 검다 / 검은**

검다
[검다]
黑/黑暗/陰險/髒

때가 묻어 검어진 옷을 빨았다.
洗了沾染污垢變黑的衣服。

0182 ★★★ 動 **넘습니다 / 넘어요 / 넘는다 / 넘는**

넘다
[넘다]
超過/超出/凌駕
越過/穿越/逾越

올 시간이 넘었는데 왜 안 올까?
已經超過該來的時間，為什麼還不來？

0183 ★★ 動 **뛰어넘습니다 / 뛰어넘어요 / 뛰어넘는다 / 뛰어넘는**

뛰어넘다
[뛰어넘다]
越過/跳過/跨過
翻越/騰越/略過

예상을 뛰어넘다.
出乎意料。

0184 ★★★ 動 **숨습니다 / 숨어요 / 숨는다 / 숨는**

숨다
[숨다]
隱藏/潛藏/藏匿
躲藏/躲避

사람들 틈에 숨다.
隱藏在人群中的空隙裡。

0185 ★★ 動 **품습니다 / 품어요 / 품는다 / 품는**

품다
[품다]
抱/懷抱/胸懷/醞釀

2009년을 보내며 새로운 희망을 품다.
送走2009年，懷抱新希望。

0186 ★★ 動 **다듬습니다 / 다듬어요 / 다듬는다 / 다듬는**

다듬다
[다듬다]
理順/修整
潤色/摘取

반복해서 글을 다듬다.
反復地潤色文章。

0187 ★	動	쓰다듬습니다 / 쓰다듬어요 / 쓰다듬는다 / 쓰다듬는
쓰다듬다 [쓰다듬다] 撫摸/撫弄/撫慰		그는 아이의 머리를 쓰다듬다 他撫摸著孩子的頭。
0188 ★	動	더듬습니다 / 더듬어요 / 더듬는다 / 더듬는
더듬다 [더듬다] 摸/摸索/探索 回想/回憶/口吃		여행의 기억을 더듬다. 摸索旅行的記憶。
0189 ★	動	머금습니다 / 머금어요 / 머금는다 / 머금는
머금다 [머금다] 含/噙/懷著		기쁨의 눈물을 머금다. 滿懷高興的淚水。
0190 ★★★	動	심습니다 / 심어요 / 심는다 / 심는
심다 [심다] 栽種/栽植/種植		텃밭에 상추, 호박, 고추 따위를 심었다. 在菜園裡栽種萵苣、南瓜、辣椒等等。

ㅂ

0191 ★★★	形	가깝습니다 / 가까워요 / 가깝다 / 가까운
가깝다 [가깝따] 近/靠近/親近		이웃사촌이 멀리 있는 친척보다 가깝다. 遠親不如近鄰。
0192 ★★	形	아깝습니다 / 아까워요 / 아깝다 / 아까운
아깝다 [아깝따] 可惜/惋惜/捨不得		헛되이 많은 시간을 낭비하는 것은 참으로 아깝다. 徒然浪費許多時間，實在可惜。

0193 ★★ 形 안타깝습니다 / 안타까워요 / 안타깝다 / 안타까운

안타깝다
[안타깝따]
焦急/難過/遺憾

마음이 너무 안타깝다.
心裡很難過。

0194 ★★★ 形 고맙습니다 / 고마워요 / 고맙다 / 고마운

고맙다
[고맙따]
感謝

고맙다고 전해주세요.
請代我轉達謝意。

0195 ★★★ 形 놀랍습니다 / 놀라워요 / 놀랍다 / 놀라운

놀랍다
[놀랍따]
驚訝/吃驚/驚奇

그가 일등을 했다니 참으로 놀랍다.
他得第一，真讓人吃驚。

0196 ★ 形 따갑습니다 / 따가워요 / 따갑다 / 따가운

따갑다
[따갑따]
燙/灼熱/刺痛

한낮의 햇볕으로 살이 따갑다.
正午的陽光使皮膚灼熱刺痛。

0197 ★★★ 形 반갑습니다 / 반가워요 / 반갑다 / 반가운

반갑다
[반갑따]
高興/歡喜/喜悅

오래간만에 어린 시절의 친구를 만나니 정말 반갑다.
見到闊別許久的幼年時代的朋友真高興。

0198 ★★★ 動 잡습니다 / 잡아요 / 잡는다 / 잡는

잡다
[잡따]
抓/捕捉/揪/得到
掌握/挽留/抵押

그녀는 가만히 내 손을 잡았다.
她偷偷地抓住我的手。

0199 ★★ 動 붙잡습니다 / 붙잡아요 / 붙잡는다 / 붙잡는

붙잡다
[붇짭따]
抓住/捉拿/拿獲
逮捕/擒獲/挽留

꿈에 대한 열정과 끈기로 좋은 기회를 붙잡다.
對夢想的熱情和毅力抓住好機會。

0200 ★★ 動	바로잡습니다 / 바로잡아요 / 바로잡는다 / 바로잡는
바로잡다 [바로잡따] 調整/扶正/指正 糾正/矯正/訂正	잘못을 바로잡다. 糾正錯誤。
0201 ★★★ 形	아름답습니다 / 아름다워요 / 아름답다 / 아름다운
아름답다 [아름답따] 美麗/好看/漂亮	지난 일들을 지금 생각해 보면 다 아름다워요. 現在試著回想過去的事情，都是很美麗的。
0202 ★★★ 形	차갑습니다 / 차가워요 / 차갑다 / 차가운
차갑다 [차갑따] 涼/冷淡/冷冰冰	최근에 날씨가 매우 차갑다. 最近的天氣非常寒冷。
0203 ★ 形	맵습니다 / 매워요 / 맵다 / 매운
맵다 [맵따] 辣/毒辣/(煙)嗆鼻	너무 맵지 않게 해주세요. 請不要弄得太辣。
0204 ★ 形	갑작스럽습니다 / 갑작스러워요 / 갑작스럽다 / 갑작스러운
갑작스럽다 [갑짝쓰럽따] 突然/急遽	이 일은 너무 갑작스럽다. 這事太突然了。
0205 ★ 形	걱정스럽습니다 / 걱정스러워요 / 걱정스럽다 / 걱정스러운
걱정스럽다 [걱쩡스럽따] 擔心/擔憂/操心	이 일은 앞날이 걱정스럽다. 這件事前景堪虞。
0206 ★★ 形	고통스럽습니다 / 고통스러워요 / 고통스럽다 / 고통스러운
고통스럽다 [고통스럽따] 【苦痛-】 痛苦	목이 아파서 고통스럽다. 咽喉疼，很痛苦。

0207 ★ 形 쑥스럽습니다 / 쑥스러워요 / 쑥스럽다 / 쑥스러운

쑥스럽다
[쑥쓰럽따]
不好意思/難為情

축의금이 너무 적어 내놓기가 좀 쑥스럽다.
禮金太少，拿出來實在不好意思。

0208 ★★ 形 자랑스럽습니다 / 자랑스러워요 / 자랑스럽다 / 자랑스러운

자랑스럽다
[자랑스럽따]
值得驕傲的
引以為傲的

너의 성적이 정말 자랑스럽다.
你的成績讓人感到驕傲。

0209 ★★★ 形 자연스럽습니다 / 자연스러워요 / 자연스럽다 / 자연스러운

자연스럽다
[자연스럽따]
【自然-】
自然

보기에는 매우 자연스럽다.
看起來很自然。

0210 ★★ 形 조심스럽습니다 / 조심스러워요 / 조심스럽다 / 조심스러운

조심스럽다
[조심스럽따]
【操心-】
謹慎/小心

어른 앞에서 조심스럽게 말하다.
在人面前謹慎地說話。

0211 ★★ 形 더럽습니다 / 더러워요 / 더럽다 / 더러운

더럽다
[더럽따]
髒/骯髒/污濁
下流/卑鄙/吝嗇

행실이 더럽다.
行為卑鄙。

0212 ★★ 形 부끄럽습니다 / 부끄러워요 / 부끄럽다 / 부끄러운

부끄럽다
[부끄럽따]
不好意思/害羞
害臊/慚愧/丟臉

그는 부끄러워 차마 얼굴을 들 수가 없었다.
他因為慚愧，怎樣都無法把臉抬起來。

0213 ★★★ 形 부드럽습니다 / 부드러워요 / 부드럽다 / 부드러운

부드럽다
[부드럽따]
柔和/柔軟/細嫩
委婉/溫柔/溫厚

마음이 차분히 가라앉고 태도가 부드럽다.
心平氣和。

0214 ★★ 形	부럽습니다 / 부러워요 / 부럽다 / 부러운
부럽다 [부럽따] 羨慕/欣羡	부러워 죽겠다. 羨慕得要死。

0215 ★ 形	시끄럽습니다 / 시끄러워요 / 시끄럽다 / 시끄러운
시끄럽다 [시끄럽따] 嘈雜/喧嘩 麻煩/厭煩/不耐煩	길거리가 너무 시끄럽다. 街上太嘈雜。

0216 ★ 形	어지럽습니다 / 어지러워요 / 어지럽다 / 어지러운
어지럽다 [어지럽따] 暈眩/發暈/繚亂 混亂/雜亂/零亂	머리가 어지럽다. 頭暈。

0217 ★★ 形	덥습니다 / 더워요 / 덥다 / 더운
덥다 [덥따] 熱	오늘은 특히 덥다. 今天特別熱。

0218 ★★ 形	두껍습니다 / 두꺼워요 / 두껍다 / 두꺼운
두껍다 [두껍따] 厚/厚實	낯짝이 두꺼운 사람은 귀신도 겁낸다. 人不要臉，鬼也怕。

0219 ★★★ 形	뜨겁습니다 / 뜨거워요 / 뜨겁다 / 뜨거운
뜨겁다 [뜨겁따] 燙/灼熱/暑熱 火辣辣/熱烘烘	가슴에서 뜨거운 것이 치밀다. 心頭湧上一股熱流。

0220 ★★★ 形	무겁습니다 / 무거워요 / 무겁다 / 무거운
무겁다 [무겁따] 重/沉重/笨重 重大/沉悶/遲鈍	책임이 무겁다. 責任重大。

0221 ★★★	形	즐겁습니다 / 즐거워요 / 즐겁다 / 즐거운
즐겁다 [즐겁따] 愉快/歡喜/高興		너와 대화하니 너무 즐거웠어. 跟你談話很愉快。

0222 ★★★	形	무섭습니다 / 무서워요 / 무섭다 / 무서운
무섭다 [무섭따] 可怕/恐懼/恐慌 驚人/駭人/厲害		나는 그의 눈이 무섭다. 我害怕他的目光。

0223 ★★	動	업습니다 / 업어요 / 업는다 / 업는
업다 [업따] 背/背負/依仗		아이를 등에 업다. 把小孩背在背上。

0224 ★★	動	접습니다 / 접어요 / 접는다 / 접는
접다 [접따] 折疊/保留/讓步		모든 것을 잠시 접다. 一切都暫時擱置保留。

0225 ★★★	形	가볍습니다 / 가벼워요 / 가볍다 / 가벼운
가볍다 [가볍따] 輕/輕鬆/輕快 輕率/輕浮/簡單		행동 거지가 가볍다. 行為舉止輕浮。

0226 ★★	形	귀엽습니다 / 귀여워요 / 귀엽다 / 귀여운
귀엽다 [귀엽따] 可愛/乖巧 討人喜歡		딸이 매우 귀엽다. 女兒很可愛。

0227 ★★	形	두렵습니다 / 두려워요 / 두렵다 / 두려운
두렵다 [두렵따] 害怕/畏懼/不安		뒤탈이 두려워 말도 못한다. 害怕後患，不敢說話。

0228 ★★★	形	어렵습니다 / 어려워요 / 어렵다 / 어려운
어렵다 [어렵따] 困難/困頓/慘澹 難懂/難以親近		생각보다 어렵네요. 比想像的還要困難。
0229 ★	形	**지겹습니다 / 지겨워요 / 지겹다 / 지겨운**
지겹다 [지겹따] 厭倦/煩厭/絮煩		나는 매일 반복되는 작업을 하려니 지겹다. 每天重複的工作，我做得有些厭倦。
0230 ★	形	**힘겹습니다 / 힘겨워요 / 힘겹다 / 힘겨운**
힘겹다 [힘겹따] 吃力/費勁		몸도 마음도 지치고, 삶이 너무 힘겨워요. 身心交瘁，生活非常吃力。
0231 ★★★	形	**곱습니다 / 고와요 / 곱다 / 고운**
곱다 [곱따] 美麗/漂亮/嫵媚 娟秀/(皮膚)細嫩		몸매가 곱다. 體態嫵媚。
0232 ★★	形	**괴롭습니다 / 괴로워요 / 괴롭다 / 괴로운**
괴롭다 [괴롭따] 難受/痛苦/悱惻 苦澀/懊惱/揪心		내 마음이 괴롭다. 我心裡很痛苦。
0233 ★	形	**까다롭습니다 / 까다로워요 / 까다롭다 / 까다로운**
까다롭다 [까다롭따] 棘手/難纏/乖僻		난 입맛이 까다롭진 않아요. 我不挑食。
0234 ★★	形	**날카롭습니다 / 날카로워요 / 날카롭다 / 날카로운**
날카롭다 [날카롭따] 銳利/犀利/尖銳 敏銳/強烈/神經質		머리가 날카롭다. 頭腦敏銳。

0235 ★ 形 **번거롭습니다 / 번거로워요 / 번거롭다 / 번거로운**

번거롭다
[번거롭따]
麻煩/煩人/煩瑣
煩雜/繁瑣/繁雜

이 일은 무척 번거롭다.
這件事很麻煩。

0236 ★★★ 形 **새롭습니다 / 새로워요 / 새롭다 / 새로운**

새롭다
[새롭따]
新/嶄新/新奇/寶貴

상황에 새로운 변화가 나타났다.
形勢出現新的變化。

0237 ★★ 形 **외롭습니다 / 외로워요 / 외롭다 / 외로운**

외롭다
[외롭따]
孤獨/孤單/寂寞

옆에 아무도 없어 노인은 매우 외롭다.
身旁無人陪伴，老人感到很寂寞。

0238 ★★★ 形 **자유롭습니다 / 자유로워요 / 자유롭다 / 자유로운**

자유롭다
[자유롭따]
【自由-】
自由/無拘無束

편안하고 자유롭다.
恬適自在。

0239 ★ 形 **평화롭습니다 / 평화로워요 / 평화롭다 / 평화로운**

평화롭다
[평화롭따]
【平和-】
平和/和睦/和平

가정이 평화롭다.
家庭和睦。

0240 ★ 形 **해롭습니다 / 해로워요 / 해롭다 / 해로운**

해롭다
[해롭따]
【害-】
有害

과식은 몸에 해롭다.
吃太多對身體有害

0241 ★ 形 **흥미롭습니다 / 흥미로워요 / 흥미롭다 / 흥미로운**

흥미롭다
[흥미롭따]
【興味-】
有意思/有趣

개와 고양이의 대결도 흥미롭다.
狗和貓的對決，很有意思。

0242 ★★ 動	꼽습니다 / 꼽아요 / 꼽는다 / 꼽는
꼽다 [꼽따] (屈指)計算	수를 세려고 손가락을 꼽다 為了計數，屈指計算。
0243 ★★★ 動	**돕습니다 / 도와요 / 돕는다 / 돕는**
돕다 [돕따] 幫助/救助/援助 提挈/助長/促進	우리 등산하는 사람들은 항상 서로를 돕지요. 我們登山的人，總是互相幫忙。
0244 ★★★ 動	**뽑습니다 / 뽑아요 / 뽑는다 / 뽑는**
뽑다 [뽑따] 拔除/拔取/摘取 拔擢/挑選/伸長	편지 봉투에서 편지를 뽑다. 從信封裡抽出信紙。
0245 ★★★ 形	**좁습니다 / 좁아요 / 좁다 / 좁은**
좁다 [좁따] 狹窄/狹隘/狹小	세상이 참 좁군요. 世界真小。
0246 ★ 動	**뵙습니다 / 뵈어요 / 뵙는다 / 뵙는**
뵙다 [뵙따] 參見/拜見/看望	서울에 있는 동안 뵙지 못해서 죄송합니다. 待在首爾的期間沒能看望你，真是抱歉。
0247 ★★★ 動	**굽습니다 / 굽어요 / 굽는다 / 굽는**
굽다 [굽따] 烤/炒/燒 燒錄/沖印	CD로 구워 주세요. 請幫我燒錄CD。
0248 ★★★ 動	**눕습니다 / 누워요 / 눕는다 / 눕는**
눕다 [눕따] 躺/臥/臥病(在床)	그는 눕자마자 바로 코를 골기 시작했다. 他一躺下去，就開始打呼了。

0249 ★★★	形	어둡습니다 / 어두워요 / 어둡다 / 어두운
어둡다 [어둡따] 黑/黑暗/暗淡/陰鬱 陰沉/生疏/不好		수출 전망이 어둡다. 出口的前景暗淡。

0250 ★★	動	줍습니다 / 주워요 / 줍는다 / 줍는
줍다 [줍따] 拾取/拾得/撿拾		길에서 돈을 줍다. 在路上撿到錢。

0251 ★★★	形	춥습니다 / 추워요 / 춥다 / 추운
춥다 [춥따] 冷/寒冷/冷冽		날씨가 어제보다 더 춥다. 天氣比昨天還要寒冷。

0252 ★★★	形	쉽습니다 / 쉬워요 / 쉽다 / 쉬운
쉽다 [쉽따] 容易/輕易/淺易		그런 문제라면 쉽게 풀 수 있다. 這種問題輕易就能解決。

0253 ★	形	손쉽습니다 / 손쉬워요 / 손쉽다 / 손쉬운
손쉽다 [손쉽따] 輕易/輕而易舉		여기는 전차를 타고 내리는 데 손쉽다. 這裡上下電車很方便。

0254 ★★	形	아쉽습니다 / 아쉬워요 / 아쉽다 / 아쉬운
아쉽다 [아쉽따] 惋惜/可惜/遺憾		그대로 버리기는 아쉽다. 就這樣丟掉很可惜。

0255 ★★	形	우습습니다 / 우스워요 / 우습다 / 우스운
우습다 [우습따] 可笑/好笑/滑稽		그녀의 행동은 어리석고 우습다. 她的行為愚蠢又可笑。

0256 ★★★	動	입습니다 / 입어요 / 입는다 / 입는
입다 [입따] 穿/蒙受/承受/遭受		나는 상처를 입었어요. 我受到傷害了。
0257 ★	**動**	**갈아입습니다 / 갈아입어요 / 갈아입는다 / 갈아입는**
갈아입다 [가라입따] 換(衣服)		가벼운 여름 옷으로 갈아입다. 換穿輕爽的夏服。
0258 ★	**動**	**힘입습니다 / 힘입어요 / 힘입는다 / 힘입는**
힘입다 [힘닙따] 仰仗/依賴/借助		이번 성공은 그에게 힘입은 바가 크다. 這次的成功，仰仗他的地方很多。
0259 ★★	**形**	**그립습니다 / 그리워요 / 그립다 / 그리운**
그립다 [그립따] 懷念/想念/思念		정말 네가 무척 그립다. 真的好想你。
0260 ★★★	**動**	**집습니다 / 집어요 / 집는다 / 집는**
집다 [집따] 夾/捏/撿拾/指責		손으로 연필을 집다. 用手夾住鉛筆。
0261 ★★	**動**	**뒤집습니다 / 뒤집어요 / 뒤집는다 / 뒤집는**
뒤집다 [뒤집따] 反/顛倒/推倒		옷을 뒤집어 입다. 衣服穿反。
0262 ★★	**形**	**밉습니다 / 미워요 / 밉다 / 미운**
밉다 [밉따] 厭惡/討厭 難看/醜陋		나는 지금은 웃는 것이 우는 것보다 밉다. 我現在笑得比哭還難看。

0263 ★★	動	씹습니다 / 씹어요 / 씹는다 / 씹는
씹다 [씹따] 咀嚼/嚼舌根 汙衊/中傷/詆毀		이야기의 재미를 자세히 씹다. 仔細咀嚼話裡的滋味。

ㅄ

0264 ★★★	形	없습니다 / 없어요 / 없다 / 없는
없다 [업따] 沒有/不在		지금은 때를 기다리는 수밖에 없다. 現在除了等候時機，別無他法。
0265 ★	**形**	**끝없습니다 / 끝없어요 / 끝없다 / 끝없는**
끝없다 [끄덥따] 無限/無垠 無邊無際		북한 주민들로서는 끝없는 고난의 연속이다. 對北韓的居民們而言，是無限苦難的連續。
0266 ★★	**形**	**상관없습니다 / 상관없어요 / 상관없다 / 상관없는**
상관없다 [상과넙따] 【相關-】 無關/不相干		이건 제가 말한 것과는 전혀 상관없어요. 這與我講的事，完全無關。
0267 ★	**形**	**어처구니없습니다 / 어처구니없어요 / 어처구니없다 / 어처구니없는**
어처구니없다 [어처구니업따] 無可奈何		살다 보면 가끔 어처구니없는 일을 당하기도 한다. 生活中難免會遇到無可奈何的事情。
0268 ★	**形**	**재미없습니다 / 재미없어요 / 재미없다 / 재미없는**
재미없다 [재미업따] 沒趣/乏味		단조롭고 딱딱한 일은 정말 재미 없다. 單調而枯燥的工作，真的很無趣。

0269 ★	形	끊임없습니다 / 끊임없어요 / 끊임없다 / 끊임없는
끊임없다 [끄니업따] 無止境/不斷 絡繹不絕		끊임없는 연구와 투자로 신제품을 개발하였다. 經由不斷的研究和投資，開發出新產品。
0270 ★★	形	**다름없습니다 / 다름없어요 / 다름없다 / 다름없는**
다름없다 [다르멉따] 如同/沒有兩樣		그는 거지나 다름없다. 他如同乞丐。
0271 ★★★	形	**틀림없습니다 / 틀림없어요 / 틀림없다 / 틀림없는**
틀림없다 [틀리멉따] 無誤/沒錯/一定 無庸置疑		그는 틀림없는 사람이니 믿어도 된다. 他毫無疑問是可以信賴的人。

ㅅ

0272 ★★	動	낫습니다 / 나아요 / 낫는다 / 낫는
낫다 [낟따] 痊癒		병이 낫다. 病癒。
0273 ★★★	形	**낫습니다 / 나아요 / 낫다 / 나은**
낫다 [낟따] 好/厲害/行/強		합한 두 사람은 흩어진 열 사람보다 낫다. 同心協力的兩個人，比分散的十個人好。
0274 ★★	動	**빼앗습니다 / 빼앗아요 / 빼앗는다 / 빼앗는**
빼앗다 [빼앋따] 搶奪/剝奪/擄掠 霸占/占有/籠絡		누가 세미의 사랑을 빼앗았을까? 誰奪走了世美的愛？

0275 ★★★ 動 벗습니다 / 벗어요 / 벗는다 / 벗는

벗다
[벋따]
脫/脫掉/卸下/解除
推卸/擺脫/蛻皮

모자를 벗고 인사하다.
脫帽行禮。

0276 ★★ 動 젓습니다 / 저어요 / 젓는다 / 젓는

젓다
[젇따]
攪拌/搖動/甩/擺動

커피에 설탕을 넣고 스푼으로 젓다.
將砂糖放進咖啡，用湯匙攪拌。

0277 ★★ 動 솟습니다 / 솟아요 / 솟는다 / 솟는

솟다
[솓따]
湧出/噴出/聳立
上升/顯露/顯現

고층 건물이 솟다.
高樓聳立。

0278 ★★★ 動 붓습니다 / 부어요 / 붓는다 / 붓는

붓다
[붇따]
傾倒/澆灌/灌注
撒播/支付

상품 대금을 월부로 붓다.
商品費用按月分期支付。

0279 ★ 動 퍼붓습니다 / 퍼부어요 / 퍼붓는다 / 퍼붓는

퍼붓다
[퍼붇따]
滂沱/傾瀉
破口大罵

갑자기 비가 퍼부으면 어떻게 하지.
如果突然下起大雨，你怎麼辦。

0280 ★★★ 動 웃습니다 / 웃어요 / 웃는다 / 웃는

웃다
[웃따]
笑/失笑/嘲笑

남의 잘못을 웃지 말고 도와주어야 한다.
不要笑別人的錯誤，應給予幫助。

0281 ★ 動 비웃습니다 / 비웃어요 / 비웃는다 / 비웃는

비웃다
[비욷따]
嘲笑/嘲諷/嘲弄
笑話/挖苦/調侃

그는 여러 사람 앞에서 나를 비웃었다.
他在眾人面前，嘲笑我。

0282 ★★	動	긋습니다 / 그어요 / 긋는다 / 긋는
긋다 [귿따] 勾勒/畫/擦/賒帳		선을 바로 긋다. 畫直線。
0283 ★★★	**動**	**짓습니다 / 지어요 / 짓는다 / 짓는**
짓다 [짇따] 做/撰寫/編/犯/蓋 修建/建造/露出		오늘은 찰밥을 지었다. 今天做糯米飯。
0284 ★	**動**	**농사짓습니다 / 농사지어요 / 농사짓는다 / 농사짓는**
농사짓다 [농사짇따] 【農事-】 耕作/種田		올해는 화학비료로 농사짓다. 今年用化肥耕作。
0285 ★★★	**動**	**씻습니다 / 씻어요 / 씻는다 / 씻는**
씻다 [씯따] 洗/洗刷/洗雪		밥을 먹기 전에 먼저 손을 씻어라. 吃飯前要先洗手。
0286 ★★★	**動**	**잇습니다 / 이어요 / 잇는다 / 잇는**
잇다 [읻따] 連接/銜接/接續 接著/繼續/繼承		개인별 주제 발표가 끝나자 이어서 공동 토론회가 시작되었다. 個人主題發表完後，緊接著開始討論會。

ㅆ

0287 ★★★	形	있습니다 / 있어요 / 있다 / 있는
있다 [읻따] 有/在/處於		나중에 시간 있으면 같이 식사나 한 번 하죠. 下次有時間的話，一起吃飯吧。

0288 ★★★	形	맛있습니다 / 맛있어요 / 맛있다 / 맛있는
맛있다 [마싣따] 好吃/美味/可口		이 차는 아주 맛있다. 這茶很好喝。
0289 ★	形	멋있습니다 / 멋있어요 / 멋있다 / 멋있는
멋있다 [머싣따] 帥/酷		그는 옷차림이 멋있다. 他穿著打扮很帥氣。
0290 ★★★	形	재미있습니다 / 재미있어요 / 재미있다 / 재미있는
재미있다 [재미읻따] 有趣/有意思/好玩		최근에 읽은 책 중에서 이것이 가장 재미있었다. 最近讀過的書當中，這一本最有意思。
0291 ★	形	재밌습니다 / 재밌어요 / 재밌다 / 재밌는
재밌다 [재믿따] 有趣/有意思/好玩		유치하지만 그래도 재밌다. 雖然幼稚，卻有趣。

ㅈ

0292 ★★★	動	갖습니다 / 갖아요 / 갖는다 / 갖는
갖다 [갇따] 帶/拿/取/持有 具有/具備		그는 전문 지식을 갖고 있다. 他具有專門知識。
0293 ★★★	形	낮습니다 / 낮아요 / 낮다 / 낮은
낮다 [낟따] 低/矮/低劣/低微		이 차는 보통 차보다 약간 낮다. 這輛車比普通的車子稍微矮了一點。

0294 ★★★	動	맞습니다 / 맞아요 / 맞는다 / 맞는
맞다 [맏따] 合適/正確/一致 符合/適合/中意		이 옷은 네가 입으니 크기가 딱 맞다. 這件衣服你穿大小正合適。
0295 ★★★	**動**	**맞습니다 / 맞아요 / 맞는다 / 맞는**
맞다 [맏따] 迎接/娶/等待		스페인에서 새해를 맞다. 在西班牙迎接新年。
0296 ★★★	**動**	**맞습니다 / 맞아요 / 맞는다 / 맞는**
맞다 [맏따] 打中/遭受/挨打		집을 잠시 비운 사이에 도둑을 맞았다. 暫時離開的間隔，家裡遭小偷。
0297 ★	**形**	**걸맞습니다 / 걸맞아요 / 걸맞다 / 걸맞은**
걸맞다 [걸맏따] 般配/相配/相稱		행동 거지가 신분에 걸맞다. 舉止得體。
0298 ★★★	**形**	**알맞습니다 / 알맞아요 / 알맞다 / 알맞은**
알맞다 [알맏따] 恰好/恰當/適當 相宜/相稱/貼切		이 옷은 내 몸에 꼭 알맞다. 這件衣服一定適合我的體型。
0299 ★★	**形**	**잦습니다 / 잦아요 / 잦다 / 잦은**
잦다 [잗따] 頻繁/頻仍/經常		교통 사고가 잦다. 交通事故頻仍。
0300 ★★★	**動**	**찾습니다 / 찾아요 / 찾는다 / 찾는**
찾다 [찯따] 找尋/尋覓/尋求 提取/造訪/拜訪		바로 눈앞에 있는 것도 못 찾니? 近在眼前的東西也找不到嗎？

0301 ★★ 動 **되찾습니다 / 되찾아요 / 되찾는다 / 되찾는**

되찾다
[되찯따]
挽回/收回/收復

본전을 되찾다.
收回本錢。

0302 ★★★ 動 **맺습니다 / 맺어요 / 맺는다 / 맺는**

맺다
[맫따]
結/綁/締結/收尾

미국과 국교를 맺었다.
和美國建交。

0303 ★ 動 **멎습니다 / 멎어요 / 멎는다 / 멎는**

멎다
[먿따]
停/停止/停歇

비가 좀처럼 멎을 것 같지 않다.
雨似乎不太容易停下來。

0304 ★★★ 動 **젖습니다 / 젖어요 / 젖는다 / 젖는**

젖다
[젇따]
沉浸/沉溺/浸淫
淋濕/耳濡目染

행복한 회상에 젖다.
沉浸在幸福的回憶。

0305 ★★ 動 **꽂습니다 / 꽂아요 / 꽂는다 / 꽂는**

꽂다
[꼳따]
插/立/簪

꽃을 화병에 꽂다.
把花插在花瓶裡。

0306 ★★★ 形 **늦습니다 / 늦어요 / 늦다 / 늦은**

늦다
[늗따]
遲/晚/遲緩/緩慢

새로 시작하기엔 너무 늦었어요.
要從新開始，太晚了。

0307 ★★ 動 **늦습니다 / 늦어요 / 늦는다 / 늦는**

늦다
[늗따]
遲/晚/遲到/來不及

늦어서 미안해요.
對不起，我遲到了。

0308 ★★ 形	뒤늦습니다 / 뒤늦어요 / 뒤늦다 / 뒤늦은
뒤늦다 [뒤늗따] 太遲/來不及	버스가 오십 분 뒤늦게 떠났다. 公車遲了50分鐘才出發。

0309 ★ 形	밤늦습니다 / 밤늦어요 / 밤늦다 / 밤늦은
밤늦다 [밤늗따] 深夜/夜深	밤늦게까지 책을 보다. 看書看到深夜。

0310 ★★ 動	빚습니다 / 빚어요 / 빚는다 / 빚는
빚다 [빋따] 包/捏/揉/釀造 招致/導致	만두를 빚다. 包餃子。

0311 ★★★ 動	잊습니다 / 잊어요 / 잊는다 / 잊는
잊다 [읻따] 忘記/遺忘	그가 약속을 까맣게 잊어버렸어요. 他把約定忘得一乾二淨。

0312 ★ 動	찢습니다 / 찢어요 / 찢는다 / 찢는
찢다 [찓따] 撕/撕破	편지를 갈기갈기 찢다. 把信撕得粉碎。

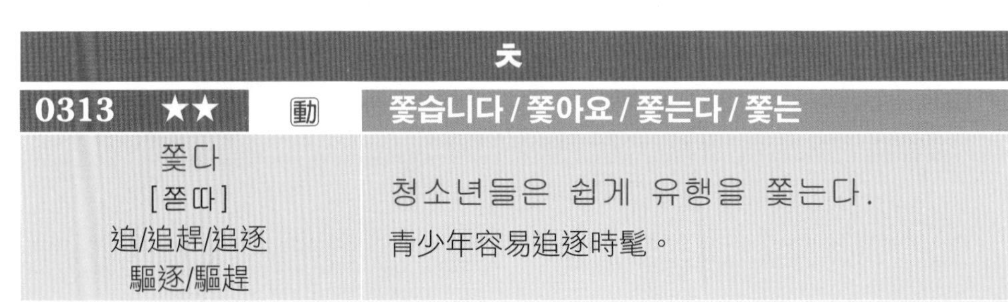

ㅊ

0313 ★★ 動	쫓습니다 / 쫓아요 / 쫓는다 / 쫓는
쫓다 [쫃따] 追/追趕/追逐 驅逐/驅趕	청소년들은 쉽게 유행을 쫓는다. 青少年容易追逐時髦。

ㅌ

0314 ★★★ 形 **같습니다 / 같아요 / 같다 / 같은**

같다
[갇따]
相同/同樣/同等
如同/一樣/一般

당신 같은 사람은 못 봤어요.
沒見過像你這樣的人。

0315 ★★★ 形 **똑같습니다 / 똑같아요 / 똑같다 / 똑같은**

똑같다
[똑깓따]
一模一樣

내 생각과 똑같다.
和我的想法一模一樣。

0316 ★★★ 動 **맡습니다 / 맡아요 / 맡는다 / 맡는**

맡다
[맏따]
擔當/擔負/保管
取得(證書、許可)

짐을 맡다.
保管行李。

0317 ★ 動 **맡습니다 / 맡아요 / 맡는다 / 맡는**

맡다
[맏따]
聞/嗅/察覺

여기에서 가스 냄새를 맡을 수 있었지요.
從這裡就可以聞到瓦斯的味道。

0318 ★ 動 **뱉습니다 / 뱉어요 / 뱉는다 / 뱉는**

뱉다
[뱉따]
吐/吐出來/歸還

아무데나 침을 뱉다.
隨地吐口水。

0319 ★ 動 **내뱉습니다 / 내뱉어요 / 내뱉는다 / 내뱉는**

내뱉다
[내뱉따]
吐出/唾罵

친한 친구에게 속마음을 내뱉다.
對親近的朋友吐露心聲。

0320 ★★★ 動 **붙습니다 / 붙어요 / 붙는다 / 붙는**

붙다
[붇따]
粘貼/附設/養成
依附/合格/交手

입사 시험에 붙다.
入學考試合格。

0321 ★	形	짙습니다 / 짙어요 / 짙다 / 짙은
짙다 [짇따] 深/濃/濃厚 濃郁/茂密/重		아침 안개가 짙다. 晨霧濃厚。

ㅍ

0322 ★★	動	갚습니다 / 갚아요 / 갚는다 / 갚는
갚다 [갑따] 償還/報答/報復		동료가 돈이 없어서 빚을 갚지 못해요. 同事因為沒錢，無法還債。
0323 ★★	**動**	**덮습니다 / 덮어요 / 덮는다 / 덮는**
덮다 [덥따] 蓋上/合上/覆蓋 遮蔽/掩蓋/庇護		책을 덮으며 인터넷으로 정답을 찾아보았다. 合上書本，使用網路尋找答案。
0324 ★★★	**形**	**높습니다 / 높아요 / 높다 / 높은**
높다 [놉따] 高/高貴		독서 흥미와 독서 능력은 상관 관계가 아주 높다. 讀書興致和讀書能力有很高的關連。
0325 ★★★	**形**	**깊습니다 / 깊어요 / 깊다 / 깊은**
깊다 [깁따] 深/深厚/濃厚/深奧		그 우물은 매우 깊었다. 那個水井很深。
0326 ★★	**動**	**짚습니다 / 짚어요 / 짚는다 / 짚는**
짚다 [집따] 拄/按/診(脈) 指出/推算/猜測		지팡이를 짚다. 拄著拐杖。

ㅎ

0327 ★★ 形	까맣습니다 / 까매요 / 까맣다 / 까만
까맣다 [까마타] 黑/烏黑/漆黑	모든 까마귀는 까맣다. 天下烏鴉一般黑。

0328 ★★ 形	조그맣습니다 / 조그매요 / 조그맣다 / 조그만
조그맣다 [조그마타] 小/微小	몸집이 조그맣다. 體格瘦小。

0329 ★★★ 動	낳습니다 / 낳아요 / 낳는다 / 낳는
낳다 [나타] 生/生產/產生	공업화는 여러 가지 도시 문제를 낳았다. 工業化產生各種都市問題。

0330 ★★ 形	노랗습니다 / 노래요 / 노랗다 / 노란
노랗다 [노라타] 黃/枯黃/枯萎	장사가 노랗게 되었다. 生意萎縮。

0331 ★★★ 形	커다랗습니다 / 커다래요 / 커다랗다 / 커다란
커다랗다 [커다라타] 巨大/碩大	목소리가 커다랗다. 聲音很大。

0332 ★★ 形	파랗습니다 / 파래요 / 파랗다 / 파란
파랗다 [파라타] 藍	날씨가 엄청 더운데 하늘과 구름은 가을 하늘처럼 높고 파랗다. 雖然天氣非常熱，天空和雲朵像秋天的天空一樣又高又藍。

0333 ★★★ 動	닿습니다 / 닿아요 / 닿는다 / 닿는
닿다 [다타] 接觸/觸及 抵達/到達/取得	기차가 두 시에 닿는다. 火車在2點的時候抵達。

0334 ★★	形	빨갛습니다 / 빨개요 / 빨갛다 / 빨간
빨갛다 [빨가타] 紅		얼굴이 온통 빨갛다. 滿臉通紅。
0335 ★★★	動	쌓습니다 / 쌓아요 / 쌓는다 / 쌓는
쌓다 [싸타] 堆/堆疊/堆砌 積累/奠定/建立		기초를 쌓다. 建立基礎。
0336 ★★★	形	하얗습니다 / 하얘요 / 하얗다 / 하얀
하얗다 [하야타] 白/雪白		네 피부는 정말 하얗다. 你的皮膚真的很白。
0337 ★★★	形	그렇습니다 / 그래요 / 그렇다 / 그런
그렇다 [그러타] 那樣/是的/對的		그는 본시부터 그렇다. 他本來就是那樣。
0338 ★★	形	아무렇습니다 / 아무래요 / 아무렇다 / 아무런
아무렇다 [아무러타] 不管怎麼樣 無論如何/任何		아무튼 하긴 해야 한다. 不管怎樣，該做的還是要做。
0339 ★★★	形	이렇습니다 / 이래요 / 이렇다 / 이런
이렇다 [이러타] 這樣/這麼		만약 이렇다면 아마도 좀 더 빨리 완성할 수 있을 지도 모른다. 假如是這樣的話，或許會更早完成也説不定。
0340 ★★	形	저렇습니다 / 저래요 / 저렇다 / 저런
저렇다 [저러타] 那樣/那麼		이런 저런 옛이야기를 꺼낼 필요는 없다. 沒有必要提起所有的往事。

0341 ★★★ 形 **어떻습니다 / 어때요 / 어떻다 / 어떤**

어떻다
[어떠타]
怎樣/如何

퇴근 후에 한잔 어때요?
下班以後去喝一杯如何？

0342 ★★★ 動 **넣습니다 / 넣어요 / 넣는다 / 넣는**

넣다
[너타]
放進/送進/投入
存入/加入/容納

손실도 함께 계산에 넣다.
把損失也一併算在內。

0343 ★★ 動 **집어넣습니다 / 집어넣어요 / 집어넣는다 / 집어넣는**

집어넣다
[지버너타]
塞入/插入
送進/放進

수표를 외화 통장에 집어넣다.
把支票存進外幣存摺。

0344 ★★★ 動 **놓습니다 / 놓아요 / 놓는다 / 놓는**

놓다
[노타]
放置/擱置/擺放
安放/放開/放手

나는 넋을 놓고 한동안 그녀를 쳐다보았다.
我放鬆精神，一時之間注視著她。

0345 ★★★ 動 **내놓습니다 / 내놓아요 / 내놓는다 / 내놓는**

내놓다
[내노타]
取出/拿出/提出
提案/揭露/除外

그가 색다른 아이디어를 내놓았다.
他提出了奇特的構想。

0346 ★★ 動 **내려놓습니다 / 내려놓아요 / 내려놓는다 / 내려놓는**

내려놓다
[내려노타]
放下/擱下/卸下

짐을 여기 내려놓아도 되겠습니까?
可以把行李擱在這邊嗎？

0347 ★ 動 **늘어놓습니다 / 늘어놓아요 / 늘어놓는다 / 늘어놓는**

늘어놓다
[느러노타]
擺放/鋪開/嘮叨

허튼소리를 늘어놓다.
鬼話連篇。

0348 ★	形	들여놓습니다 / 들여놓아요 / 들여놓는다 / 들여놓는
들여놓다 [드려노타] 涉足/步入/踏入 放進/搬進/購入		책상을 실내로 들여놓다. 把書桌搬進室內。
0349 ★	**動**	**빼놓습니다 / 빼놓아요 / 빼놓는다 / 빼놓는**
빼놓다 [빼노타] 抽出/拔除/排除 除外/漏掉/選拔		그들은 그의 말을 한 마디도 빼놓지 않고 들었다. 他們將他的話一句不漏地聽進去。
0350 ★★	**動**	**올려놓습니다 / 올려놓아요 / 올려놓는다 / 올려놓는**
올려놓다 [올려노타] 納入/放在~上面		천평에 분동을 올려놓다. 把砝碼放在天秤上面。
0351 ★★	**動**	**털어놓습니다 / 털어놓아요 / 털어놓는다 / 털어놓는**
털어놓다 [터러노타] 發洩/講出來 和盤托出		내 가슴 속의 말을 당신께 털어놓겠어요. 我要把心裡面的話對你和盤托出。
0352 ★★★	**形**	**좋습니다 / 좋아요 / 좋다 / 좋은**
좋다 [조타] 好/美好/良好/可以 不賴/圓滿/愉快		끝이 좋으면 다 좋아요. 結局如果是好的，一切就算圓滿。

第2單元 母音語幹

ㅏ

0353 ★★★	動	갑니다 / 가요 / 간다 / 가는
가다 [가다] 去/回去/赴 前往/通往		주말이면 친구와 같이 가고 싶은 곳으로 간다. 週末的話，和朋友一起去想去的地方。
0354 ★★	動	가져갑니다 / 가져가요 / 가져간다 / 가져가는
가져가다 [가져가다] 拿走/帶走		책을 가져가다. 把書拿走。
0355 ★	動	건너갑니다 / 건너가요 / 건너간다 / 건너가는
건너가다 [건너가다] 渡過/越過/橫跨		멀리 외국으로 건너가다. 遠渡重洋。
0356 ★	動	끌려갑니다 / 끌려가요 / 끌려간다 / 끌려가는
끌려가다 [끌려가다] 被拉走 / 被拖走		많은 친구들이 강제로 끌려갔다. 許多朋友被強制拖走。
0357 ★★★	動	내려갑니다 / 내려가요 / 내려간다 / 내려가는
내려가다 [내려가다] 下去/下降/下(鄉) 降低/墜落		유가가 내려가도 기름값이 안 내려가는 이유는? 油價即使下跌，汽油的價格不降的理由是？
0358 ★★	動	다가갑니다 / 다가가요 / 다가간다 / 다가가는
다가가다 [다가가다] 接近/靠近/走近		한 발 한 발 목표에 다가가다. 一步步接近目標。

0359 ★★★	動	달려갑니다 / 달려가요 / 달려간다 / 달려가는
달려가다 [달려가다] 跑去/奔赴		아침에 잠이 깨자마자 그에게 달려갔다. 早上才從睡眠中醒來，就跑到他那邊去了。
0360 ★	動	**데려갑니다 / 데려가요 / 데려간다 / 데려가는**
데려가다 [데려가다] 帶走/領走		도둑을 경찰서로 데려갔습니다. 把小偷帶去警察局。
0361 ★★	動	**따라갑니다 / 따라가요 / 따라간다 / 따라가는**
따라가다 [따라가다] 追趕 / 追隨 / 跟隨 跟著 / 附和		다른 사람의 의견을 따라가다. 跟隨別人的意見。
0362 ★	動	**떠나갑니다 / 떠나가요 / 떠나간다 / 떠나가는**
떠나가다 [떠나가다] 離去/離開		나를 떠나가지 마. 不要離開我。
0363 ★	動	**시집갑니다 / 시집가요 / 시집간다 / 시집가는**
시집가다 [시집까다] 【媤-】 出嫁		부잣집에 시집가다. 嫁到有錢人家。
0364 ★★	動	**오갑니다 / 오가요 / 오간다 / 오가는**
오가다 [오가다] 來回/往返/來往		서로 친해서 오가다. 互相親密地來往。
0365 ★★★	動	**올라갑니다 / 올라가요 / 올라간다 / 올라가는**
올라가다 [올라가다] 上去/上升/上漲 提高/逆流/逆行		기온이 점점 올라가다. 氣溫漸漸上升。

0366 ★★★ 動 **지나갑니다 / 지나가요 / 지나간다 / 지나가는**

지나가다
[지나가다]
經過/通過/過去
越過/穿越

어느덧 20년이 지나갔다.
轉眼之間就過了20年。

0367 ★★ 動 **흘러갑니다 / 흘러가요 / 흘러간다 / 흘러가는**

흘러가다
[흘러가다]
流/流逝/逝去

시냇물이 세차게 흘러가다.
溪水湍急流過。

0368 ★★★ 動 **나아갑니다 / 나아가요 / 나아간다 / 나아가는**

나아가다
[나아가다]
往前/前進/進行
上進/進取/好轉

큰 걸음으로 나아가다.
大步前進。

0369 ★★ 動 **날아갑니다 / 날아가요 / 날아간다 / 날아가는**

날아가다
[나라가다]
飛去/飛行
消失/被解雇

미국을 여행한 후 파리로 날아갔다.
在美國旅行之後，飛往巴黎。

0370 ★★★ 動 **돌아갑니다 / 돌아가요 / 돌아간다 / 돌아가는**

돌아가다
[도라가다]
返回/拐彎/循環
回轉/變成/亡故

원점으로 돌아가다.
返回原點。

0371 ★ 動 **되돌아갑니다 / 되돌아가요 / 되돌아간다 / 되돌아가는**

되돌아가다
[되도라가다]
返回/折回/重返

잠시 쉬고 온 길을 되돌아가다.
暫時休息，再從原路返回。

0372 ★★★ 動 **살아갑니다 / 살아가요 / 살아간다 / 살아가는**

살아가다
[사라가다]
謀生/過活/活下去

빚을 내서 살아가다.
借債過活。

0373 ★★★	動	찾아갑니다 / 찾아가요 / 찾아간다 / 찾아가는
찾아가다 [차자가다] 拜訪/認領/提取		은행에서 저금을 찾아가다. 到銀行提取存款。

0374 ★★★	動	걸어갑니다 / 걸어가요 / 걸어간다 / 걸어가는
걸어가다 [거러가다] 徒步前往/走路過去		그녀와 그는 손을 잡고 학교를 향해 걸어가고 있다. 她和他牽著手向學校走去。

0375 ★★★	動	넘어갑니다 / 넘어가요 / 넘어간다 / 넘어가는
넘어가다 [너머가다] 跌倒/落下/越過 過渡/轉入/受騙		서비스 기한이 넘어가다. 超過服務期限。

0376 ★★★	動	들어갑니다 / 들어가요 / 들어간다 / 들어가는
들어가다 [드러가다] 進去/進入/住進 加入/參加/花費		그 사람 집에 안 들어가는 진짜 이유가 뭐예요? 究竟他不回家的真正理由是什麼？

0377 ★	動	뛰어갑니다 / 뛰어가요 / 뛰어간다 / 뛰어가는
뛰어가다 [뛰어가다] 跑去/奔跑		그가 학교를 향해 뛰어가다. 他朝學校跑去。

0378 ★★★	動	나갑니다 / 나가요 / 나간다 / 나가는
나가다 [나가다] 出去/上學/上班 退出/停(電)		전기가 나가다. 停電了。

0379 ★★★	動	빠져나갑니다 / 빠져나가요 / 빠져나간다 / 빠져나가는
빠져나가다 [빠저나가다] 外流/漏網/掉落		대량의 인재가 모두 선진국으로 빠져나갔다. 大量人材都外流到先進國家。

0380 ★ 動

삼갑니다 / 삼가요 / 삼간다 / 삼가는

삼가다
[삼가다]
謹慎/慎重/小心
節制/禁(煙/酒)

어른 앞에서 담배를 삼가다.
在大人面前要節制吸煙。

0381 ★★★ 動

쌉니다 / 싸요 / 싼다 / 싸는

싸다
[싸다]
包裹/包裝/包圍
包庇/包(便當)

생일 선물을 포장지로 싸다.
用包裝紙包裹生日禮物。

0382 ★★ 動

감쌉니다 / 감싸요 / 감싼다 / 감싸는

감싸다
[감싸다]
包/裹/覆蓋
庇護/袒護/包庇

갓난아이를 모포로 감싸다.
用毛毯包住初生嬰兒。

0383 ★★★ 動

둘러쌉니다 / 둘러싸요 / 둘러싼다 / 둘러싸는

둘러싸다
[둘러싸다]
包圍/圍繞/環繞

시민들은 그들의 대표를 둘러싸고 열렬하게 박수를 쳤다.
市民圍繞著他們的代表，熱烈地鼓掌。

0384 ★★ 形

쌉니다 / 싸요 / 싸다 / 싼

싸다
[싸다]
便宜/低廉
活該/合該/合當

좀 싸게 해주세요.
算便宜一點吧。

0385 ★★★ 動

비쌉니다 / 비싸요 / 비싸다 / 비싼

비싸다
[비싸다]
昂貴/高價

백화점의 물건이 시장에 비해서 좀 비싸다.
百貨公司的東西比市場的貴了點。

0386 ★★★ 動

납니다 / 나요 / 난다 / 나는

나다
[나다]
出/生/出生/長
出產/產生/發生

그 사진을 볼 적마다 옛날 생각이 납니다.
每當看到那張照片就會想起從前。

0387 ★★★ 動	끝납니다 / 끝나요 / 끝난다 / 끝나는
끝나다 [끈나다] 結束/終結 完結/到期	이제는 모두 다 끝났어요. 現在一切都結束了。

0388 ★★★ 動	나타납니다 / 나타나요 / 나타난다 / 나타나는
나타나다 [나타나다] 出現/露出/顯露 顯現/呈現/產生	테스트 결과가 양성으로 나타나다. 測試結果呈現陽性。

0389 ★★★ 動	드러납니다 / 드러나요 / 드러난다 / 드러나는
드러나다 [드러나다] 露出/暴露/敗露 透露/聞名/揚名	그 사람의 말은 이미 허점이 환히 드러났다. 那個人的話已經清楚地敗露破綻。

0390 ★★ 動	물러납니다 / 물러나요 / 물러난다 / 물러나는
물러나다 [물러나다] 後退/退出/讓開 引退/退職/辭職	여러분, 들어갈 수 있도록 조금만 물러나 주세요. 大家稍微後退，讓我可以進去。

0391 ★★★ 動	빛납니다 / 빛나요 / 빛난다 / 빛나는
빛나다 [빈나다] 閃耀/閃爍 發光/光輝燦爛	불빛과 달빛이 어울려서 빛나다. 燈光和月色交相輝映。

0392 ★★★ 動	생각납니다 / 생각나요 / 생각난다 / 생각나는
생각나다 [생강나다] 想起/想到/想出	그의 생김새를 보자마자 갑자기 옛일이 생각나다. 一看到他的長相，恍然想起從前的事情。

0393 ★★★ 動	생겨납니다 / 생겨나요 / 생겨난다 / 생겨나는
생겨나다 [생겨나다] 出現/發生/產生	유리 표면에 수증기가 생겨나다. 在玻璃表面出現水蒸氣。

0394 ★★ 動 **어긋납니다 / 어긋나요 / 어긋난다 / 어긋나는**

어긋나다
[어근나다]
不符/不合/不和
錯開/違背/辜負

도리에 어긋나는 일을 하지 않았습니다.
沒做出不合道理的事情。

0395 ★★★ 動 **엄청납니다 / 엄청나요 / 엄청나다 / 엄청난**

엄청나다
[엄청나다]
相當大/非常大

가혹한 잡세가 엄청나다.
苛捐雜稅多如牛毛。

0396 ★ 動 **자라납니다 / 자라나요 / 자라난다 / 자라나는**

자라나다
[자라나다]
成長/滋長/養成

꿈이 끝없이 자라나다.
夢想無止境地成長。

0397 ★ 動 **잘납니다 / 잘나요 / 잘나다 / 잘난**

잘나다
[잘라다]
長得好看/俊秀
出類拔萃/了不起

잘난 척 하지 마라.
別自以為了不起。

0398 ★ 動 **쫓겨납니다 / 쫓겨나요 / 쫓겨난다 / 쫓겨나는**

쫓겨나다
[쫃껴나다]
被攆走/被趕走

집주인에게 쫓겨났다.
被房東趕走。

0399 ★ 動 **타고납니다 / 타고나요 / 타고난다 / 타고나는**

타고나다
[타고나다]
先天/天生/天賦

부드러운 성격을 타고나다.
天生的溫和性格。

0400 ★★ 動 **달아납니다 / 달아나요 / 달아난다 / 달아나는**

달아나다
[다라나다]
奔跑/流竄/竄逃
逃跑/逃逸/消失

택시가 신호를 무시하고 재빨리 달아나다.
計程車不理會紅綠燈，迅速地奔馳。

0401 ★	動	살아납니다 / 살아나요 / 살아난다 / 살아나는
살아나다 [사라나다] 復活/復甦/復興 恢復/死灰復燃		2009년부터 서서히 부동산 경기가 살아났다. 從2009年開始不動產景氣慢慢地復甦了。
0402 ★★	動	깨어납니다 / 깨어나요 / 깨어난다 / 깨어나는
깨어나다 [깨어나다] 醒 / 清醒 / 蘇醒		그는 이미 의식불명에서 깨어났다. 他已經從昏迷狀態中醒來。
0403 ★★★	動	늘어납니다 / 늘어나요 / 늘어난다 / 늘어나는
늘어나다 [느러나다] 增加/增長/擴大		인구가 날로 늘어나다. 人口日益增加。
0404 ★★★	形	뛰어납니다 / 뛰어나요 / 뛰어나다 / 뛰어난
뛰어나다 [뛰어나다] 卓越/突出/優秀		여러 명 중에서 특히 뛰어난 선수다. 在許多人當中特別優秀的選手。
0405 ★★★	動	벗어납니다 / 벗어나요 / 벗어난다 / 벗어나는
벗어나다 [버서나다] 逃脫/擺脫/脫離 違背/不合/偏離		과연 내 예측을 벗어나지 않고 비가 오는구나. 果然不出我所料，下雨了。
0406 ★★★	動	일어납니다 / 일어나요 / 일어난다 / 일어나는
일어나다 [이러나다] 起來/起床/奮起 發生/興旺/繁榮		보통 일곱시에는 일어난다. 通常在7點起床。
0407 ★★★	動	태어납니다 / 태어나요 / 태어난다 / 태어나는
태어나다 [태어나다] 出生/誕生		너의 여동생은 몇 년에 태어났느냐?. 你妹妹是哪一年出生的？

0408 ★★★ 動

떠납니다 / 떠나요 / 떠난다 / 떠나는

떠나다
[떠나다]
出發/離開/脫離
擺脫/過世/消失

우리는 세계 여행을 떠나기로 약속했다.
我們約定要出發去世界各地旅行。

0409 ★★★ 動

만납니다 / 만나요 / 만난다 / 만나는

만나다
[만나다]
會晤/見面/碰見
遇到/相遇/趕上

다음에 언제 또 만날까요?
下次什麼時候見面？

0410 ★★★ 動

지납니다 / 지나요 / 지난다 / 지나는

지나다
[지나다]
經過/過去/逾(期)

지난 날의 삶을 깊이 성찰하다.
深刻反省過去的生活。

0411 ★★★ 動

놀랍니다 / 놀라요 / 놀란다 / 놀라는

놀라다
[놀라다]
吃驚/驚訝/驚嘆

선생님의 갑작스런 출현은 모두를 놀라게 했다.
老師的突然出現讓大家大吃一驚。

0412 ★★ 動

모자랍니다 / 모자라요 / 모자란다 / 모자라는

모자라다
[모자라다]
不足/不夠/短少
短缺/缺乏/缺少

일손이 모자라다.
人手不夠。

0413 ★★★ 動

바랍니다 / 바래요(×바라요) / 바란다 / 바라는

바라다
[바라다]
希望/盼望/期望
指望/希冀/貪圖

그의 사업이 성취되기를 바라다.
希望他的事業成功。

0414 ★★★ 動

자랍니다 / 자라요 / 자란다 / 자라는

자라다
[자라다]
發育/成長/長大
滋長/生長

잘 자는 아이가 잘 자라다.
睡得好的小孩發育就好。

0415 ★★★	動	땁니다 / 따요 / 딴다 / 따는
따다 [따다] 摘取/採擷/摘錄 剖開/取得/贏錢		마침내 운전면허증을 땄다. 終於取得駕照。
0416 ★★★	動	**삽니다 / 사요 / 산다 / 사는**
사다 [사다] 買/購買/收購/招惹 討好/評價/僱用		국민의 격렬한 반감을 사다. 惹起國民激烈的反感。
0417 ★★★	動	**잡니다 / 자요 / 잔다 / 자는**
자다 [자다] 睡覺/停止/靜止		그는 이미 열두 시간을 잤어요. 他已經睡了12個小時。
0418 ★	動	**잠잡니다 / 잠자요 / 잠잔다 / 잠자는**
잠자다 [잠자다] 睡覺/就寢/安歇 睡著/壓平		벌써 잠잘 시간이에요. 已經是睡覺時間了。
0419 ★★	動	**짭니다 / 짜요 / 짠다 / 짜는**
짜다 [짜다] 編織/組織/制定		구체적인 계획을 짜다. 制定具體的計劃。
0420 ★	動	**짭니다 / 짜요 / 짠다 / 짜는**
짜다 [짜다] 擰/榨/榨取/絞		레몬 즙을 짜다. 榨檸檬汁。
0421 ★	形	**짭니다 / 짜요 / 짜다 / 짠**
짜다 [짜다] 鹹/吝嗇		왜 바닷물이 짭니까? 為什麼海水是鹹的？

0422 ★★★ 動	찹니다 / 차요 / 찬다 / 차는
차다 [차다] 滿/充滿/充塞 達到(某種限度)	공기 속에는 생화의 향기가 가득 차 있다. 空氣中充滿鮮花的芳香。
0423 ★★ 動	**찹니다 / 차요 / 찬다 / 차는**
차다 [차다] 踢/踢開	이불을 차고 일어났다. 踢開被子，然後起床。
0424 ★★ 動	**찹니다 / 차요 / 찬다 / 차는**
차다 [차다] 戴/佩帶/佩戴	시계를 차다. 戴手錶。
0425 ★★ 形	**찹니다 / 차요 / 차다 / 찬**
차다 [차다] 冷 / 寒冷 / 冷漠 / 冷淡	사람들한테 왜 이렇게 차갑습니까? 你對別人為什麼這麼冷模？
0426 ★ 形	**벅찹니다 / 벅차요 / 벅차다 / 벅찬**
벅차다 [벅차다] 吃力/費勁/充滿 洋溢/充實/充滿	이 일은 나에게는 많이 벅차다. 這件事對我而言很吃力。
0427 ★★ 形	**힘찹니다 / 힘차요 / 힘차다 / 힘찬**
힘차다 [힘차다] 充滿力量/有力 朝氣蓬勃/吃力	힘찬 발걸음으로 도약하다. 用充滿力量的腳步跳躍。
0428 ★★★ 動	**탑니다 / 타요 / 탄다 / 타는**
타다 [타다] 騎/搭乘/乘坐 溜(冰) /乘機	가끔 택시를 탈 때도 있지만 대부분의 경우 지하철을 탑니다. 雖然偶爾也會搭計程車，大部份的情況都是搭乘地鐵。

0429 ★★★	動	탑니다 / 타요 / 탄다 / 타는
타다 [타다] 燃燒/燒(焦)/曬(黑) 焦慮/乾枯/乾渴		젖은 장작은 잘 타지 않는다. 濕的木柴不容易燃燒。
0430 ★	動	탑니다 / 타요 / 탄다 / 타는
타다 [타다] 獲得/享有/領取		저는 대학 때는 장학금을 타기 위해서 열심히 공부했습니다. 我大學的時候，為了獲得獎學金很努力用功。
0431 ★	動	갈아탑니다 / 갈아타요 / 갈아탄다 / 갈아타는
갈아타다 [가라타다] 換乘/轉車		어디에서 차를 갈아타면 되나요? 我在哪裡轉車才好？
0432 ★★	動	팝니다 / 파요 / 판다 / 파는
파다 [파다] 挖/挖掘/刨/摳/刻 雕刻/探究/鑽研		땅에 구멍을 파다. 在地上挖洞。

ㅐ

0433 ★★★	動	냅니다 / 내요 / 낸다 / 내는
내다 [내다] 提出/騰出/發出 付(款)/借貸/寄		나중에 취소를 하면 수수료를 내야 합니다. 如果下次取消的話，要付手續費。
0434 ★★★	動	나타냅니다 / 나타내요 / 나타낸다 / 나타내는
나타내다 [나타내다] 表現/呈現/表露 露出/顯出/顯露		그림으로 의도나 상태를 나타내다. 用圖畫呈現意圖和狀態。

0435 ★★★ 動 **지냅니다 / 지내요 / 지낸다 / 지내는**

지내다
[지내다]
過活/度日/度過
相處/交往/結交

영려 덕분에 잘 지내고 있습니다.
托你的關懷，我過得很好。

0436 ★★★ 動 **꺼냅니다 / 꺼내요 / 꺼낸다 / 꺼내는**

꺼내다
[꺼내다]
掏出/拿出
提起/説出

필통에서 연필 하나를 꺼냈다.
從筆筒拿出一隻鉛筆。

0437 ★★★ 動 **드러냅니다 / 드러내요 / 드러낸다 / 드러내는**

드러내다
[드러내다]
露出/袒露/暴露
揚名/使~聞名

계획의 허점을 드러내다.
暴露出計劃的漏洞。

0438 ★★★ 動 **끝냅니다 / 끝내요 / 끝낸다 / 끝내는**

끝내다
[끈내다]
結束/終結/完成

오늘까지 이 일을 다 끝내야 해요.
到今天為止，這件事必須全部做完。

0439 ★★ 動 **찾아냅니다 / 찾아내요 / 찾아낸다 / 찾아내는**

찾아내다
[차자내다]
找出/挖出/查出
挖掘/發掘

곤란을 극복할 아이디어를 찾아내다
找出克服困難的方法。

0440 ★★ 動 **해냅니다 / 해내요 / 해낸다 / 해내는**

해내다
[해내다]
辦到/達成/搞定

힘들이지 않고 해내다.
不費吹灰之力。

0441  動 **펴냅니다 / 펴내요 / 펴낸다 / 펴내는**

펴내다
[펴내다]
鋪展/發行/刊行

한국 전래 동화를 영어로 펴내다.
發行英文版韓國傳統童話。

0442 ★★	動	밝혀냅니다 / 밝혀내요 / 밝혀낸다 / 밝혀내는
밝혀내다 [발켜내다] 查明/查究/探源		사건의 배후 관계를 밝혀내다. 查明事件的背後關係。
0443 ★	**動**	**알아냅니다 / 알아내요 / 알아낸다 / 알아내는**
알아내다 [아라내다] 探究/探測/探知 試探/打聽/揣摩		상대방의 의향을 알아내다. 揣摩對方的意向。
0444 ★	**動**	**빼냅니다 / 빼내요 / 빼낸다 / 빼내는**
빼내다 [빼내다] 抽出/挑出/拔出 選拔/騙取/營救		카드를 한 장 빼내다. 抽出一張卡片。
0445 ★	**動**	**자아냅니다 / 자아내요 / 자아낸다 / 자아내는**
자아내다 [자아내다] 抽出/紡出 引起/激起		그 이야기는 많은 사람들의 호기심을 자아냈다. 那個故事引起了許多人的好奇心。
0446 ★★★	**動**	**보냅니다/보내요/보낸다/보내는**
보내다 [보내다] 送/寄/供應 派遣/支使/度過		모처럼 느긋한 시간을 보내다. 難得度過閑暇的時光。
0447 ★	**動**	**내보냅니다/내보내요/내보낸다/내보내는**
내보내다 [내보내다] 送出去/調派出去 趕出去/除名/解僱		물을 내보내다. 把水排出去。
0448 ★★★	**動**	**댑니다 / 대요 / 댄다 / 대는**
대다 [대다] 接觸/連接/吃 著手/面對/比較		하루 종일 음식을 입에 대지 않았다. 一整天都沒吃東西。

0449 ★★ 動 **기댑니다 / 기대요 / 기댄다 / 기대는**

기대다
[기대다]
倚靠/依靠/依賴

늙었지만 기댈 사람이 하나도 없다.
年老了卻連一個可以依靠的人都沒有。

0450 ★★ 動 **깹니다 / 깨요 / 깬다 / 깨는**

깨다
[깨다]
醒/覺醒/覺悟

술이 덜 깼어요.
還沒完全酒醒。

0451 ★★ 動 **깹니다 / 깨요 / 깬다 / 깨는**

깨다
[깨다]
打破/毀壞/毀(約)

그가 보유하고 있는 기록은 깰 수 있는 사람은 없다.
沒有人能打破他保持的記錄。

0452 ★★ 動 **달랩니다 / 달래요 / 달랜다 / 달래는**

달래다
[달래다]
安慰/勸解/哄/誘導

좋은 말로 달래다.
好言勸解。

0453 ★★ 動 **맵니다 / 매요 / 맨다 / 매는**

매다
[매다]
綁/拴/結/扎/裝訂

허리띠를 졸라 매다.
勒緊褲帶。

0454 ★★ 動 **헤맵니다 / 헤매요 / 헤맨다 / 헤매는**

헤매다
[헤매다]
徘徊/徬徨/猶豫/掙扎

미궁 속을 헤매다.
在迷宮中徘徊。

0455 ★★ 動 **뱁니다 / 배요 / 밴다 / 배는**

배다
[배다]
濕透/浸透/滲透
習慣/上手/適應

온몸에 냄새가 배다.
全身都滲透了味道。

0456 ★	動	보탭니다 / 보태요 / 보탠다 / 보태는
보태다 [보태다] 增加 / 增添 / 添加 添補 / 補充 / 補貼		모자라는 것은 보태고 잘못된 것은 바로 잡다. 補充不足之處以及糾正錯誤的地方。
0457 ★★★	動	뺍니다 / 빼요 / 뺀다 / 빼는
빼다 [빼다] 挑出/拔出/拉出 剔除/刪除/除外		불필요한 구절을 빼다. 刪除不必要的句子。
0458 ★★	動	샙니다 / 새요 / 샌다 / 새는
새다 [새다] 漏/泄漏/滲漏		독가스가 새다. 毒氣泄漏。
0459 ★★★	動	없앱니다 / 없애요 / 없앤다 / 없애는
없애다 [업쌔다] 消除/消滅/消弭 取消/打消/杜絕		선입견을 없애다. 消除成見。
0460 ★	動	잽니다 / 재요 / 잰다 / 재는
재다 [재다] 測量/估量/衡量		바다의 깊이를 재다. 測量海的深度。
0461 ★	動	챕니다 / 채요 / 챈다 / 채는
채다 [채다] 察覺/猜出/看出		경기 회복의 낌새를 채다. 察覺經濟復甦的徵兆。
0462 ★★	動	캡니다 / 캐요 / 캔다 / 캐는
캐다 [캐다] 挖掘/追究/揭穿		이 일은 여기에서 그만두고, 또 다시 캐지 마라. 這件事情到此為止，不要再追究了。

ㅓ

0463 ★★ 動 **건넙니다 / 건너요 / 건넌다 / 건너는**

건너다
[건너다]
渡/越過/跨越/涉水

대서양을 날아서 건너다.
飛越大西洋。

0464 ★★★ 動 **그럽니다 / 그래요 / 그런다 / 그러는**

그러다
[그러다]
那樣做
(그리하다的略語)

그러려면 깨달음이 필요하다.
你打算那樣做的話，就要有所覺悟。

0465 ★★★ 動 **이럽니다 / 이래요 / 이런다 / 이러는**

이러다
[이러다]
這樣做
(이리하다的略語)

제발 부탁이니 다시는 이러지 마세요.
求求你，別再這樣做了。

0466 ★★★ 動 **어쩝니다 / 어째요 / 어쩐다 / 어쩌는**

어쩌다
[어쩌다]
怎麼辦
(어찌하다的略語)

그렇다면 니 어쩔래?
如果那樣，你怎麼辦？

0467 ★★★ 動 **섭니다 / 서요 / 선다 / 서는**

서다
[서다]
站/站立/建立
成立/擬定/停

시계가 서다.
錶停了。

0468 ★★★ 動 **나섭니다 / 나서요 / 나선다 / 나서는**

나서다
[나서다]
站出來/出面
挺身而出

위험한 순간에 용감히 나서다.
在危險時刻勇敢地挺身而出。

0469 ★★★ 動 **넘어섭니다 / 넘어서요 / 넘어선다 / 넘어서는**

넘어서다
[너머서다]
越過/渡過/擺脱

어려운 고비를 넘어서다.
渡過難關。

0470 ★	動	늘어섭니다 / 늘어서요 / 늘어선다 / 늘어서는
늘어서다 [느러서다] 排列成行/林立 櫛比鱗次		키순으로 늘어서다. 按高矮次序排列成行。

0471 ★	動	다가섭니다 / 다가서요 / 다가선다 / 다가서는
다가서다 [다가서다] 靠近		내 옆으로 바싹 다가서다. 緊緊地靠近在我的身邊。

0472 ★★	動	돌아섭니다 / 돌아서요 / 돌아선다 / 돌아서는
돌아서다 [도라서다] 轉向/轉身/背離 (病情)好轉/恢復		이 길은 통하지 않으니 빨리 돌아서야 겠다. 這條路不通，要趕快轉換方向。

0473 ★★★	動	들어섭니다 / 들어서요 / 들어선다 / 들어서는
들어서다 [드러서다] 進入/踏進/躋身		막다른 골에 들어서다. 進入死胡同。

0474 ★★	動	맞섭니다 / 맞서요 / 맞선다 / 맞서는
맞서다 [맏써다] 面對面站著 面臨/對峙/較量		나는 너에게 맞설 이유가 없다. 我沒有理由和你較量。

0475 ★★	動	앞섭니다 / 앞서요 / 앞선다 / 앞서는
앞서다 [압써다] 領先/超前/提前		그는 무슨 일을 하든지 늘 앞서려 한다. 他無論做什麼事老想搶先。

0476 ★★	動	앞장섭니다 / 앞장서요 / 앞장선다 / 앞장서는
앞장서다 [압짱서다] 帶頭/領頭/領先		그는 교육 개혁에 앞장섰다. 他站在教育改革的前頭。

0477 ★★★	動	일어섭니다 / 일어서요 / 일어선다 / 일어서는
일어서다 [이러서다] 站起來/起身/興旺		청중은 일제히 일어서서 박수를 쳤다. 聽眾一齊站起來拍手。

ㅔ

0478 ★	動	건넵니다 / 건네요 / 건넨다 / 건네는
건네다 [건네다] 攀談/交付/轉讓		이 집은 소유권을 건넬 수 있습니까? 這房子能轉讓所有權嗎？
0479 ★★★	動	뗍니다 / 떼요 / 뗀다 / 떼는
떼다 [떼다] 撕下/取下/扣除 隔開/放棄/拒絕		주식거래 수수료를 떼다. 扣除股票交易手續費。
0480 ★	動	멥니다 / 메요 / 멘다 / 메는
메다 [메다] 背/挑/扛/擔負		책가방을 메다. 背書包。
0481 ★★	動	벱니다 / 베요 / 벤다 / 베는
베다 [베다] 割/砍/切/解僱		요리를 하다가 손가락을 베고 말았다. 做料理的中途，割到手指。
0482 ★★	動	셉니다 / 세요 /센다 / 세는
세다 [세다] 核算/計算		돈을 세어 보니 만 원이 빠진다. 試著核算金錢，掉了一萬塊。

0483 ★★	形	셉니다 / 세요 / 세다 / 센
세다 [세다] 強大/強烈/猛烈 高超/厲害/繁重		그 여자는 힘이 매우 세다. 那個女生力氣很大。
0484 ★	形	**거셉니다 / 거세요 / 거세다 / 거센**
거세다 [거세다] 強烈/猛烈/洶湧		유가상승의 불길이 거세다. 油價上漲的火勢猛烈。

ㅕ

0485 ★★	動	켭니다 / 켜요 / 켠다 / 켜는
켜다 [켜다] 開(燈)/點(火)/打開		텔레비전을 켤까요? 要打開電視嗎？
0486 ★	動	**들이켭니다 / 들이켜요 / 들이켠다 / 들이켜는**
들이켜다 [드리켜다] 痛飲/暴飲		그는 맥주 한 병을 단숨에 들이켰다. 他一口氣痛飲一瓶啤酒。
0487 ★★★	動	**폅니다 / 펴요 / 편다 / 펴는**
펴다 [펴다] 打開/展開/鋪開 伸展/舒展/拉平		수리가 날개를 폈다. 老鷹展開了翅膀。

ㅗ

0488 ★★★	動	옵니다 / 와요 / 온다 / 오는
오다 [오다] 來/到來/輪到 來臨/下(雨/雪)		올 사람은 다 왔다. 要來的人都來了。

0489 ★★★ 動	**가져옵니다 / 가져와요 / 가져온다 / 가져오는**
가져오다 [가져오다] 拿來/帶來/招來	기업의 번영을 가져오다. 帶來企業的繁榮。
0490 ★★★ 動	**내려옵니다 / 내려와요 / 내려온다 / 내려오는**
내려오다 [내려오다] 下來/放下來 傳承下來	그가 산에서 내려오다. 他從山上下來。
0491 ★★★ 動	**다가옵니다 / 다가와요 / 다가온다 / 다가오는**
다가오다 [다가오다] 走近/迫近/前來	세밑이 다가오다. 年關迫近。
0492 ★★★ 動	**다녀옵니다 / 다녀와요 / 다녀온다 / 다녀오는**
다녀오다 [다녀오다] 來回/往返	저녁 때까지 다녀오기는 어려울 것 같다. 在傍晚之前，往返好像有困難。
0493 ★★ 動	**달려옵니다 / 달려와요 / 달려온다 / 달려오는**
달려오다 [달려오다] 跑過來	곧장 달려왔는데 너무 늦었네요. 雖然馬上就跑過來，還是太晚了。
0494 ★★★ 動	**들려옵니다 / 들려와요 / 들려온다 / 들려오는**
들려오다 [들려오다] (消息/風聞)傳來	교실에서 학생들의 소리가 들려왔다. 從教室傳來學生們的聲音。
0495 ★★ 動	**따라옵니다 / 따라와요 / 따라온다 / 따라오는**
따라오다 [따라오다] 追隨/跟隨/跟來 仿效/看齊	의미있는 일과 재미있는 일을 하면 돈이 따라온다. 只要做有意義和有趣的事，錢就會追隨而來。

0496 ★	動	몰려옵니다 / 몰려와요 / 몰려온다 / 몰려오는
몰려오다 [몰려오다] 蜂擁而至		사람들이 밀물처럼 몰려오다. 人們像潮水一般蜂擁而至。
0497 ★★★	**動**	**올라옵니다 / 올라와요 / 올라온다 / 올라오는**
올라오다 [올라오다] 上來/爬上來 登上/逆流而上		전망대에 올라오다. 登上展望台。
0498 ★★	**動**	**날아옵니다 / 날아와요 / 날아온다 / 날아오는**
날아오다 [나라오다] 飛來		참새는 나중에 날아오겠답니다. 麻雀稍後就會飛過來。
0499 ★★★	**動**	**돌아옵니다 / 돌아와요 / 돌아온다 / 돌아오는**
돌아오다 [도라오다] 回來/歸來/返回 繞行/繞道/輪到		나에게도 운이 돌아온다. 好運也輪到我了。
0500 ★	**動**	**되돌아옵니다 / 되돌아와요 / 되돌아온다 / 되돌아오는**
되돌아오다 [되도라오다] 返回/折回/折返		원래의 곳으로 돌아가다. 返回原地。
0501 ★★★	**動**	**살아옵니다 / 살아와요 / 살아온다 / 살아오는**
살아오다 [사라오다] 活下來/生還 渡過難關		어떻게 살아오셨습니까? 如何存活下來的？
0502 ★★★	**動**	**찾아옵니다 / 찾아와요 / 찾아온다 / 찾아오는**
찾아오다 [차자오다] 來訪/找上門/取回		어떤 분이 선생님을 찾아오셨습니다. 有位先生來拜訪老師。

0503 ★ 動 걸어옵니다 / 걸어와요 / 걸어온다 / 걸어오는

걸어오다
[거러오다]
走過來/走來

느릿느릿 걸어오다.
緩緩走過來。

0504 ★ 動 넘어옵니다 / 넘어와요 / 넘어온다 / 넘어오는

넘어오다
[너머오다]
倒向這邊/移轉過來
跨越過來

공장의 관리권이 우리에게로 넘어오다.
工廠的管理權移轉到我們手上。

0505 ★★★ 動 들어옵니다 / 들어와요 / 들어온다 / 들어오는

들어오다
[드러오다]
進來/加入/參加
侵入/浸透/理解

허를 타고 들어오다.
乘虛而入。

0506 ★ 動 불어옵니다 / 불어와요 / 불어온다 / 불어오는

불어오다
[부러오다]
吹來

시원한 바람이 소르르 불어오다.
涼爽的風輕輕地吹來。

0507 ★★★ 動 나옵니다 / 나와요 / 나온다 / 나오는

나오다
[나오다]
出來/湧出/現出
登場/退出/畢業

회사에서 걸어 나오다.
步出公司。

0508 ★★ 動 빠져나옵니다 / 빠져나와요 / 빠져나온다 / 빠져나오는

빠져나오다
[빠저나오다]
擺脫/抽身

나는 기나긴 회의에서 빠져나올 수 없었어요.
我無法從漫長的會議抽身而出。

0509 ★ 動 튀어나옵니다 / 튀어나와요 / 튀어나온다 / 튀어나오는

튀어나오다
[튀어나오다]
突出/突起/隆起
蹦出來

배가 개구리처럼 불룩 튀어나오다.
肚子像青蛙一樣圓鼓鼓地突出來。

0510 ★★ 動	흘러나옵니다 / 흘러나와요 / 흘러나온다 / 흘러나오는
흘러나오다 [흘러나오다] 流出/流露/流瀉	바위 틈에서 샘물이 흘러나오다. 泉水從岩石的裂縫流出來。
0511 ★★★ 動	봅니다 / 봐요 / 본다 / 보는
보다 [보다] 看/瞧/觀看/診斷 看望/得到/參加	그 사람을 전에 한 번 본 적이 있다. 之前曾經有一次看過那個人。
0512 ★★ 動	내다봅니다 / 내다봐요 / 내다본다 / 내다보는
내다보다 [내다보다] 往外看/展望/洞見	주식 시장의 미래를 내다볼 수 있는 날은 결코 오지 않을 것이다. 能夠洞見股市未來的那一天，絕對不會來臨。
0513 ★★ 動	내려다봅니다 / 내려다봐요 / 내려다본다 / 내려다보는
내려다보다 [내려다보다] 俯視/俯瞰/鳥瞰 輕視/藐視/小看	비행기에서 바다를 내려다보다. 從飛機上俯瞰海面。
0514 ★★★ 動	들여다봅니다 / 들여다봐요 / 들여다본다 / 들여다보는
들여다보다 [드려다보다] 窺視/看透/看穿 看破/端詳/細看	머리를 내밀고 들여다보다. 探頭窺視。
0515 ★ 動	올려다봅니다 / 올려다봐요 / 올려다본다 / 올려다보는
올려다보다 [올려다보다] 仰視/仰望/瞻仰	반짝반짝 빛나는 별들을 올려다보다. 仰視閃閃發光的星群。
0516 ★★★ 動	쳐다봅니다 / 쳐다봐요 / 쳐다본다 / 쳐다보는
쳐다보다 [쳐다보다] 仰望/仰視/抬頭看 注視/凝視	어이없는 표정으로 나를 쳐다보다. 以無可奈何的表情，抬頭看我。

0517 ★★ 動 **노려봅니다 / 노려봐요 / 노려본다 / 노려보는**

노려보다
[노려보다]
盯/怒視/逼視/伺機

고양이가 쥐를 노려보다.
貓盯老鼠。

0518 ★★ 動 **돌봅니다 / 돌봐요 / 돌본다 / 돌보는**

돌보다
[돌보다]
照顧/關照/關心
顧及/協助/提攜

환자를 세심하게 돌보다.
細心地照顧患者。

0519 ★★ 動 **둘러봅니다 / 둘러봐요 / 둘러본다 / 둘러보는**

둘러보다
[둘러보다]
環顧/環視/巡視

주위를 한참동안 둘러보다.
環顧四周大半天。

0520 ★★ 動 **맛봅니다 / 맛봐요 / 맛본다 / 맛보는**

맛보다
[맏뽀다]
嘗 / 品嘗 / 品味
咀嚼/體驗/體會

세상의 쓴맛 단맛을 다 맛보다.
體驗人生的酸甜苦辣。

0521 ★★★ 動 **바라봅니다 / 바라봐요 / 바라본다 / 바라보는**

바라보다
[바라보다]
展望/眺望
盼望/觀望

바쁘게 걸어가는 사람들 가만히 바라보다.
靜靜地眺望忙碌地走路的行人。

0522 ★★★ 動 **살펴봅니다 / 살펴봐요 / 살펴본다 / 살펴보는**

살펴보다
[살펴보다]
察看/觀察
打量/窺探

회의에 참석한 사람들의 얼굴을 자세히 살펴보았다.
仔細地觀察參加會議的人們的臉孔。

0523 ★★ 動 **엿봅니다 / 엿봐요 / 엿본다 / 엿보는**

엿보다
[엳뽀다]
偷看/窺伺
窺探/覬覦

젊은이들의 문화를 엿보다.
窺探年輕人的文化。

0524 ★★★	動	지켜봅니다 / 지켜봐요 / 지켜본다 / 지켜보는
지켜보다 [지켜보다] 照看/看顧/靜觀		사태의 귀추를 지켜보다. 靜觀事態的結局。
0525 ★★	動	돌아봅니다 / 돌아봐요 / 돌아본다 / 돌아보는
돌아보다 [도라보다] 回頭看/回顧/環視 巡視/參觀/照顧		뒤도 돌아보지 않고 앞으로만 걸어간다. 頭也不回，只是往前走去。
0526 ★★★	動	알아봅니다 / 알아봐요 / 알아본다 / 알아보는
알아보다 [아라보다] 打探/打聽/詢問 分辨/看清/懂得		회사의 재정 상태를 알아보다. 打聽公司的財務狀況。
0527 ★★★	動	찾아봅니다 / 찾아봐요 / 찾아본다 / 찾아보는
찾아보다 [차자보다] 來訪/探訪/尋找		인터넷에서 찾아보세요. 在網路上找找吧。
0528 ★★★	動	물어봅니다 / 물어봐요 / 물어본다 / 물어보는
물어보다 [무러보다] 詢問/探聽/打聽		동생은 나에게 어디 가느냐고 물어보았다. 弟弟問我要去哪裡。
0529 ★	動	훑어봅니다 / 훑어봐요 / 훑어본다 / 훑어보는
훑어보다 [훌터보다] 瀏覽/掃視/過目 打量/端詳		나는 책을 대강 훑어보고는 줄거리를 파악하였다. 我大略瀏覽一下書本，掌握其梗概。
0530 ★★	動	쏩니다 / 쏴요 / 쏜다 / 쏘는
쏘다 [쏘다] 螫/叮咬/刺 射擊/傷人/刺痛		도망자에게 총을 쏘다. 對逃亡者開鎗。

ㅚ

0531 ★ 動	뵙니다/봬요/뵌다/뵈는
뵈다 [뵈다] 拜會/拜見/謁見	정말 뵐 낯이 없습니다. 我真是沒臉見你。

0532 ★ 動	욉니다/왜요/왼다/외는
외다 [외다] 背/背誦/默誦	구구를 외다. 背九九乘法。

ㅜ

0533 ★ 動	꿉니다 / 꿔요 / 꾼다 / 꾸는
꾸다 [꾸다] 借款/借貸	나는 그에게 5천원을 꾸었다. 我借他5千韓元。

0534 ★★ 動	꿉니다 / 꿔요 / 꾼다 / 꾸는
꾸다 [꾸다] 做夢/夢見	단꿈을 꾸다. 做美夢。

0535 ★★ 動	꿈꿉니다 / 꿈꿔요 / 꿈꾼다 / 꿈꾸는
꿈꾸다 [꿈꾸다] 夢見/夢想 幻想/妄想	하룻밤 새에 벼락부자를 꿈꾸다. 妄想一夜之間成為暴發戶。

0536 ★★★ 動	가꿉니다 / 가꿔요 / 가꾼다 / 가꾸는
가꾸다 [가꾸다] 栽種 / 收拾 / 打扮	요새 마당에서 채소를 가꿔요. 最近在庭園種植蔬菜。

0537 ★★★ 動	바꿉니다 / 바꿔요 / 바꾼다 / 바꾸는
바꾸다 [바꾸다] 兌換/交換/替換 變更/改變/變動	머리 모양을 바꾸니 사람이 달리 보인다. 換個髮型，人看起來就不一樣。
0538 ★★★ 動	둡니다 / 둬요 / 둔다 / 두는
두다 [두다] 放/擱/保存/保留 安置/設置/創辦	농담이니까 마음에 두지 마세요. 是開玩笑，別放在心上。
0539 ★ 動	가둡니다 / 가둬요 / 가둔다 / 가두는
가두다 [가두다] 監禁/關押 圈住/攔蓄	반대파를 별관의 한 방에 가두다. 把反對派監禁在分館的一個房間內。
0540 ★★★ 動	거둡니다 / 거둬요 / 거둔다 / 거두는
거두다 [거두다] 收割/收穫/徵收 收拾/扶養/打消	무거운 세금을 거두다. 徵收重稅。
0541 ★★★ 動	그만둡니다 / 그만둬요 / 그만둔다 / 그만두는
그만두다 [그만두다] 取消/作罷/辭職	왜 현재의 직업을 그만두려고 해요? 為什麼你想辭去現在的工作？
0542 ★★★ 動	앞둡니다 / 앞둬요 / 앞둔다 / 앞두는
앞두다 [압뚜다] 前/當前/近在眼前	차 떠나기전 15분을 앞두고 달려왔다. 車子出發前15分鐘跑來。
0543 ★★★ 動	줍니다 / 줘요 / 준다 / 주는
주다 [주다] 給予/授予/施予 交付/付與/澆	꽃에 물을 주다. 澆花。

0544 ★ 動 가져다줍니다 / 가져다줘요 / 가져다준다 / 가져다주는

가져다주다
[가져다주다]
帶來/帶給

달러의 평가 절하가 항공업에 환율 손익을 가져다주다.
美元貶值給航空業帶來匯兌損益。

0545 ★ 動 건네줍니다 / 건네줘요 / 건네준다 / 건네주는

건네주다
[건네주다]
交給/交付/遞交

그에게 편지를 건네주다.
把信件交給他。

0546 ★★ 動 내줍니다 / 내줘요 / 내준다 / 내주는

내주다
[내주다]
發給/給予/讓給
出讓/付出/騰出

시간을 좀 내주실 수 있어요?
能騰出一點兒時間嗎？

0547 ★ 動 넘겨줍니다 / 넘겨줘요 / 넘겨준다 / 넘겨주는

넘겨주다
[넘겨주다]
讓渡/授予/移交

회사를 후계자에게 넘겨주다.
將公司移交給接班人。

0548 ★★ 動 도와줍니다 / 도와줘요 / 도와준다 / 도와주는

도와주다
[도와주다]
幫助/援助/扶助
輔助/輔佐

가난한 사람을 도와주다.
幫助窮苦的人。

0549 ★ 動 들려줍니다 / 들려줘요 / 들려준다 / 들려주는

들려주다
[들려주다]
講述/告訴/給~聽

좋은 소식을 들려주다.
告訴好消息。

0550 ★ 動 알아줍니다 / 알아줘요 / 알아준다 / 알아주는

알아주다
[아라주다]
了解/理解/體諒
認可/認定

그가 나의 마음을 알아주다.
他了解我的心。

0551 ★★	動	감춥니다 / 감춰요 / 감춘다 / 감추는
감추다 [감추다] 隱藏/藏匿/窩藏 隱瞞/掩飾/遮掩		놀라움을 감추지 못하다. 掩飾不住驚慌。
0552 ★★★	**動**	**갖춥니다 / 갖춰요 / 갖춘다 / 갖추는**
갖추다 [갇추다] 具備/齊備/完備		모든 것을 다 갖추다. 一應俱全。
0553 ★★	**動**	**낮춥니다 / 낮춰요 / 낮춘다 / 낮추는**
낮추다 [낟추다] 降低/減低/壓低 貶低/削減/降格		말씀 낮춰 하십시오. 請壓低聲音說話。
0554 ★★★	**動**	**맞춥니다 / 맞춰요 / 맞춘다 / 맞추는**
맞추다 [맏추다] 裝配/配合/對/核對 協調/調味/親(吻)		시계의 시간을 맞추다. 核對手錶的時間。
0555 ★★★	**動**	**멈춥니다 / 멈춰요 / 멈춘다 / 멈추는**
멈추다 [멈추다] 停/停止/停住		발걸음을 멈추다. 停下腳步。
0556 ★★	**動**	**비춥니다 / 비춰요 / 비춘다 / 비추는**
비추다 [비추다] 照耀/照射/映照 比照/參照/按照		회중전등으로 지하실을 이리저리 비추었다. 用手電筒照射地下室各處。
0557 ★★	**動**	**춥니다 / 춰요 / 춘다 / 추는**
추다 [추다] 跳(舞)		음악에 따라 춤을 추다. 隨著音樂起舞。

0558 ★ 動 **춤춥니다 / 춤춰요 / 춤춘다 / 춤추는**

춤추다
[춤추다]
跳舞

나비가 꽃밭 속에서 나풀나풀 춤추다.
蝴蝶在花叢中翩翩飛舞。

0559 ★ 動 **깨웁니다 / 깨워요 / 깨운다 / 깨우는**

깨우다
[깨우다]
弄醒/叫醒/喚醒

늦잠 자는 아이를 깨우다.
叫醒睡午覺的孩子。

0560 ★ 動 **일깨웁니다 / 일깨워요 / 일깨운다 / 일깨우는**

일깨우다
[일깨우다]
提醒/喚醒/啟發

만약 내가 잊어버리면 네가 한번 일깨워 다오.
萬一我忘了，你就提醒我一次。

0561 ★★ 動 **끼웁니다 / 끼워요 / 끼운다 / 끼우는**

끼우다
[끼우다]
夾/掖/塞/使~戴上

신문을 문틈에 끼우다.
把報紙塞進門縫。

0562 ★ 動 **띄웁니다 / 띄워요 / 띄운다 / 띄우는**

띄우다
[띠우다]
使~發酵
浮/飄浮/放飛

소리를 내지 않고 얼굴에 웃음을 띄우다.
不出聲，臉上浮出笑意。

0563 ★★ 動 **메웁니다 / 메워요 / 메운다 / 메우는**

메우다
[메우다]
填/填充/填補
彌補/補償

여백을 삽화로 메우다.
用插畫填補空白。

0564 ★★★ 動 **배웁니다 / 배워요 / 배운다 / 배우는**

배우다
[배우다]
學/學習/學到
學會/體會

유능한 사람은 언제나 배우는 사람인 것이다.
有能力的人，是時時刻刻都在學習的人。

0565 ★★ 動

비웁니다 / 비워요 / 비운다 / 비우는

비우다
[비우다]
空出/騰出/離開

자리를 비우다.
騰出位子。

0566 ★★★ 動

싸웁니다 / 싸워요 / 싸운다 / 싸우는

싸우다
[싸우다]
戰爭/吵架/打架
奮鬥/競爭/較量

하찮은 일로 친구와 싸우지 마라.
不要因為區區小事和朋友吵架。

0567 ★ 動

씌웁니다 / 씌워요 / 씌운다 / 씌우는

씌우다
[씨우다]
戴上/披上/蓋上
冤枉/扣帽子

누명을 씌우다.
扣帽子。

0568 ★ 動

외웁니다 / 외워요 / 외운다 / 외우는

외우다
[외우다]
記憶/背誦/默念

영어 단어를 쉽게 외울 수 있는 방법이 있나요?
有容易背英文單字的方法嗎？

0569 ★★ 動

지웁니다 / 지워요 / 지운다 / 지우는

지우다
[지우다]
擦掉/抹掉/去掉
消除/打消/勾消

벽의 낙서를 지우다.
把牆壁上的塗鴉擦掉。

0570 ★★★ 動

채웁니다 / 채워요 / 채운다 / 채우는

채우다
[채우다]
灌滿/充滿/湊足
補足/滿期/到期

부족한 칼로리를 뭘로 채우는 게 좋을까요?
不足的卡路里要用什麼補足才好？

0571 ★★ 動

치웁니다 / 치워요 / 치운다 / 치우는

치우다
[치우다]
搬動/移動/整理
收拾/拾掇/擱置

쓸데없는 물건을 치우다.
把無用的東西搬走。

0572 ★★★ 動 **키웁니다 / 키워요 / 키운다 / 키우는**

키우다
[키우다]
養育/撫養/飼養
培養/培育/培植

음악의 재능을 키우다.
培養音樂才能。

0573 ★★ 動 **태웁니다 / 태워요 / 태운다 / 태우는**

태우다
[태우다]
燃燒/燒焦/晒(黑)
焦急/使~乾枯

바다에 가서 얼굴을 까맣게 태웠다.
到海邊去把臉都晒黑了。

0574 ★ 動 **태웁니다 / 태워요 / 태운다 / 태우는**

태우다
[태우다]
使~乘坐/使~攀附

손님을 차에 태웠다.
讓客人上車。

0575 ★★★ 動 **피웁니다 / 피워요 / 피운다 / 피우는**

피우다
[피우다]
吸/吸食/焚/熏
散發/揚起/耍弄

담배를 피우지 마시오.
請勿抽煙。

0576 ★★★ 動 **세웁니다 / 세워요 / 세운다 / 세우는**

세우다
[세우다]
樹立/建立/制定
奠定/擁立/停止

언덕 위에 작은 학교를 세우다.
在山坡上建立小的學校。

0577 ★★★ 動 **내세웁니다 / 내세워요 / 내세운다 / 내세우는**

내세우다
[내세우다]
使~站出來/宣揚
提出/提倡/堅持

멋진 슬로건을 내세우다.
提出動人的口號。

0578 ★★ 動 **앞세웁니다 / 앞세워요 / 앞세운다 / 앞세우는**

앞세우다
[압쎄우다]
使~先行/使~早逝
使~走在前面

말만 앞세우는 작자가 노벨상을 받았다.
把話說在前面，作者得了諾貝爾獎。

0579 ★★★ 動	나눕니다 / 나눠요 / 나눈다 / 나누는
나누다 [나누다] 分類/分開/分享 分擔/交談/除	슬픔을 나누면 반으로 되지만, 기쁨을 나누면 배가된다. 分擔悲傷會減半，分享快樂會加倍。
0580 ★★★ 動	다룹니다 / 다뤄요 / 다룬다 / 다루는
다루다 [다루다] 操作/操縱/駕馭 處理/對待/使喚	이 문제는 자네가 다루는 것이 좋겠어. 這個問題由你來處理比較好。
0581 ★★ 動	미룹니다 / 미뤄요 / 미룬다 / 미루는
미루다 [미루다] 拖延/推延/延緩 推遲/推諉/推卸	스스로 할 수 있는 일을 남에게 미루지 마라. 自己就能做的事，不要推給別人。
0582 ★★★ 動	이룹니다 / 이뤄요 / 이룬다 / 이루는
이루다 [이루다] 實現/達到/達成 完成/形成/構成	목적을 이루기 위해 노력했다. 為了達到目的，努力了。
0583 ★★ 動	다툽니다 / 다퉈요 / 다툰다 / 다투는
다투다 [다투다] 吵架/爭吵/爭辯 爭執/爭奪/競爭	그들은 견해 차이로 곧잘 다툰다. 他們由於觀點的差異，經常爭吵。
0584 ★ 動	떨굽니다 / 떨궈요 / 떨군다 / 떨구는
떨구다 [떨구다] 使掉下/打落/低下	지갑을 길바닥에 떨구다. 把錢包掉在路上。
0585 ★ 動	헹굽니다 / 헹궈요 / 헹군다 / 헹구는
헹구다 [헹구다] 漂洗/淘洗/洗滌/涮	빨래를 헹구다. 漂洗衣服。

0586 ★ 動 부숩니다 / 부숴요 / 부순다 / 부수는

부수다
[부수다]
打碎/砸碎/拆毀
搗毀/摧毀/破壞

유리창을 함부로 부수다.
肆意砸碎玻璃窗。

0587 ★ 動 여쭙니다 / 여쭤요 / 여쭌다 / 여쭈는

여쭈다
[여쭈다]
稟報/稟告/請安

어른께 인사 여쭈어라.
給大人請安。

0588 ★ 動 풉니다 / 퍼요 / 푼다 / 푸는

푸다
[푸다]
盛/舀/汲

우물에서 물을 푸다.
從水井汲水。

ㅞ

0589 ★ 動 꿥니다 / 꿰요 / 꿴다 / 꿰는

꿰다
[꿰다]
穿/穿插/穿(鞋/衣)

낚싯바늘에 미끼를 꿰다.
把魚餌穿進魚鉤。

ㅟ

0590 ★ 動 나뉩니다 / 나뉘어요 / 나뉜다 / 나뉘는

나뉘다
[나뉘다]
分開/分歧/兩歧
被分開/被分割

의견이 둘로 나뉘다.
意見兩歧。

0591 ★★★ 動 쉽니다 / 쉬어요 / 쉰다 / 쉬는

쉬다
[쉬다]
休息/停歇/停止
缺席/缺勤/睡覺

나는 며칠 좀 쉬고 싶었다.
我想稍微休息幾天。

0592 ★★	動	쉽니다 / 쉬어요 / 쉰다 / 쉬는
쉬다 [쉬다] 呼吸/嘆息		그는 힘없이 한숨을 쉬었다. 他無力地嘆了一口氣。
0593 ★	**動**	**내쉽니다 / 내쉬어요 / 내쉰다 / 내쉬는**
내쉬다 [내쉬다] 吐出/吐氣/呼氣		천천히 숨을 내쉬다. 慢慢地吐氣。
0594 ★★★	**動**	**뜁니다 / 뛰어요 / 뛴다 / 뛰는**
뛰다 [뛰다] 跑/跳/蹦/逃跑/濺		물웅덩이를 건너 뛰었다. 跳過水坑。
0595 ★★★	**動**	**뜁니다 / 뛰어요 / 뛴다 / 뛰는**
뛰다 [뛰다] 跳動/躍動/上揚 (物價)突然上漲		기름 값이 대폭 뛰다. 油價大幅上揚。
0596 ★★★	**動**	**바뀝니다 / 바뀌어요 / 바뀐다 / 바뀌는**
바뀌다 [바뀌다] 換/切換/變換/改變 被換/被替換/被改變		제 휴대전화 번호가 다른 번호로 바뀌었어요. 我的手機號碼已經換成別的號碼。
0597 ★★	**動**	**사귑니다 / 사귀어요 / 사귄다 / 사귀는**
사귀다 [사귀다] 交往/結交/結識 相交/交叉		결혼을 전제로 당신과 사귀고 싶습니다. 以結婚為前提，想和你交往。
0598 ★★★	**動**	**쥡니다 / 쥐어요 / 쥔다 / 쥐는**
쥐다 [쥐다] 抓/捉/捏/持 拿/握/掌握		그가 내 밥줄을 쥐고 있다. 他掌握著我的飯碗(生計)。

0599 ★★ 動 **튑니다 / 튀어요 / 튄다 / 튀는**

튀다
[튀다]
迸/迸裂/濺/飛濺
彈/彈跳/跑掉/逃跑

그의 침이 내 얼굴에 튀었다.
他的口水濺到我臉上。

ㅡ

0600 ★ 動 **가릅니다 / 갈라요 / 가른다 / 가르는**

가르다
[가르다]
分/分配/分開/分割
剖開/割裂/辨別

선수들을 두 팀으로 가르다.
把選手們分成兩組。

0601 ★ 動 **거스릅니다 / 거슬러요 / 거스른다 / 거스르는**

거스르다
[거스르다]
逆/違拗/忤逆
違背/不服從/找(錢)

선생님의 말씀을 거스르다.
不服從老師的話。

0602 ★★★ 動 **고릅니다 / 골라요 / 고른다 / 고르는**

고르다
[고르다]
選擇/挑選/選拔

제일 마음에 드는 걸로 골라 보세요.
試著挑選你最中意的。

603 ★ 形 **고릅니다 / 골라요 / 고르다 / 고른**

고르다
[고르다]
勻稱/均勻/均衡
平均/平整

크기가 고르다.
大小勻稱。

0604 ★★ 動 **구릅니다 / 굴러요 / 구른다 / 구르는**

구르다
[구르다]
滾/滾動/打滾

계단에서 굴러 떨어지다.
從樓梯滾落下來。

0605 ★ 形 | **그릅니다 / 글러요 / 그르다 / 그른**

그르다
[그르다]
錯/不對/不正
沒希望/沒指望

그의 주장이 완전히 그르다고 할 수 없다.
我們不能說他的主張完全是錯的。

0606 ★★★ 動 | **기릅니다 / 길러요 / 기른다 / 기르는**

기르다
[기르다]
養/飼養/豢養/培養
養成/培育/栽培

사회에서 살아가는 능력을 기릅니다.
培養在社會生存的能力。

0607 ★ 動 | **나릅니다 / 날라요 / 나른다 / 나르는**

나르다
[나르다]
搬運/運送/輸送

시간 있으면 이삿짐을 나르는 것을 좀 도와주세요.
有時間的話，請幫我搬運搬家的行李。

0608 ★★★ 動 | **누릅니다 / 눌러요 / 누른다 / 누르는**

누르다
[누르다]
按/壓/按捺
抑制/壓制

리모컨의 녹화 버튼을 눌러 주세요.
請幫我按遙控器的錄影按鍵。

0609 ★★★ 形 | **다릅니다 / 달라요 / 다르다 / 다른**

다르다
[다르다]
不同/不一樣

본 예산안에 대해 다른 의견이 있으십니까?
關於本預算案有其它意見嗎？

0610 ★ 形 | **남다릅니다 / 남달라요 / 남다르다 / 남다른**

남다르다
[남다르다]
獨特/特別
與眾不同

그는 공부에 대한 열정이 남다르다.
他對於念書的熱情與眾不同。

0611 ★★ 形 | **별다릅니다 / 별달라요 / 별다르다 / 별다른**

별다르다
[별다르다]
【別-】
特別

그녀는 별다른 이유 없이 회사를 그만두었다.
她沒有特別的理由，就辭職了。

0612 ★ 形 **색다릅니다 / 색달라요 / 색다르다 / 색다른**

색다르다
[색따르다]
【色-】
奇特/別致/另類

그녀의 차림새는 아주 색다르다.
她的打扮很另類。

0613 ★★★ 動 **오릅니다 / 올라요 / 오른다 / 오르는**

오르다
[오르다]
上升/上漲/攀升
登/增高/高昂

가게의 매상이 조금씩 오르고 있다.
商店的銷售額正逐步上升。

0614 ★ 動 **달아오릅니다 / 달아올라요 / 달아오른다 / 달아오르는**

달아오르다
[다라오르다]
熱起來/發熱/發燙

와인 한 잔에 얼굴이 달아올랐다.
一杯葡萄酒臉就發燙了。

0615 ★★★ 動 **떠오릅니다 / 떠올라요 / 떠오른다 / 떠오르는**

떠오르다
[떠오르다]
升起/浮起
浮現/想起

좋은 생각이 또 눈앞에 떠올랐다.
好的想法又浮現在眼前。

0616 ★ 動 **타오릅니다 / 타올라요 / 타오른다 / 타오르는**

타오르다
[타오르다]
燒起來/焦灼/焦急

건물은 순식간에 타올랐다.
建築物一瞬間就燒起來了。

0617 ★★ 動 **두릅니다 / 둘러요 / 두른다 / 두르는**

두르다
[두르다]
圍/繞/揮動/轉動
拆借/借用/擺弄

남편도 앞치마를 두르고 부엌일을 한다.
丈夫也圍上圍裙，下廚房幫忙。

0618 ★★★ 動 **서두릅니다 / 서둘러요 / 서두른다 / 서두르는**

서두르다
[서두르다]
趕/趕緊/趕忙
急忙/著急

서두르지 말고 그의 말을 다 들어라.
不要著急，聽他把話說完。

0619 ★ 動	휘두릅니다 / 휘둘러요 / 휘두른다 / 휘두르는
휘두르다 [휘두르다] 揮舞/揮動/擺佈	주먹을 휘두르다. 揮動拳頭。
0620 ★★★ 動	**따릅니다 / 따라요 / 따른다 / 따르는**
따르다 [따르다] 跟隨/伴隨/遵從 沿著/順著/仿照	어느새 여기까지 따라왔다. 不知不覺跟隨到這裡。
0621 ★★ 動	**따릅니다 / 따라요 / 따른다 / 따르는**
따르다 [따르다] 斟/倒	그 분에게 차를 한 잔 따라 주시오. 給那位先生倒一杯茶。
0622 ★★ 動	**뒤따릅니다 / 뒤따라요 / 뒤따른다 / 뒤따르는**
뒤따르다 [뒤따르다] 跟著/跟隨/伴隨	시대의 흐름을 뒤따르다. 跟隨時代潮流。
0623 ★★ 動	**잇따릅니다 / 잇따라요 / 잇따른다 / 잇따르는**
잇따르다 [읻따르다] 接踵/相繼	그는 잇따른 사고로 부모님을 모두 잃었다. 他因為接踵而至的事故失去雙親。
0624 ★★★ 動	**들릅니다 / 들러요 / 들른다 / 들르는**
들르다 [들르다] 順便去/順道	우리는 퇴근길에 술집에 들러 한잔했다. 我們在下班的路上，順道去酒吧小酌了一番。
0625 ★★★ 動	**마릅니다 / 말라요 / 마른다 / 마르는**
마르다 [마르다] 渴/乾/乾涸/枯竭 枯萎/消瘦/用光	너무 긴장되어서 입 안이 바싹바싹 마른다. 因為太過緊張，口乾舌燥。

0626 ★★ 動 **머무릅니다 / 머물러요 / 머무른다 / 머무르는**

머무르다
[머무르다]
滯留/逗留/停留

나는 이 도시에 머물러 있고 싶지 않다.
我不想在這個城市逗留。

0627 ★★★ 動 **모릅니다 / 몰라요 / 모른다 / 모르는**

모르다
[모르다]
不知道/不明白/不懂
不會/不認識

아까는 내가 왜 그런 말을 했는지 나도 모르겠어요.
剛才我為什麼說那樣的話，我自己也不明白。

0628 ★★★ 動 **지릅니다 / 질러요 / 지른다 / 지르는**

지르다
[지르다]
叫/叫喊/喊叫

나는 그에게 멈추라고 소리를 질렀다.
我大聲叫他住手。

0629 ★ 動 **문지릅니다 / 문질러요 / 문지른다 / 문지르는**

문지르다
[문지르다]
擦/揉/搓/搓揉

주사 맞는 자리를 손으로 문지르다.
用手搓揉打針的地方。

0630 ★★★ 動 **저지릅니다 / 저질러요 / 저지른다 / 저지르는**

저지르다
[저지르다]
惹事/肇事/闖禍
捅婁子/出差錯/犯

나는 돌이킬 수 없는 실수를 저질렀다.
我犯下了不可挽回的差錯。

0631 ★ 動 **가로지릅니다/가로질러요/가로지른다/가로지르는**

가로지르다
[가로지르다]
橫貫/橫穿/攔腰

그 철도는 대륙을 동서로 가로지른다.
那條鐵路橫貫大陸東西兩側。

0632 ★★★ 動 **바릅니다 / 발라요 / 바른다 / 바르는**

바르다
[바르다]
粘貼 / 糊 / 搽 / 塗抹

하늘색 벽지에 풀을 바르다.
把膠水塗在天藍色的壁紙上。

0633 ★★★ 形	바릅니다 / 발라요 / 바르다 / 바른
바르다 [바르다] 正確/端正/正直 耿直/整齊/工整	바른 자세로 공부하다. 用端正的姿勢唸書。
0634 ★★★ 形	**올바릅니다 / 올발라요 / 올바르다 / 올바른**
올바르다 [올바르다] 對/正確/正經/正派	이 사람은 아주 올바르다. 這個人很正經。
0635 ★★★ 動	**부릅니다 / 불러요 / 부른다 / 부르는**
부르다 [부르다] 叫/喚/喊/呼/唱 招呼/召喚/叫作	택시 한 대를 불러 주세요. 請幫我叫一輛計程車。
0636 ★ 形	**부릅니다 / 불러요 / 부르다 / 부른**
부르다 [부르다] 飽 / 鼓起	밥을 너무 많이 먹어서 배가 부르다. 飯吃太多，肚子好飽。
0637 ★★★ 形	**빠릅니다 / 빨라요 / 빠르다 / 빠른**
빠르다 [빠르다] 快/趕緊/迅速 敏捷/靈敏/早	세월이 쏜살같이 빠르군요. 光陰似箭。
0638 ★★★ 動	**이릅니다 / 이르러요 / 이른다 / 이르는**
이르다 [이르다] 到達/抵達/達到 瀕/來臨	목적지에 이르다. 抵達目的地。
0639 ★★ 動	**이릅니다 / 일러요 / 이른다 / 이르는**
이르다 [이르다] 說/勸說 告訴/報告	늦지 말라고 일렀는데 아직도 모르겠니? 告訴你不要遲到，還不懂嗎？

0640 ★★★	形	이릅니다 / 일러요 / 이르다 / 이른
이르다 [이르다] 早		아직 때가 이르다. 時間還早。
0641 ★★★	動	자릅니다 / 잘라요 / 자른다 / 자르는
자르다 [자르다] 切/斷/裁/截斷 打斷/炒魷魚/拒絕		사장은 자기 마음대로 직원을 자른다. 社長自己隨心所欲地裁員。
0642 ★	動	조릅니다 / 졸라요 / 조른다 / 조르는
조르다 [조르다] 捆緊/勒緊 糾纏/蘑菇/催促		아이들이 이야기를 해 달라고 조른다. 孩子們糾纏著要講故事。
0643 ★★	動	찌릅니다 / 찔러요 / 찌른다 / 찌르는
찌르다 [찌르다] 刺/扎/插/塞/刺(鼻)告密/告發/告狀		고약한 냄새가 코를 찌르다. 難聞的味道刺鼻。
0644 ★★★	動	치릅니다 / 치러요 / 치른다 / 치르는
치르다 [치르다] 付/支付/考 舉行/吃(飯)		너는 언젠가 그것에 대한 대가를 치루어야만 할 것이다. 你總有一天要為那件事付出代價的。
0645 ★★★	形	푸릅니다 / 푸르러요 / 푸르다 / 푸른
푸르다 [푸르다] 藍/蔚藍/綠/青翠 氣勢如虹		나뭇잎은 여름에 푸르다. 樹葉在夏天是綠色的。
0646 ★★★	動	흐릅니다 / 흘러요 / 흐른다 / 흐르는
흐르다 [흐르다] 流/流動/飄動 流逝/溢/漏/漾		벌써 10년의 세월이 흘렀다. 已經過了十年的歲月。

0647 ★ 形	고픕니다 / 고파요 / 고프다 / 고픈
고프다 [고프다] 餓/飢餓	배가 고프면 먹는것을 가리지 않는다. 飢不擇食。
0648 ★ 形	배고픕니다 / 배고파요 / 배고프다 / 배고픈
배고프다 [배고프다] 肚子餓/飢餓	배는 고픈데 밥맛은 없다. 肚子餓，卻沒有食慾。
0649 ★★ 形	슬픕니다 / 슬퍼요 / 슬프다 / 슬픈
슬프다 [슬프다] 可悲/悲哀/悲傷 哀傷/傷心/淒楚	그는 슬픈 표정을 짓고 있었다. 他露出哀傷的表情。
0650 ★★★ 形	아픕니다 / 아파요 / 아프다 / 아픈
아프다 [아프다] 痛/疼痛/痛苦 不舒服/難受	동생은 아프지 않으면서 아픈 체 하고 있다. 弟弟明明不痛，卻假裝很痛的樣子。
0651 ★★★ 形	기쁩니다 / 기뻐요 / 기쁘다 / 기쁜
기쁘다 [기쁘다] 高興/愉快 歡喜/欣喜	이 소식을 듣고 대단히 기뻤다. 聽到這個消息，心裡非常高興。
0652 ★★★ 形	나쁩니다 / 나빠요 / 나쁘다 / 나쁜
나쁘다 [나쁘다] 壞/不好/惡劣	시작이 나쁘면 끝도 나쁘다. 壞的開始也將導致壞的結果。
0653 ★★★ 形	바쁩니다 / 바빠요 / 바쁘다 / 바쁜
바쁘다 [바쁘다] 忙/忙碌/急忙/急促	너무 바빠서 어디가 어딘지도 모르겠어요. 我忙得分不清東西南北了。

0654 ★★★ 形 예쁩니다 / 예뻐요 / 예쁘다 / 예쁜

예쁘다
[예쁘다]
美麗/漂亮/俊俏
好看/靚/標緻

너는 웃는 것이 예쁘다.
你笑起來很好看。

0655 ★★ 動 끕니다 / 꺼요 / 끈다 / 끄는

끄다
[끄다]
熄滅/關(開關)
打碎/分期償還

촛불을 끄기 전에 소원을 빌어라.
熄滅燭火之前先許願。

0656 ★★ 動 담급니다 / 담가요 / 담근다 / 담그는

담그다
[담그다]
浸泡/醃漬/釀造

따뜻한 물에 몸을 담그고 싶다.
想把身體泡在溫水裡。

0657 ★★★ 動 뜹니다 / 떠요 / 뜬다 / 뜨는

뜨다
[뜨다]
升起/翹起
漂浮/浮出/浮現

내일은 해가 서쪽에서 뜨겠다.
明天太陽要打從西邊出來。

0658 ★★★ 動 뜹니다 / 떠요 / 뜬다 / 뜨는

뜨다
[뜨다]
睜眼/復明/傾聽

눈을 가늘게 뜨고 물체를 보다.
瞇著眼睛看東西。

0659 ★ 動 뜹니다 / 떠요 / 뜬다 / 뜨는

뜨다
[뜨다]
舀/盛/撈/嘗/剁/切

손으로 물을 뜨다.
用手舀水。

0660 ★★★ 動 모읍니다 / 모아요 / 모은다 / 모으는

모으다
[모으다]
收集/收藏/湊集
搜集/集合/集中/攢

조금씩 자료를 모으다.
一點一滴地收集資料。

0661 ★★★ 動	씁니다 / 써요 / 쓴다 / 쓰는
쓰다 [쓰다] 寫/書寫/撰寫	이름뿐만 아니라 주소도 써야 해요. 不光是名字，住址也必須寫上去。

0662 ★★★ 動	씁니다 / 써요 / 쓴다 / 쓰는
쓰다 [쓰다] 用/使用/行使 花用/取用/請客	우리 회사는 이 건물의 3개 층을 쓰고 있다. 我們公司使用這棟建築物的三個樓層。

0663 ★★★ 動	씁니다 / 써요 / 쓴다 / 쓰는
쓰다 [쓰다] 戴/撐/蒙/捂/沾滿	안경을 쓰니 글씨가 잘 보인다. 戴上眼鏡的話，字就可以看得很清楚。

0664 ★★★ 動	애씁니다 / 애써요 / 애쓴다 / 애쓰는
애쓰다 [애쓰다] 盡力/致力/費力	애쓴 보람이 하나도 없었다. 一點也沒有費力的價值。

0665 ★★ 動	힘씁니다 / 힘써요 / 힘쓴다 / 힘쓰는
힘쓰다 [힘쓰다] 用力/努力/出力	그는 나를 위해 여러모로 힘써 주었다. 他為了我，在各個方面出力。

0666 ★★★ 形	큽니다 / 커요 / 크다 / 큰
크다 [크다] 大/寬大/龐大/重 (聲音)洪亮/高/深	기대가 크면 실망도 크기 마련이에요. 期望越大，失望越大。

0667 ★★ 動	큽니다 / 커요 / 큰다 / 크는
크다 [크다] 成長/長大	몰라보게 많이 컸어요. 長大到快要認不出來了。

ㅢ

0668 ★★★ 動 **띕니다 / 띄어요 / 띈다 / 띄는**

띄다
[띠다]
發現/看見
引人注目

거리에 외국인이 자주 눈에 띈다.
在路上經常看得見外國人。

0669 ★★★ 形 **흽니다 / 희어요 / 희다 / 흰**

희다
[히다]
白/白皙/潔白/皎潔

흰 눈이 내리기 시작했다.
白雪開始飄落下來。

ㅣ

0670 ★★ 動 **집니다 / 져요 / 진다 / 지는**

지다
[지다]
落/掉落/枯萎
凋謝/消失/熄滅

여름에는 해가 늦게 진다.
夏天太陽比較晚下山。

0671 ★★ 動 **집니다 / 져요 / 진다 / 지는**

지다
[지다]
輸/敗/敗北/落敗

그녀는 말싸움에서 한 번도 져 본 적이 없다.
她和人吵架從未輸過。

0672 ★ 動 **집니다 / 져요 / 진다 / 지는**

지다
[지다]
產生/形成
變成/出現

그녀는 웃으면 눈가에 주름이 진다.
她一笑，眼角就產生皺紋。

0673 ★★★ 動 **집니다 / 져요 / 진다 / 지는**

지다
[지다]
背/背負/擔負
負(債)/添/帶

그녀에게 얼마나 빚을 졌습니까?
她背負了多少債務？

0674 ★★★ 動	가집니다 / 가져요 / 가진다 / 가지는
가지다 [가지다] 拿/帶/攜帶/具有 擁有/保持/懷孕	돈을 가지고 있으면 쓰기 마련이다. 身上有錢，就會花掉。
0675 ★★ 動	**갈라집니다 / 갈라져요 / 갈라진다 / 갈라지는**
갈라지다 [갈라지다] 裂開/分裂/分手	날씨가 건조해서 입술이 갈라졌다. 因為天氣乾燥的關係，嘴唇裂開了。
0676 ★★ 動	**건집니다 / 건져요 / 건진다 / 건지는**
건지다 [건지다] 撈/打撈/撈本 挽救/拯救/救出	암을 조기에 발견하여 목숨을 건졌다. 早期發現癌症，挽救了性命。
0677 ★★ 動	**깨집니다 / 깨져요 / 깨진다 / 깨지는**
깨지다 [깨지다] 破碎/破滅/告吹 敗興/負傷/被打破	오늘 약속이 깨져서 할 일이 없다. 今天的約會告吹，無事可做。
0678 ★★ 動	**꺼집니다 / 꺼져요 / 꺼진다 / 꺼지는**
꺼지다 [꺼지다] 熄/熄滅/斷(氣) 消失/滾開	바람에 촛불이 꺼졌다. 因為風的關係，燭火熄滅了。
0679 ★ 動	**내려집니다 / 내려져요 / 내려진다 / 내려지는**
내려지다 [내려지다] 掉下來/下達	남부 지방에 호우경보가 내려졌다. 南部地方下達了豪雨警報。
0680 ★★★ 動	**느껴집니다 / 느껴져요 / 느껴진다 / 느껴지는**
느껴지다 [느껴지다] 感覺/感受	온몸이 나른하게 느껴지다. 感到全身懶洋洋。

0681 ★★★ 動	다집니다 / 다져요 / 다진다 / 다지는
다지다 [다지다] 叮嚀/囑咐/強化 鞏固/堅定/搗/軋	미래의 번영을 위한 초석을 다지다. 強化為了未來繁榮的基石。
0682 ★★★ 動	달라집니다 / 달라져요 / 달라진다 / 달라지는
달라지다 [달라지다] 變/變化/變動	그는 사람이 몰라보게 달라졌다. 他整個人變得讓人認不出來。
0683 ★★★ 動	던집니다 / 던져요 / 던진다 / 던지는
던지다 [던지다] 投/投擲/投射 投奔/投身/投票	나는 지친 몸을 침대에 던졌다. 我將疲憊的身體投向床鋪。
0684 ★★ 形	두드러집니다 / 두드러져요 / 두드러지다 / 두드러진
두드러지다 [두드러지다] 凸出/突出 顯著/顯眼	그녀는 피아노 실력이 두드러지게 늘었다. 她的鋼琴實力顯著地提高了。
0685 ★★ 動	뒤집니다 / 뒤져요 / 뒤진다 / 뒤지는
뒤지다 [뒤지다] 搜/搜尋/搜查/搜索	누군가가 사무실에 침입해서 모든 서랍을 뒤졌다. 不知道是誰侵入辦公室，搜遍了所有的抽屜。
0686 ★ 動	뒤집니다 / 뒤져요 / 뒤진다 / 뒤지는
뒤지다 [뒤지다] 落後/不及	그들 팀은 다른 팀보다 일이 한참 뒤졌다. 他們隊伍比其它隊，工作進度落後許多。
0687 ★★★ 動	따집니다 / 따져요 / 따진다 / 따지는
따지다 [따지다] 追問/追究/分析 調查/計算/計較	시시콜콜 따지지 말아요. 你別這樣斤斤計較。

0688 ★★ 動	만집니다 / 만져요 / 만진다 / 만지는
만지다 [만지다] 摸/撫摸/撫弄/維修	내가 동생의 얼굴을 만져보니 다소 열이 있는 듯하다. 我摸弟弟的臉，好像有點發燒。
0689 ★★ 形	멋집니다 / 멋져요 / 멋지다 / 멋진
멋지다 [먿찌다] 精采/動人/有看頭 帥氣/時髦	우리는 제주도에서 멋진 시간을 보냈다. 我們在濟州島渡過很精采的時光。
0690 ★★★ 動	무너집니다 / 무너져요 / 무너진다 / 무너지는
무너지다 [무너지다] 倒塌/崩塌/崩壞 坍塌/垮臺/瓦解	구성된지 1개월도 안되어 내각은 무너지고 말았다. 成立還不到一個月，內閣就垮臺了。
0691 ★ 動	미끄러집니다 / 미끄러져요 / 미끄러진다 / 미끄러지는
미끄러지다 [미끄러지다] 打滑/滑倒/落榜	이번 시험에서 또 미끄러지면 어떡하지? 這次的考試如果又落榜，有什麼打算？
0692 ★★ 動	받아들여집니다/받아들여져요/받아들여진다/받아들여지는
받아들여지다 [바다드려지다] 被接受/被引進	이 증거는 법정에서 받아들여지지 않을 것이다. 這個證據不會被法庭接受的。
0693 ★★★ 動	밝혀집니다 / 밝혀져요 / 밝혀진다 / 밝혀지는
밝혀지다 [발켜지다] 真相大白/顯露出 露底/水落石出	공무원들이 술집 주인과 뒷거래해 온 사실이 밝혀졌다. 公務員們和酒店主人進行不法交易的事實已經真相大白。
0694 ★ 動	버려집니다 / 버려져요 / 버려진다 / 버려지는
버려지다 [버려지다] 被丟棄/被拋棄	저 차는 일주일 전부터 저곳에 버려져 있다. 那輛車在一個禮拜前就被丟棄在那裡。

0695 ★★ 動	번집니다 / 번져요 / 번진다 / 번지는
번지다 [번지다] 淹/浸泡/浸染 蔓延/傳開/擴大	불은 빠르게 건물 전체로 번졌다. 火勢迅速地蔓延到整棟建築物。

0696 ★ 動	부러집니다 / 부러져요 / 부러진다 / 부러지는
부러지다 [부러지다] 折斷/斷裂	내가 앉아 있던 나뭇가지가 부러졌다. 我坐的樹枝折斷了。

0697 ★★ 動	부서집니다 / 부서져요 / 부서진다 / 부서지는
부서지다 [부서지다] 碎/破碎/破滅/毀壞	그녀의 꿈은 산산이 부서졌다. 她的夢想支離破碎了。

0698 ★★★ 動	빠집니다 / 빠져요 / 빠진다 / 빠지는
빠지다 [빠지다] 掉/脫落/漏/排出 脫逃/脫身/消瘦	온 몸에 힘이 빠져요. 渾身沒勁。

0699 ★★★ 動	빠집니다 / 빠져요 / 빠진다 / 빠지는
빠지다 [빠지다] 掉進/陷入 沉迷/沉溺/陶醉	그녀의 지갑이 물 속에 빠졌다. 她的錢包掉進水裡。

0700 ★★★ 動	사라집니다 / 사라져요 / 사라진다 / 사라지는
사라지다 [사라지다] 消失/消去/消逝 消退/隱沒	그녀는 한마디 말도 없이 사라졌다. 她一句話也沒留，就消失了。

0701 ★★ 動	숨집니다 / 숨져요 / 숨진다 / 숨지는
숨지다 [숨지다] 咽氣/斷氣/氣絕	그 환자는 수술대 위에서 숨졌다. 那位患者死在手術台上。

0702 ★★ 動	쓰러집니다 / 쓰러져요 / 쓰러진다 / 쓰러지는
쓰러지다 [쓰러지다] 倒/跌倒/倒閉 傾覆/累倒/斃命	그는 결국 병으로 쓰러졌다. 他終於病倒了。
0703 ★★★ 動	**알려집니다 / 알려져요 / 알려진다 / 알려지는**
알려지다 [알려지다] 傳開/傳播/流傳	그 사건은 방송을 통해 온 나라에 알려졌다. 那件事通過廣播在全國傳開了。
0704 ★ 動	**어우러집니다 / 어우러져요 / 어우러진다 / 어우러지는**
어우러지다 [어우러지다] 協調/調和 和諧/相容	호수와 산의 경치가 서로 어우러지다. 湖光山色的景致相互協調。
0705 ★★ 動	**여겨집니다 / 여겨져요 / 여겨진다 / 여겨지는**
여겨지다 [여겨지다] 被認為/被視為	이 질병은 열대 지방에서 발원했다고 여겨진다. 這個疾病被認為發源於熱帶地方。
0706 ★★ 動	**책임집니다 / 책임져요 / 책임진다 / 책임지는**
책임지다 [채김지다] 負責/負責任/承擔	자신의 일은 자신이 결정하고 책임져야 한다. 自己的事情必須自己決定，自行負責。
0707 ★ 動	**치러집니다 / 치러져요 / 치러진다 / 치러지는**
치러지다 [치러지다] 舉行	다음 대통령 선거는 5년 후에 치러진다. 下次的總統選舉在5年後舉行。
0708 ★★★ 動	**커집니다 / 커져요 / 커진다 / 커지는**
커지다 [커지다] 長大/變大/擴大	일이 커지기 전에 잘 수습하시오. 在事情變大之前好好收拾吧。

0709 ★★★ 動

터집니다 / 터져요 / 터진다 / 터지는

터지다
[터지다]
爆發/爆裂/爆炸
破裂/發洩/暴露

너무 많이 먹어서 배가 터질 것 같다.
因為吃太多，肚子好像要裂開似的。

0710 ★★★ 動

퍼집니다 / 퍼져요 / 퍼진다 / 퍼지는

퍼지다
[퍼지다]
寬展/伸展/發脹
普及/擴散/繁衍

소문은 순식간에 온 동네에 퍼졌다.
傳言瞬間在整個鄰里擴散開來。

0711 ★★ 動

펼쳐집니다 / 펼쳐져요 / 펼쳐진다 / 펼쳐지는

펼쳐지다
[펼처지다]
展現/展開

아름다운 경치가 눈앞에 펼쳐졌다.
美麗的景致展現在眼前。

0712 ★ 動

가까워집니다 / 가까워져요 / 가까워진다 / 가까워지는

가까워지다
[가까워지다]
靠近/挨近/臨近
接近/親近

기차가 역에 가까워졌을 때 나는 잠에서 깼다.
當火車接近車站的時候，我從睡眠中醒了過來。

0713 ★★ 動

세워집니다 / 세워져요 / 세워진다 / 세워지는

세워지다
[세워지다]
被豎立/停留/被建設

그 건물의 일부는 이미 세워져 있다.
這建築物的一部分已經被建設起來。

0714 ★ 動

나아집니다 / 나아져요 / 나아진다 / 나아지는

나아지다
[나아지다]
好起來/好轉

생활이 점차 나아지다.
生活漸次好起來。

0715 ★ 動

낮아집니다 / 낮아져요 / 낮아진다 / 낮아지는

낮아지다
[나자지다]
減低/降低/低落

대학교 졸업생의 초봉이 지속적으로 낮아지다.
大學畢業生的起薪持續地降低。

0716 ★★★ 動	높아집니다 / 높아져요 / 높아진다 / 높아지는
높아지다 [노파지다] 增高/高漲/高昂	여성들의 경제적 자립 욕구가 높아지고 있다. 女性們對於經濟獨立的渴望正在增高。

0717 ★★ 動	많아집니다 / 많아져요 / 많아진다 / 많아지는
많아지다 [마나지다] 增/增多/增加	경기가 좋아 수입이 많아졌다. 因為景氣好，收入增加了。

0718 ★★★ 動	쏟아집니다 / 쏟아져요 / 쏟아진다 / 쏟아지는
쏟아지다 [쏘다지다] 瀉/傾瀉/流瀉 淌/淌下	한바탕 소나기가 쏟아지다. 下了一陣驟雨。

0719 ★★ 動	좋아집니다 / 좋아져요 / 좋아진다 / 좋아지는
좋아지다 [조아지다] 好起來/好轉	기분이 다소 좋아지다. 心情多少好了些。

0720 ★★ 動	굳어집니다 / 굳어져요 / 굳어진다 / 굳어지는
굳어지다 [구더지다] 變硬/硬化/僵硬 呆滯/呆板/堅定	마침내 회사를 그만둘 결심이 굳어졌다. 終於堅定了請辭的決心。

0721 ★★ 動	끊어집니다 / 끊어져요 / 끊어진다 / 끊어지는
끊어지다 [끄너지다] 中斷/斷絕/阻絕	폭우로 인해 마을로 통하는 다리가 끊어졌다. 受到暴雨的影響，通往村莊的橋樑斷了。

0722 ★ 動	나누어집니다 / 나누어져요 / 나누어진다 / 나누어지는
나누어지다 [나누어지다] 分為/分類/分歧	그 문제에 관해 의견이 나누어졌다. 關於那個問題的意見分歧。

0723 ★ 動 넓어집니다 / 넓어져요 / 넓어진다 / 넓어지는

넓어지다
[널버지다]
變寬/變廣

이렇게 가구를 배치하면 공간이 훨씬 더 넓어진다.
像這樣配置家具的話，空間會變得更寬廣。

0724 ★ 動 넘어집니다 / 넘어져요 / 넘어진다 / 넘어지는

넘어지다
[너머지다]
倒/跌倒/摔倒
失敗/敗北/倒閉

그녀는 넘어져서 발을 다쳤습니다.
她摔倒而弄傷了腳。

0725 ★ 動 늘어집니다 / 늘어져요 / 늘어진다 / 늘어지는

늘어지다
[느러지다]
變長/伸長/拉長
下垂/變慢/放慢

발걸음이 늘어지다.
腳步放慢。

0726 ★★★ 動 떨어집니다 / 떨어져요 / 떨어진다 / 떨어지는

떨어지다
[떠러지다]
掉落/凋落/低落
陷落/落榜/分離

남동생이 사다리에서 떨어졌어요.
弟弟從梯子掉下來。

0727 ★★★ 動 만들어집니다 / 만들어져요 / 만들어진다 / 만들어지는

만들어지다
[만드러지다]
作成/被造成

타이어는 고무 및 기타 성분으로 만들어진다.
輪胎是由橡膠和其它成分所作成。

0728 ★★ 動 멀어집니다 / 멀어져요 / 멀어진다 / 멀어지는

멀어지다
[머러지다]
疏遠/漸遠

메아리 소리가 서서히 멀어져 갔다.
回聲徐徐遠去。

0729 ★ 動 믿어집니다 / 믿어져요 / 믿어진다 / 믿어지는

믿어지다
[미더지다]
可信

나는 그의 죽음이 믿어지지 않는다.
我無法相信他去世了。

0730 ★★★ 動	벌어집니다 / 벌어져요 / 벌어진다 / 벌어지는
벌어지다 [버러지다] 裂開/決裂/展開 伸展/疏離/寬綽	그들은 돈 문제로 사이가 크게 벌어졌다. 他們因為金錢問題關係決裂。

0731 ★★★ 動	없어집니다 / 없어져요 / 없어진다 / 없어지는
없어지다 [업써지다] 消失/散失 消逝/沒有了	늦잠 자는 버릇이 없어지다. 睡懶覺的毛病沒有了。

0732 ★★★ 動	이루어집니다 / 이루어져요 / 이루어진다 / 이루어지는
이루어지다 [이루어지다] 達成/完成/實現	아름다운 꿈이 현실로 이루어졌다. 美麗的夢想成為現實。

0733 ★★★ 動	이어집니다 / 이어져요 / 이어진다 / 이어지는
이어지다 [이어지다] 連接/連綿/銜接	이 관습은 오늘날까지도 이어지고 있다. 這個常規到如今為止都還連綿不斷。

0734 ★★★ 動	주어집니다 / 주어져요 / 주어진다 / 주어지는
주어지다 [주어지다] 被提示/被給予 提示/具備	유능한 여성에게 더 많은 책임이 주어져야 한다고 생각합니다. 我認為有能力的女性必須被給予更多的責任。

0735 ★ 動	찢어집니다 / 찢어져요 / 찢어진다 / 찢어지는
찢어지다 [찌저지다] 破裂/撕破	이 옷은 좀처럼 찢어지지 않는다. 這件衣服不容易破。

0736 ★★ 動	헤어집니다 / 헤어져요 / 헤어진다 / 헤어지는
헤어지다 [헤어지다] 分手/分離/離別 散開/裂/破裂	급기야 헤어지고 말았다. 終於分手了。

0737 ★★ 動	흩어집니다 / 흩어져요 / 흩어진다 / 흩어지는
흩어지다 [흐터지다] 散/分散/離散 散布/散開/渙散	방 안에 책이 흩어져 있어 발을 내디딜 곳이 없다. 房間內書籍散布，無踏步之處。
0738 ★ 動	**심해집니다 / 심해져요 / 심해진다 / 심해지는**
심해지다 [시매지다] 【甚-】 加劇/加重	대기오염이 갈수록 심해지고 있다. 大氣汙染變得越來越嚴重。
0739 ★ 動	**약해집니다 / 약해져요 / 약해진다 / 약해지는**
약해지다 [야캐지다] 【弱-】 減弱/變弱	나는 예전보다 체력이 약해졌다. 比起從前我的體力減弱了。
0740 ★ 動	**익숙해집니다 / 익숙해져요 / 익숙해진다 / 익숙해지는**
익숙해지다 [익쑤캐지다] 習慣/嫻習	그녀는 금방 새로운 방식에 익숙해졌다. 她馬上就習慣新的方式。
0741 ★★ 動	**전해집니다 / 전해져요 / 전해진다 / 전해지는**
전해지다 [저내지다] 【傳-】 流傳/相傳/被傳授	그 이야기는 지금까지 전해지고 있다. 那個故事到現在還被流傳著。
0742 ★★ 動	**정해집니다 / 정해져요 / 정해진다 / 정해지는**
정해지다 [정해지다] 【定-】 決定/定局/被安排	출발 날짜가 이미 정해지다. 出發日期已經決定。
0743 ★ 動	**행해집니다 / 행해져요 / 행해진다 / 행해지는**
행해지다 [행해지다] 【行-】 被實行	이 지방에는 아직 옛날 풍습이 행해지고 있다. 這地方過去的風俗仍然被實行著。

0744 ★	動	활발해집니다 / 활발해져요 / 활발해진다 / 활발해지는
활발해지다 [활바래지다] 【活潑-】 變得活潑		성격이 전에 비해 활발해졌다. 性格比起以前變得活潑了。
0745 ★★★	動	칩니다 / 쳐요 / 친다 / 치는
치다 [치다] 打/捶/拍/彈/敲 撞/擊/揮/割/剁		저는 일 분에 70자를 칠 수 있습니다. 我一分鐘可以打70字。
0746 ★★	動	칩니다 / 쳐요 / 친다 / 치는
치다 [치다] 估算/評估/占卜		비행기를 탄다고 쳐도 내일까지는 못 간다. 就算搭乘飛機，明天之前也到不了。
0747 ★	動	칩니다 / 쳐요 / 친다 / 치는
치다 [치다] 撒 / 掛 / 懸吊 / 叫喊		그물을 치다. 撒網。
0748 ★★★	動	가르칩니다 / 가르쳐요 / 가르친다 / 가르치는
가르치다 [가르치다] 教/教導/教誨 傳授/指導/指點		아이에게 글을 가르치다. 教小孩子識字。
0749 ★★★	動	거칩니다 / 거쳐요 / 거친다 / 거치는
거치다 [거치다] 經過/經歷/路過		여기에서부터 학교까지 가는데 우체국을 거친다. 從這裡去學校會經過郵局。
0750 ★★★	動	걸칩니다 / 걸쳐요 / 걸친다 / 걸치는
걸치다 [걸치다] 架/搭/懸掛/披掛 歷時/歷經/涉及		3년에 걸쳐 새로운 규칙을 만들다. 歷時3年制定新規則。

0751 ★★ 動 **겹칩니다 / 겹쳐요 / 겹친다 / 겹치는**

겹치다
[겹치다]
重合/重疊/交加

모임이 겹쳐서 어디로 가야 될지 모르겠다.
聚會重疊在一起，不知道去哪裡好。

0752 ★★★ 動 **고칩니다 / 고쳐요 / 고친다 / 고치는**

고치다
[고치다]
修理/修繕/改正
糾正/矯正/醫治

나쁜 버릇을 고치다.
糾正壞毛病。

0753 ★★★ 動 **그칩니다 / 그쳐요 / 그친다 / 그치는**

그치다
[그치다]
停/停止/停歇

적당한 정도에서 그치다.
適可而止。

0754 ★ 動 **깨우칩니다 / 깨우쳐요 / 깨우친다 / 깨우치는**

깨우치다
[깨우치다]
開導/啟發
提醒/使醒悟

깨우쳐 줘서 고마워요.
謝謝提醒。

0755 ★★★ 動 **끼칩니다 / 끼쳐요 / 끼친다 / 끼치는**

끼치다
[끼치다]
打攪/打擾
干擾/施/給

그 책들은 내 인생에 많은 영향을 끼쳤다.
那些書給我的人生帶來許多影響。

0756 ★  **끼칩니다 / 끼쳐요 / 끼친다 / 끼치는**

끼치다
[끼치다]
起(雞皮疙瘩)/撲

온몸에 소름이 끼치다.
全身起雞皮疙瘩。

0757 ★★  **넘칩니다 / 넘쳐요 / 넘친다 / 넘치는**

넘치다
[넘치다]
溢出/洋溢/充斥
充沛/超過/超額

나는 지금 어느 때보다 의욕이 넘친다.
我現在比起任何時候還要充滿幹勁。

0758 ★★	動	놓칩니다 / 놓쳐요 / 놓친다 / 놓치는
놓치다 [놓치다] 失去/失掉/錯過		기회를 놓치지 마세요. 機不可失。
0759 ★★	**動**	**다칩니다 / 다쳐요 / 다친다 / 다치는**
다치다 [다치다] 損壞/損傷/傷害 碰觸/觸動/觸犯		다치지 않게 조심해라! 小心不要受傷！
0760 ★★	**動**	**닥칩니다 / 닥쳐요 / 닥친다 / 닥치는**
닥치다 [닥치다] 面臨/臨到/臨近		뜻하지 않은 일이 닥치다. 面臨意料之外的事。
0761 ★	**動**	**도망칩니다 / 도망쳐요 / 도망친다 / 도망치는**
도망치다 [도망치다] 【逃亡-】 逃亡		용의자는 창문을 통해 도망쳤다. 嫌犯經由窗戶逃走了。
0762 ★	**動**	**떨칩니다 / 떨쳐요 / 떨친다 / 떨치는**
떨치다 [떨치다] 抖掉/甩掉/撇開		그녀는 옷의 먼지를 떨쳤다. 她抖掉衣服上的塵土。
0763 ★	**動**	**떨칩니다 / 떨쳐요 / 떨친다 / 떨치는**
떨치다 [떨치다] 揚名/揚威/顯耀		이름을 세상에 떨치다. 名揚四海。
0764 ★★	**動**	**마주칩니다 / 마주쳐요 / 마주친다 / 마주치는**
마주치다 [마주치다] 碰撞/相撞/打照面 碰見/遇/偶遇/邂逅		사거리에서 차가 서로 마주쳤다. 在十字路口車子相撞了。

0765 ★★★ 動	마칩니다 / 마쳐요 / 마친다 / 마치는
마치다 [마치다] 結束/完結/了卻	밤샘을 해서라도 다 마쳐야지요. 就算熬夜也得全部完結。

0766 ★ 動	망칩니다 / 망쳐요 / 망친다 / 망치는
망치다 [망치다] 搞砸/弄壞/毀滅	그는 술 때문에 몸을 망쳤다. 他因為嗜酒的關係把身體弄壞了。

0767 ★ 動	물리칩니다 / 물리쳐요 / 물리친다 / 물리치는
물리치다 [물리치다] 克服/擊退 拒絕/回絕	쉽게 적을 물리치다. 輕易地擊退敵人。

0768 ★ 動	뭉칩니다 / 뭉쳐요 / 뭉친다 / 뭉치는
뭉치다 [뭉치다] 團結/凝聚/凝結	우리가 함께 뭉치면 괜찮을 거야. 只要我們團結在一起，就沒問題。

0769 ★★★ 動	미칩니다 / 미쳐요 / 미친다 / 미치는
미치다 [미치다] 及/到/達到 涉及/波及	그 가게는 사거리 조금 못 미친 곳에 있다. 那家店在還沒到十字路口的地方。

0770 ★★★ 動	미칩니다 / 미쳐요 / 미친다 / 미치는
미치다 [미치다] 發瘋/發狂/瘋狂 著迷/沉溺/熱衷	이렇게 더운 날씨에 등산하는 것은 미친 짓이다. 這麼熱的天氣去爬山是瘋狂的行為。

0771 ★★ 動	바칩니다 / 바쳐요 / 바친다 / 바치는
바치다 [바치다] 捐/捐獻/貢獻 供奉/繳納/繳付	대학에 기부금을 바치다. 捐款給大學。

0772 ★	動	받칩니다 / 받쳐요 / 받친다 / 받치는
받치다 [받치다] 墊/托/捧/支撐 冒(火)/反胃		책받침을 받치고 글씨를 쓰다. 墊著墊板寫字。
0773 ★★	動	**부딪칩니다 / 부딪쳐요 / 부딪친다 / 부딪치는**
부딪치다 [부딛치다] 碰撞/碰見/撞見 碰到/遇到		그가 택시에 부딪쳤습니다. 他被計程車撞了。
0774 ★	動	**부칩니다 / 부쳐요 / 부친다 / 부치는**
부치다 [부치다] 寄/寄託/交付		책을 소포로 부치다. 用包裹寄書。
0775 ★★	動	**비칩니다 / 비쳐요 / 비친다 / 비치는**
비치다 [비치다] 照/照射/照亮/映 映照/輝映/露出		어둠 속에서 달빛이 비쳤다. 月光在黑暗之中照映。
0776 ★	動	**뿌리칩니다 / 뿌리쳐요 / 뿌리친다 / 뿌리치는**
뿌리치다 [뿌리치다] 拂/甩/甩開/拒絕		무리한 요구를 뿌리치다. 拒絕無理的要求。
0777 ★★	動	**소리칩니다 / 소리쳐요 / 소리친다 / 소리치는**
소리치다 [소리치다] 叫/喊/叫喚/叱		그는 그녀에게 소리쳤고 결국 그녀를 울리고 말았다. 他叱罵她，結果把她弄哭了。
0778 ★	動	**솟구칩니다 / 솟구쳐요 / 솟구친다 / 솟구치는**
솟구치다 [솓꾸치다] 沖/湧/冒出 向上噴/迸發		그는 힘이 솟구치는 것을 느꼈다. 他感到力量迸發出來了。

0779 ★★ 動 **스칩니다 / 스쳐요 / 스친다 / 스치는**

스치다
[스치다]
輕拂 / 掠過
擦身而過

밤에 서늘한 바람이 얼굴을 스치다.
晚上清風拂面。

0780 ★★★ 動 **외칩니다 / 외쳐요 / 외친다 / 외치는**

외치다
[외치다]
喊叫/高喊/吶喊

언론의 자유를 외치다.
高喊言論自由。

0781 ★ 動 **제칩니다 / 제쳐요 / 제친다 / 제치는**

제치다
[제치다]
擱置/摒除/拋開

그녀는 사람들을 제치고 앞으로 나아갔다.
她拋開人群向前走。

0782 ★★★ 形 **지나칩니다 / 지나쳐요 / 지나친다 / 지나친**

지나치다
[지나치다]
過分/過甚/過度
過頭/過當/過激

그는 지나치게 술을 많이 마신다.
他過度地喝酒。

0783 ★ 動 **지나칩니다 / 지나쳐요 / 지나친다 / 지나치는**

지나치다
[지나치다]
經過/閃過/放過

오늘 일은 그냥 지나칠 수 없다.
今天不能就那樣把工作放過。

0784 ★★ 動 **지칩니다 / 지쳐요 / 지친다 / 지치는**

지치다
[지치다]
疲倦/疲勞/疲累
疲憊/精疲力竭

아이는 울다가 지쳐 잠이 들었다.
小孩子哭累就睡著了。

0785 ★★★ 動 **펼칩니다 / 펼쳐요 / 펼친다 / 펼치는**

펼치다
[펼치다]
展開/展示/展現
伸展/施展/實現

독수리가 날개를 펼쳤다.
禿鷹展開了翅膀。

0786 ★★	動	합칩니다 / 합쳐요 / 합친다 / 합치는
합치다 [합치다] 【合-】 合併/合攏		우리 서로가 힘을 합치면 두려울 것이 없다. 只要我們同心協力，就沒有可怕的事。
0787 ★★	**動**	**해칩니다 / 해쳐요 / 해친다 / 해치는**
해치다 [해치다] 【害-】 危害/戕害/妨害		과로는 건강을 해친다. 過度勞累會危害健康。
0788 ★★	**動**	**훔칩니다 / 훔쳐요 / 훔친다 / 훔치는**
훔치다 [훔치다] 偷/偷竊		강도들은 훔친 차를 타고 달아났다. 強盜們搭乘偷來的車子逃逸了。
0789 ★	**動**	**훔칩니다 / 훔쳐요 / 훔친다 / 훔치는**
훔치다 [훔치다] 擦/拭/擦拭/摸索		걸레로 방바닥을 훔치다. 用抹布擦拭地板。
0790 ★★	**動**	**가립니다 / 가려요 / 가린다 / 가리는**
가리다 [가리다] 分辨/挑選/怕生 梳理/算帳/偏食		이 아이는 특별히 낯을 가린다. 這孩子特別怕生。
0791 ★★	**動**	**가립니다 / 가려요 / 가린다 / 가리는**
가리다 [가리다] 遮/擋/遮擋/遮蔽 遮掩/覆蓋/蒙/捂		끝없이 펼쳐진 나무숲이 나의 시야를 가렸다. 無邊無際遼闊的樹林，遮擋住我的視野。
0792 ★★★	**動**	**드립니다 / 드려요 / 드린다 / 드리는**
드리다 [드리다] 致/呈獻/奉贈 (주다的謙讓語)		초대권이 한 장 있는데 드리겠습니다. 我還有一張招待券要奉贈給你。

0793 ★★ 動 **건드립니다 / 건드려요 / 건드린다 / 건드리는**

건드리다
[건드리다]
觸摸/觸動/觸犯
騷擾/招惹/挑逗

아무것도 건드리지 않았어요.
沒有觸摸任何東西。

0794 ★★ 動 **두드립니다 / 두드려요 / 두드린다 / 두드리는**

두드리다
[두드리다]
敲打/拍打/擊打

빗방울이 창문을 두드렸다.
雨滴拍打著窗戶。

0795 ★★ 動 **말씀드립니다 / 말씀드려요 / 말씀드린다 / 말씀드리는**

말씀드리다
[말씀드리다]
稟告/奉告
(말하다的謙讓語)

전화로 말씀드리려면 시간이 너무 걸릴 텐데요.
打算用電話稟告的話，可能會花費許多時間。

0796 ★★ 動 **엎드립니다 / 엎드려요 / 엎드린다 / 엎드리는**

엎드리다
[업뜨리다]
趴/伏/俯伏/俯臥

나는 보통 엎드려 잔다.
我通常趴著睡覺。

0797 ★★★ 動 **걸립니다 / 걸려요 / 걸린다 / 걸리는**

걸리다
[걸리다]
掛/絆/卡住/遭到
費/患/害病/掛念

이 일은 생각보다 시간이 많이 걸린다.
這件事比想像中，還要費更多時間。

0798 ★ 動 **굴립니다 / 굴려요 / 굴린다 / 굴리는**

굴리다
[굴리다]
滾動/動(腦)/亂放
(錢)滾(錢)

그는 돈을 굴리는 재주가 있다.
他具有以錢滾錢的才能。

0799 ★★★ 動 **그립니다 / 그려요 / 그린다 / 그리는**

그리다
[그리다]
繪畫/勾畫/刻畫
描繪/描寫/描圖

나는 그림 그리기를 좋아한다.
我喜歡畫圖。

0800 ★	動	그립니다 / 그려요 / 그린다 / 그리는
그리다 [그리다] 懷念/思念/想念		죽은 친구를 그리다. 懷念去世的朋友。
0801 ★★★	動	기다립니다 / 기다려요 / 기다린다 / 기다리는
기다리다 [기다리다] 等待/等候/守候		만날 때까지 기다릴게요. 不見不散。
0802 ★★	動	깔립니다 / 깔려요 / 깔린다 / 깔리는
깔리다 [깔리다] 鋪散/鋪滿/湮沒 被鋪/被墊/被壓		무수한 별들이 밤하늘에 깔리다. 無數的星星鋪滿夜空。
0803 ★	動	깨뜨립니다 / 깨뜨려요 / 깨뜨린다 / 깨뜨리는
깨뜨리다 [깨뜨리다] 打破/破壞/搞砸 (깨다的強調形)		엄숙한 분위기를 깨뜨리다. 打破嚴肅的氣氛。
0804 ★	動	넘어뜨립니다 / 넘어뜨려요 / 넘어뜨린다 / 넘어뜨리는
넘어뜨리다 [너머뜨리다] 推倒/打倒		독재 정권을 넘어뜨리다. 打倒獨裁政權。
0805 ★★	動	떨어뜨립니다 / 떨어뜨려요 / 떨어뜨린다 / 떨어뜨리는
떨어뜨리다 [떠러뜨리다] 使掉落/打掉/降低 丟下/垂下/用光		지갑을 이 근방에 떨어뜨린 것 같다. 錢包好像掉落在這附近。
0806 ★	動	빠뜨립니다 / 빠뜨려요 / 빠뜨린다 / 빠뜨리는
빠뜨리다 [빠뜨리다] 陷入/掉進/丟掉 遺失/遺漏/漏掉		이것저것을 잘 빠뜨리다. 經常丟三落四。

0807 ★★ 動 **터뜨립니다 / 터뜨려요 / 터뜨린다 / 터뜨리는**

터뜨리다
[터뜨리다]
弄破/裂開/爆炸
爆發/傾吐/發洩

웃음을 터뜨리다.
爆笑。

0808 ★ 動 **꺼립니다 / 꺼려요 / 꺼린다 / 꺼리는**

꺼리다
[꺼리다]
顧忌/忌憚
忌諱/嫌棄

그는 그 일에 대해 말하기를 꺼렸다.
他忌諱講那件事。

0809 ★ 動 **꾸립니다 / 꾸려요 / 꾸린다 / 꾸리는**

꾸리다
[꾸리다]
打包/收拾/拾掇
操持/開辦/舉辦

이삿짐을 꾸리다.
打包搬家行李。

0810 ★ 動 **끌립니다 / 끌려요 / 끌린다 / 끌리는**

끌리다
[끌리다]
被拉/被拉攏
被吸引/被拖

난 네게 마음이 끌린다.
我被你吸引。

0811 ★★ 動 **날립니다 / 날려요 / 날린다 / 날리는**

날리다
[날리다]
飄揚/飄舞/飛揚
花光/草率將事

그는 종이 비행기를 공중에 날렸다.
他讓紙飛機飄揚在空中。

0812 ★★★ 動 **내립니다 / 내려요 / 내린다 / 내리는**

내리다
[내리다]
下/放下/下跌/下達
降/降低/降臨/扎根

어제 모처럼 큰 눈이 내렸다.
昨天下了一場難得的大雪。

0813 ★ 動 **오르내립니다 / 오르내려요 / 오르내린다 / 오르내리는**

오르내리다
[오르내리다]
上下/升降/起落
反胃/受人議論

아버지는 매일 산을 오르내리신다.
父親每天上下山。

0814 ★	動	흘러내립니다 / 흘러내려요 / 흘러내린다 / 흘러내리는
흘러내리다 [흘러내리다] 滑落/流下/流瀉		바지가 너무 커서 자꾸 흘러내린다. 褲子太大件，經常滑落下來。
0815 ★★★	**動**	**버립니다 / 버려요 / 버린다 / 버리는**
버리다 [버리다] 扔棄/丟棄/毀棄 捨棄/離棄/拋棄		아무 데나 쓰레기를 버리면 안 된다. 不可以隨地丟垃圾。
0816 ★	**動**	**내버립니다 / 내버려요 / 내버린다 / 내버리는**
내버리다 [내버리다] 扔掉/扔棄/放棄		이대로 내버려 둘 수는 없다. 我沒辦法就這樣放棄。
0817 ★★	**動**	**잃어버립니다 / 잃어버려요 / 잃어버린다 / 잃어버리는**
잃어버리다 [이러버리다] 失去/丟失/遺失 喪失/迷失		나는 물건을 자주 잃어버리는 편이다. 我是那種經常丟失東西的人。
0818 ★★	**動**	**잊어버립니다 / 잊어버려요 / 잊어버린다 / 잊어버리는**
잊어버리다 [이저버리다] 忘掉/忘卻/忘記		전화 번호를 잊어버려서 연락 못했다. 忘掉電話號碼，以致無法連絡。
0819 ★	**動**	**널립니다 / 널려요 / 널린다 / 널리는**
널리다 [널리다] 遍布/散落/被晾		바닥에는 만화책을 담은 상자들이 널려 있었다. 地面上散落著裝了漫畫書的箱子。
0820 ★★	**動**	**노립니다 / 노려요 / 노린다 / 노리는**
노리다 [노리다] 盯/注視/怒視/窺伺		그는 복수할 기회를 노리고 있다. 他窺伺著復仇的時機。

0821 ★ 動 놀립니다 / 놀려요 / 놀린다 / 놀리는

놀리다
[놀리다]
耍弄/玩弄/戲弄
作弄/捉弄/嘲弄

나를 놀리지 마세요.
別戲弄我。

0822 ★★ 動 누립니다 / 누려요 / 누린다 / 누리는

누리다
[누리다]
享受/享用/受用

남녀는 동등한 권리를 누려야 한다.
男女應當享受同等的權利。

0823 ★★ 形 느립니다 / 느려요 / 느리다 / 느린

느리다
[느리다]
緩慢/遲緩/慢性子

그는 걸음이 느리다.
他走路很慢。

0824 ★★★ 動 늘립니다 / 늘려요 / 늘린다 / 늘리는

늘리다
[늘리다]
增加/增添/添加
提高/擴大/增值

생산량을 늘려 일정을 단축하도록 하겠습니다.
要提高生產量使能縮短日程。

0825 ★★ 動 다스립니다 / 다스려요 / 다스린다 / 다스리는

다스리다
[다스리다]
治理/統治/平息
整治/懲治/治療

그는 참선을 통해 마음을 다스리고 있다.
他經由參禪平息內心。

0826 ★★★ 動 달립니다 / 달려요 / 달린다 / 달리는

달리다
[달리다]
使~跑/趕
行駛/奔馳/馳騁

승용차가 앞을 향해 내달리다.
汽車向前奔馳。

0827 ★★★ 動 달립니다 / 달려요 / 달린다 / 달리는

달리다
[달리다]
掛/懸掛/垂掛
架設/取決於

장래의 일은 너의 노력에 달려 있다.
將來的事情取決於你的努力。

0828 ★★★	動	매달립니다 / 매달려요 / 매달린다 / 매달리는
매달리다 [매달리다] 吊/懸吊/掛/潛心 糾纏/依賴/被絆住		아이들이 철봉에 매달려 놀고 있다. 孩子們吊在單杠遊玩。
0829 ★★	動	시달립니다 / 시달려요 / 시달린다 / 시달리는
시달리다 [시달리다] 折磨/煎熬 受罪/受苦		나는 밤새 모기에 시달렸다. 我整夜都被蚊子折磨。
0830 ★★★	動	데립니다 / 데려요 / 데린다 / 데리는
데리다 [데리다] 帶/領/帶領/攜帶		주말에 나는 남동생을 데리고 공원에 가서 놀려고 한다. 週末我要帶弟弟去公園玩耍。
0831 ★★★	動	돌립니다 / 돌려요 / 돌린다 / 돌리는
돌리다 [돌리다] (使)轉/轉向/轉變 轉移/轉嫁/分發		그 얘기가 나오면 화제를 딴 데로 돌리세요. 如果那個傳言被提及，請將話題轉移到別的地方。
0832 ★	動	되돌립니다 / 되돌려요 / 되돌린다 / 되돌리는
되돌리다 [되돌리다] 逆轉/扭轉/挽回		그의 마음을 되돌리기는 어려울 것 같다. 似乎很難挽回他的心意。
0833 ★	動	두리번거립니다/두리번거려요/두리번거린다/두리번거리는
두리번거리다 [두리번거리다] 環顧四周/東張西望		바보처럼 두리번거리지 마라. 不要像傻瓜一樣東張西望。
0834 ★★	動	중얼거립니다 / 중얼거려요 / 중얼거린다 / 중얼거리는
중얼거리다 [중얼거리다] 自言自語/嘀咕		항상 혼잣말로 중얼거리다. 總是自言自語地嘀咕。

0835 ★★★ 動 **들립니다 / 들려요 / 들린다 / 들리는**

들리다
[들리다]
聽得見/聽到/入耳

마음이 없으면 봐도 안 보이고 들어도 귀에 들리지 않는다.
無心則視若無睹，充耳不聞。

0836 ★★ 動 **흔들립니다 / 흔들려요 / 흔들린다 / 흔들리는**

흔들리다
[흔들리다]
搖晃/搖動/擺動
震動/動搖/被擺佈

나뭇가지가 바람에 흔들리다.
樹枝迎風擺動。

0837 ★★★ 動 **때립니다 / 때려요 / 때린다 / 때리는**

때리다
[때리다]
打/毆打/敲打
打動/批評/削價

그는 자신의 아이를 때린 혐의로 체포되었다.
他因為毆打自己小孩的嫌疑被逮捕。

0838 ★★★ 動 **올립니다 / 올려요 / 올린다 / 올리는**

올리다
[올리다]
提高/獻給/呈
致/漆/舉行

손을 높게 올려요.
把手臂抬高。

0839 ★★★ 動 **떠올립니다 / 떠올려요 / 떠올린다 / 떠올리는**

떠올리다
[떠올리다]
浮出/浮現/想起

이 사진은 내 어릴 적을 떠올리게 한다.
這張照片讓我想起小時候。

0840 ★★ 動 **떨립니다 / 떨려요 / 떨린다 / 떨리는**

떨리다
[떨리다]
顫慄/顫抖/顫動
哆嗦/發抖

놀라서 온몸이 떨리다.
嚇得全身顫抖。

0841 ★★ 動 **말립니다 / 말려요 / 말린다 / 말리는**

말리다
[말리다]
使乾燥 / 乾 / 曬 / 晾 / 烘

빨래를 햇볕에 말리다.
在陽光下曬衣服。

0842 ★★	動	말립니다 / 말려요 / 말린다 / 말리는
말리다 [말리다] 勸解/勸止/勸阻		가까스로 싸움을 말렸다. 好不容易才勸止吵架。
0843 ★	**動**	**맞물립니다 / 맞물려요 / 맞물린다 / 맞물리는**
맞물리다 [만물리다] 嚙合/接合/銜接		현재는 과거와 맞물려 있다. 現在和過去銜接著。
0844 ★★	**動**	**몰립니다 / 몰려요 / 몰린다 / 몰리는**
몰리다 [몰리다] 堆在一起/擁擠 被追趕/被當成		일에 몰려 매우 바쁘다. 被工作追趕，非常忙碌。
0845 ★★	**動**	**밀립니다 / 밀려요 / 밀린다 / 밀리는**
밀리다 [밀리다] 被壓倒 / 被推		사람들에게 밀려 넘어지다. 被人們推倒。
0846 ★	**動**	**밀립니다 / 밀려요 / 밀린다 / 밀리는**
밀리다 [밀리다] 積壓/堆積 擁擠 / 抵不過		일이 밀려서 조금도 놀 새가 없다. 因為工作積壓著，連一點休息的閒暇都沒有。
0847 ★★	**動**	**벌립니다 / 벌려요 / 벌린다 / 벌리는**
벌리다 [벌리다] 張開/打開/展開 撐開/攤開/開張		그녀는 두 팔을 벌려 우리를 맞아주었다. 她張開雙臂，迎接我們。
0848 ★★★	**動**	**부립니다 / 부려요 / 부린다 / 부리는**
부리다 [부리다] 使喚/差遣/駕馭 操縱/耍弄/表現		사람을 부리는 것은 쉬운 일이 아니다. 駕馭人員不是簡單的事情。

0849 ★★★	動	불립니다 / 불려요 / 불린다 / 불리는
불리다 [불리다] 被喚作/被叫做		그는 집에서 강아지라고 불린다. 他在家裡被叫做小狗。
0850 ★★	**動**	**불립니다 / 불려요 / 불린다 / 불리는**
불리다 [불리다] 使膨脹/增加		재산을 조금씩 불리다.. 一點一滴地增加財產。
0851 ★★★	**動**	**빌립니다 / 빌려요 / 빌린다 / 빌리는**
빌리다 [빌리다] 借/借給/借用 借助/出租		남의 손을 빌리지 말고 네 스스로 해라. 不要借助別人的幫忙，你自己去做。
0852 ★★★	**動**	**뿌립니다 / 뿌려요 / 뿌린다 / 뿌리는**
뿌리다 [뿌리다] (雨、雪)濺落 撒/灑/澆/淋/噴		꽃에 물을 뿌리다. 澆花。
0853 ★★★	**動**	**살립니다 / 살려요 / 살린다 / 살리는**
살리다 [살리다] 救活/養活/活用 發揮/發揚/吸取		배운 지식을 실생활에서 살리다. 將所學知識活用在現實生活。
0854 ★	**動**	**되살립니다 / 되살려요 / 되살린다 / 되살리는**
되살리다 [되살리다] 使~復甦/挽救		경제를 되살리다. 使經濟復甦。
0855 ★	**形**	**시립니다 / 시려요 / 시리다 / 시린**
시리다 [시리다] 冷/發冷		손발이 시리다. 手腳發冷。

0856 ★★ 動 **실립니다 / 실려요 / 실린다 / 실리는**

실리다
[실리다]
登載/被裝載

부상자를 병원 구급차에 실리다.
傷員被裝上醫院的救護車。

0857 ★ 動 **쏠립니다 / 쏠려요 / 쏠린다 / 쏠리는**

쏠리다
[쏠리다]
偏斜/傾斜/傾向
集中/被吸引

몸이 갑자기 앞으로 쏠리다.
身體突然往前傾斜。

0858 ★★★ 動 **알립니다 / 알려요 / 알린다 / 알리는**

알리다
[알리다]
知會/告知/通告

기자가 인터뷰 날짜를 알려 주었다.
記者告知我們採訪日期。

0859 ★ 動 **어립니다 / 어려요 / 어린다 / 어리는**

어리다
[어리다]
凝/結/噙(淚)
泛/彌漫/散發

눈에 눈물이 어려있다.
眼睛噙著淚水。

0860 ★★★ 形 **어립니다 / 어려요 / 어리다 / 어린**

어리다
[어리다]
幼小/幼稚/嫩

너 나한텐 너무 어리다고 생각하지 않니?
你不認為對我而言你太年幼了嗎？

0861 ★★★ 動 **울립니다 / 울려요 / 울린다 / 울리는**

울리다
[울리다]
鳴/反響/迴蕩

갑자기 전화가 울려 나는 놀랐다.
突然電話響起，我嚇了一跳。

0862 ★ 動 **울립니다 / 울려요 / 울린다 / 울리는**

울리다
[울리다]
弄哭/打響

죄수가 도망치는 것을 목격하고 간수가 경보를 울렸다.
目擊囚犯逃亡，守衛弄響警報。

0863 ★★★ 動 어울립니다 / 어울려요 / 어울린다 / 어울리는

어울리다
[어울리다]
協調/調和/協和
和諧/般配/融洽

색깔이 서로 안 어울려요.
顏色互不協調。

0864 ★ 動 엇갈립니다 / 엇갈려요 / 엇갈린다 / 엇갈리는

엇갈리다
[얻깔리다]
交錯/交織/交叉
錯過/分歧/不和

기쁨과 슬픔이 엇갈리다.
悲喜交織。

0865 ★★★ 動 열립니다 / 열려요 / 열린다 / 열리는

열리다
[열리다]
被打開/被揭開
被舉行/開化

바람이 불어 문이 열린 것이 틀림없다.
因為風吹，門才被打開肯定沒錯。

0866 ★ 動 웅크립니다 / 웅크려요 / 웅크린다 / 웅크리는

웅크리다
[웅크리다]
蜷曲/蜷縮

그는 구석에 몸을 웅크리고 앉아 있었다.
他蜷縮著身體坐在角落。

0867 ★ 動 잘립니다 / 잘려요 / 잘린다 / 잘리는

잘리다
[잘리다]
被截斷/被剪斷
被解僱

영화의 두 장면이 검열 과정에서 잘렸다.
電影的兩個場面在檢閱的過程中被剪了。

0868 ★ 動 질립니다 / 질려요 / 질린다 / 질리는

질리다
[질리다]
嚇壞/厭煩/膩/膩煩

늘 한가지 음식만 먹고도 질리지 않니?
經常只吃一種食物你不覺得膩煩嗎？

0869 ★ 動 찌푸립니다 / 찌푸려요 / 찌푸린다 / 찌푸리는

찌푸리다
[찌푸리다]
陰霾/皺眉/蹙眉

그녀는 눈살을 한 번 찌푸렸다.
她皺了一下眉頭。

0870 ★★★ 動	차립니다 / 차려요 / 차린다 / 차리는
차리다 [차리다] 準備/張羅/打扮 抖擻/開設/圖謀	그는 자기 가게를 하나 차렸다. 他開了一家自己的商店。
0871 ★★★ 動	**틀립니다 / 틀려요 / 틀린다 / 틀리는**
틀리다 [틀리다] 不正/不對/錯誤 翻臉/出岔子/泡湯	다시 보아도 틀린 곳을 못 찾겠어. 就算再看一遍，也找不到錯誤的地方吧。
0872 ★★ 動	**팔립니다 / 팔려요 / 팔린다 / 팔리는**
팔리다 [팔리다] 賣出 / 出神 / 入迷	요즘은 잘 팔리는 게 하나도 없어요. 最近沒有一樣東西賣得好。
0873 ★★★ 動	**풀립니다 / 풀려요 / 풀린다 / 풀리는**
풀리다 [풀리다] 解決/解除/解凍 消釋/消散/消除	문제가 아주 수월하게 풀렸다. 問題很容易解決。
0874 ★★ 動	**헤아립니다 / 헤아려요 / 헤아린다 / 헤아리는**
헤아리다 [헤아리다] 計算/估計/分辨 猜測/揣度/揣摩	하늘에는 별들이 헤아릴 수 없이 많다. 天上繁星多不勝數。
0875 ★ 形	**흐립니다 / 흐려요 / 흐리다 / 흐린**
흐리다 [흐리다] 渾濁/陰霾/陰沉 黯淡/模糊/含糊	비가 와서 강물이 흐리다. 因為下雨，河水渾濁。
0876 ★★★ 動	**흘립니다 / 흘려요 / 흘린다 / 흘리는**
흘리다 [흘리다] 流/掉/遺落 漏/當耳邊風	돈을 길바닥에 흘리다. 把錢遺落在路上。

0877 ★★★ 動	가리킵니다 / 가리켜요 / 가리킨다 / 가리키는
가리키다 [가리키다] 指/指示/指引/示意	병원에 가는 길을 좀 가리켜 주십시오. 請指引我去醫院的路。
0878 ★ 動	내킵니다 / 내켜요 / 내킨다 / 내키는
내키다 [내키다] 動心/來勁/帶勁	배우면 배울수록 더욱 마음이 내키다. 越學越帶勁。
0879 ★★ 動	돌이킵니다 / 돌이켜요 / 돌이킨다 / 돌이키는
돌이키다 [도리키다] 回頭/回首/回顧 挽回/恢復/回心	학창시절을 돌이켜보면 저절로 미소가 나온다. 回首大學時代，不由自主地露出微笑。
0880 ★★ 動	불러일으킵니다/불러일으켜요/불러일으킨다/불러일으키는
불러일으키다 [불러이르키다] 引起/喚起 博得/號召	너의 생각은 모두의 주의를 불러일으켰다. 你的構想引起大家的注意了。
0881 ★ 動	비킵니다 / 비켜요 / 비킨다 / 비키는
비키다 [비키다] 躲/避/閃避/閃開 避開/挪動/移動	의자를 조금만 비켜 주시겠습니까? 可以請你稍微移開椅子嗎？
0882 ★★ 動	삼킵니다 / 삼켜요 / 삼킨다 / 삼키는
삼키다 [삼키다] 吞下/吞服/吞嚥 強忍/侵吞/吞併	눈물을 삼키고 돌아서다. 強忍住淚水，轉過身去。
0883 ★★★ 動	일으킵니다 / 일으켜요 / 일으킨다 / 일으키는
일으키다 [이르키다] 扶起/掀起/引起 引發/設立/興辦	누가 전쟁을 일으켰는지 근거 없이 추측하는 것은 위험하다. 是誰引起戰爭，沒有根據的推測是危險的。

0884 ★★★ 動	지킵니다 / 지켜요 / 지킨다 / 지키는
지키다 [지키다] 守/看守/守護/保護 保衛/保守/遵守	비밀을 지킬 수 있니? 你可以保守秘密嗎？
0885 ★★★ 動	**시킵니다 / 시켜요 / 시킨다 / 시키는**
시키다 [시키다] 使喚/支使/點(菜)	왜 저만 시켜요? 為什麼只叫我做？
0886 ★★ 動	**발전시킵니다 / 발전시켜요 / 발전시킨다 / 발전시키는**
발전시키다 [발쩐시키다] 【發展-】 使發展	핵심 기술을 발전시킨다. 使發展核心技術。
0887 ★ 動	**변화시킵니다 / 변화시켜요 / 변화시킨다 / 변화시키는**
변화시키다 [벼놔시키다] 【變化-】 使變化	원료를 제품으로 변화시키다. 使原料變化為產品。
0888 ★ 動	**오염시킵니다 / 오염시켜요 / 오염시킨다 / 오염시키는**
오염시키다 [오염시키다] 【汚染-】 使汚染	공기를 오염시키다. 使空氣受到污染。
0889 ★ 動	**충족시킵니다 / 충족시켜요 / 충족시킨다 / 충족시키는**
충족시키다 [충족씨키다] 【充足-】 使充足/使滿足	관광객들의 호기심을 충족시키다. 使觀光客們的好奇心得到滿足。
0890 ★ 動	**포함시킵니다 / 포함시켜요 / 포함시킨다 / 포함시키는**
포함시키다 [포함시키다] 【包含-】 使包含	그 사항은 계약서에 포함시켜 주십시오. 請讓那個事項包含在契約書裡。

0891 ★ 動 **향상시킵니다 / 향상시켜요 / 향상시킨다 / 향상시키는**

향상시키다
[향상시키다]
【向上-】
使提高/使向上

삶의 질을 향상시키다.
使生活的品質提高。

0892 ★ 動 **가십니다 / 가셔요 / 가신다 / 가시는**

가시다
[가시다]
消失/消退/停息

비바람이 가시고 해가 났다.
風雨停息，太陽出來了。

0893 ★★★ 動 **계십니다 / 계세요 / 계신다 / 계시는**

계시다
[계시다]
在
(있다的敬語)

선생님은 도서관에 계신다.
老師在圖書館。

0894 ★ 形 **눈부십니다 / 눈부셔요 / 눈부신다 / 눈부시는**

눈부시다
[눈부시다]
耀眼/炫目/燦爛
輝煌/引人矚目

아침 햇살이 눈부시다.
早上的陽光耀眼。

0895 ★★★ 動 **마십니다 / 마셔요 / 마신다 / 마시는**

마시다
[마시다]
喝/飲/吸/呼吸

고민을 잊으려고 술을 마시다.
借酒澆愁。

0896 ★★★ 動 **모십니다 / 모셔요 / 모신다 / 모시는**

모시다
[모시다]
侍奉/奉陪/陪伴
贍養/撫養/祭祀

나는 할아버지를 모시고 공원에 갔다.
我陪伴爺爺去了公園。

0897 ★ 動 **적십니다 / 적셔요 / 적신다 / 적시는**

적시다
[적씨다]
弄濕/浸濕/沾濕
染指/玷汙

수건을 적셔 온몸의 땀을 닦았다.
把毛巾弄濕，擦拭全身的汗水。

0898 ★ 動	주무십니다 / 주무세요 / 주무신다 / 주무시는
주무시다 [주무시다] 睡/睡覺(敬語)	간밤에 안녕히 주무셨습니까? 昨晚睡得好嗎？

0899 ★★ 動	갇힙니다 / 갇혀요 / 갇힌다 / 갇히는
갇히다 [가치다] 被關/被監禁/被困	그는 24년 동안 감옥에 갇혀 있었어요. 他被關在監獄24年了。

0900 ★ 動	괴롭힙니다 / 괴롭혀요 / 괴롭힌다 / 괴롭히는
괴롭히다 [괴로피다] 為難/作難/刁難 折磨/使痛苦	다시는 이렇게 타인을 괴롭히지 마라. 別再這麼折磨他人。

0901 ★ 動	굳힙니다 / 굳혀요 / 굳힌다 / 굳히는
굳히다 [구치다] 堅定/堅固/凝固	그녀는 그와 결혼하기로 결심을 굳혔다. 她下定決心要和他結婚。

0902 ★★ 動	굽힙니다 / 굽혀요 / 굽힌다 / 굽히는
굽히다 [구피다] 彎(腰)/弄彎/屈服	그는 신발 끈을 묶기 위해 몸을 굽혔다. 他為了綑綁鞋帶，彎下身子。

0903 ★★★ 動	막힙니다 / 막혀요 / 막힌다 / 막히는
막히다 [마키다] 堵塞/斷絕	차가 막혀서 출근이 늦었어요. 因為塞車，上班遲到了。

0904 ★ 形	기막힙니다 / 기막혀요 / 기막히다 / 기막힌
기막히다 [기마키다] 【氣-】 氣噎 / 不得了	이것은 그녀에게 기막히게 좋은 기회가 될 것이다. 這將成為她非凡的機會。

0905 ★★ 動	**꼽힙니다 / 꼽혀요 / 꼽힌다 / 꼽히는**
꼽히다 [꼬피다] 算得上/被指定為	제주도는 우리나라 최고의 휴양지로 꼽힌다. 濟州島算得上是我國最高的渡假勝地。
0906 ★★ 動	**넓힙니다 / 넓혀요 / 넓힌다 / 넓히는**
넓히다 [널피다] 加寬/放寬/拓寬 擴大/擴充/擴展	의료보험 적용 범위를 넓히다. 放寬醫療保險適用範圍。
0907 ★ 動	**닫힙니다 / 닫혀요 / 닫힌다 / 닫히는**
닫히다 [다치다] 關/閉/被關上	이 창문은 도무지 안 닫힌다. 這個窗戶根本關不上。
0908 ★ 動	**맺힙니다 / 맺혀요 / 맺힌다 / 맺히는**
맺히다 [매치다] 凝結/鬱結 淤(血)/被結	상처에 피가 맺히다. 傷口淤血。
0909 ★★ 動	**묻힙니다 / 묻혀요 / 묻힌다 / 묻히는**
묻히다 [무치다] 埋/埋沒/被埋	개집이 눈에 묻혔다. 狗屋被埋沒在雪裡。
0910 ★ 動	**묻힙니다 / 묻혀요 / 묻힌다 / 묻히는**
묻히다 [무치다] 沾到/沾上	손에 물을 묻히다. 手沾到水。
0911 ★★ 動	**박힙니다 / 박혀요 / 박힌다 / 박히는**
박히다 [바키다] 銘刻/銘記/鑲嵌/扎 印/照/位居/位於	그 기억은 내 가슴에 깊이 박혀 있다. 那個記憶，深深銘刻在我的內心。

0912 ★★★	動	밝힙니다 / 밝혀요 / 밝힌다 / 밝히는
밝히다 [발키다] 查明/判明/指明 照亮/敏銳/熬夜		아직 그 사고의 원인을 밝히지 못했습니다. 仍然無法查明那個事故的原因。
0913 ★	**動**	**부딪힙니다 / 부딪혀요 / 부딪힌다 / 부딪히는**
부딪히다 [부디치다] 碰/撞/被撞		저는 심각한 문제에 부딪혀 있습니다. 我碰到很嚴重的問題。
0914 ★★	**動**	**뽑힙니다 / 뽑혀요 / 뽑힌다 / 뽑히는**
뽑히다 [뽀피다] 中選/入選 膺選/被選/被拔		그의 사진은 콘테스트에서 특선으로 뽑혔다. 他的照片在比賽中被選拔為特優。
0915 ★★★	**動**	**잡힙니다 / 잡혀요 / 잡힌다 / 잡히는**
잡히다 [자피다] 被抓/被捕/被找出		너 그 사람한테 무슨 약점 잡혔냐? 你被那個人抓到什麼弱點嗎？
0916 ★	**動**	**붙잡힙니다 / 붙잡혀요 / 붙잡힌다 / 붙잡히는**
붙잡히다 [붇짜피다] 被抓/被捕/被逮		도둑질을 하다가 주인에게 붙잡히다. 行竊時被主人逮住。
0917 ★★	**動**	**사로잡힙니다 / 사로잡혀요 / 사로잡힌다 / 사로잡히는**
사로잡히다 [사로자피다] 被活捉/被生擒 被懾服/被吸引		죽음의 공포에 사로잡히다. 被死亡的恐怖懾服。
0918 ★	**動**	**앉힙니다 / 앉혀요 / 앉힌다 / 앉히는**
앉히다 [안치다] 附記/設置 使擔任/使坐下		그녀는 아이를 무릎 위에 앉혔다. 她讓孩子坐在膝蓋上。

0919 ★★	動	얽힙니다 / 얽혀요 / 얽힌다 / 얽히는
얽히다 [얼키다] 纏/纏繞/糾纏 被綁住/被纏住		나비가 거미줄에 얽히다. 蝴蝶被蜘蛛網纏住。
0920 ★★★	動	익힙니다 / 익혀요 / 익힌다 / 익히는
익히다 [이키다] 熟練/熟悉		영어 회화를 익히다. 熟練英語會話。
0921 ★	動	익힙니다 / 익혀요 / 익힌다 / 익히는
익히다 [이키다] 煮熟/炊熟/釀熟		돼지고기는 잘 익혀서 먹어야 한다. 豬肉必須完全煮熟才能吃。
0922 ★★	動	입힙니다 / 입혀요 / 입힌다 / 입히는
입히다 [이피다] 使~穿上/使~蒙受 使~覆蓋		그는 나에게 막대한 손해를 입혔다. 他使我蒙受很大的損失。
0923 ★★	動	적힙니다 / 적혀요 / 적힌다 / 적히는
적히다 [저키다] 被記入/被寫進		참가자의 이름이 전부 적혀 있다. 參加人員的名字全部被記錄下來。
0924 ★	動	젖힙니다 / 젖혀요 / 젖힌다 / 젖히는
젖히다 [저치다] 使後傾/翻/掀/撩		고개를 뒤로 젖히다. 使脖子向後傾。
0925 ★	動	찍힙니다 / 찍혀요 / 찍힌다 / 찍히는
찍히다 [찌키다] 被印上/被蓋上		계약서에는 그의 도장이 찍혀 있다. 契約書被蓋上他的圖章。

0926 ★★★ 動

견딥니다 / 견뎌요 / 견딘다 / 견디는

견디다
[견디다]
忍/忍耐/忍受
耐用/禁得住

끝까지 견디다.
忍到最後。

0927 ★★★ 動

들입니다 / 들여요 / 들인다 / 들이는

들이다
[드리다]
使~進/使~睡/染
投入/花費/僱用

많은 시간을 들여서 그 일을 처리했다.
投入許多時間，處理了那件事。

0928 ★★ 動

곁들입니다 / 곁들여요 / 곁들인다 / 곁들이는

곁들이다
[곋뜨리다]
搭配/附加/附帶
穿插/兼顧

노래에 피아노를 곁들이다.
在歌曲中穿插鋼琴伴奏。

0929 ★★★ 動

받아들입니다 / 받아들여요 / 받아들인다 / 받아들이는

받아들이다
[바다드리다]
接受/接納/採納
吸納/吸收/汲取

우리는 그의 조건을 받아들일 수밖에 없다.
我們只能接受他的條件別無他法。

0930 ★ 動

사들입니다 / 사들여요 / 사들인다 / 사들이는

사들이다
[사드리다]
收購/採買/買進

인도에서 홍차를 사들이다.
從印度收購紅茶。

0931 ★★★ 動

기울입니다 / 기울여요 / 기울인다 / 기울이는

기울이다
[기울이다]
貫注/集中
傾注/傾斜

몸을 앞으로 기울이다.
將身體往前傾斜。

0932 ★★ 動

끄덕입니다 / 끄덕여요 / 끄덕인다 / 끄덕이는

끄덕이다
[끄더기다]
點頭

그는 고개를 끄덕여 답했다.
他點頭做答。

0933 ★★★ 動 끓입니다 / 끓여요 / 끓인다 / 끓이는

끓이다
[끄리다]
燒/燒開/熬煮/煎熬

소화가 안 되면 죽 좀 끓여 드릴까요?
消化不好的話，要不要我幫你煮稀飯？

0934 ★★★ 動 높입니다 / 높여요 / 높인다 / 높이는

높이다
[노피다]
提高/增強/尊敬

서비스 수준을 높이다.
提高服務水準。

0935 ★★★ 動 놓입니다 / 놓여요 / 놓인다 / 놓이는

놓이다
[노이다]
擱/擱置/放

이제야 마음이 좀 놓인다.
此刻稍微放心。

0936 ★★★ 動 붙입니다 / 붙여요 / 붙인다 / 붙이는

붙이다
[부치다]
貼/粘/附加/仲介
點(火)/搭(話)/養成

우표를 봉투에 붙이다.
將郵票貼在信封。

0937 ★★ 動 덧붙입니다 / 덧붙여요 / 덧붙인다 / 덧붙이는

덧붙이다
[덛뿌치다]
附加 / 加添 / 添補

사용 설명을 뒤에 덧붙이다.
使用說明附加在後面。

0938 ★ 動 덮입니다 / 덮여요 / 덮인다 / 덮이는

덮이다
[더피다]
被覆蓋/被掩蓋

지붕이 눈으로 덮여 있었다.
屋頂被雪覆蓋著。

0939 ★★★ 動 보입니다 / 보여요 / 보인다 / 보이는

보이다
[보이다]
看得見/看起來

참 젊어 보이시는군요.
你看起來真年輕耶。

0940 ★★★	動	보입니다 / 보여요 / 보인다 / 보이는
보이다 [보이다] 揭示/出示		여권을 보여 주십시오. 請出示護照。
0941 ★★	動	돋보입니다 / 돋보여요 / 돋보인다 / 돋보이는
돋보이다 [돋뽀이다] 出眾/超群/顯眼		그의 최근 작품에는 독창성이 돋보인다. 他最近的作品獨創性出眾。
0942 ★★	動	선보입니다 / 선보여요 / 선보인다 / 선보이는
선보이다 [선보이다] 亮相/披露/公開 使~相親		우리는 4월에 신제품을 시장에 선보일 것이다. 4月我們將在市場披露新產品。
0943 ★	動	둘러싸입니다 / 둘러싸여요 / 둘러싸인다 / 둘러싸이는
둘러싸이다 [둘러싸이다] 被包圍/被圍繞		한국은 삼면이 바다로 둘러싸여 있죠. 韓國三面被海水圍繞著。
0944 ★★	動	망설입니다 / 망설여요 / 망설인다 / 망설이는
망설이다 [망서리다] 猶豫/躊躇/遲疑		머리를 감을지 말지 망설이다. 猶豫著要不要洗頭。
0945 ★★	動	먹입니다 / 먹여요 / 먹인다 / 먹이는
먹이다 [머기다] 養/餵養/餵食 行(賄)/塗抹		아이에게 모유를 먹이다. 給小孩餵食母乳。
0946 ★★★	動	모입니다 / 모여요 / 모인다 / 모이는
모이다 [모이다] 集合/聚集/齊集		기부금으로 가까스로 10만 달러가 모였다. 好不容易聚集了10萬美元捐款。

0947 ★ 動 **묶입니다 / 묶여요 / 묶인다 / 묶이는**

묶이다
[무끼다]
被綁/被捆
被限制

나는 계약에 묶여 있다.
我被契約綁住。

0948 ★★★ 動 **벌입니다 / 벌여요 / 벌인다 / 벌이는**

벌이다
[버리다]
著手/開始/展開
開設/陳設/擺設

그들은 격렬한 토론을 벌였다.
他們展開了激烈的討論。

0949 ★★ 動 **섞입니다 / 섞여요 / 섞인다 / 섞이는**

섞이다
[서끼다]
混雜/摻雜

사금에 불순물이 많이 섞이다.
沙金裡摻雜許多不純物質。

0950 ★ 動 **속삭입니다 / 속삭여요 / 속삭인다 / 속삭이는**

속삭이다
[속싸기다]
咬耳朵/說悄悄話
竊竊私語

그녀의 귀에 뭔가를 속삭이다.
在她耳邊說什麼悄悄話。

0951 ★ 動 **속입니다 / 속여요 / 속인다 / 속이는**

속이다
[소기다]
騙/欺騙/欺瞞

지금 너는 너 스스로를 속이고 있다.
現在你在騙你自己。

0952 ★★ 動 **숙입니다 / 숙여요 / 숙인다 / 숙이는**

숙이다
[수기다]
俯/低垂

고개를 숙이고 걷지 마.
不要低頭走路。

0953 ★★★ 動 **쌓입니다 / 쌓여요 / 쌓인다 / 쌓이는**

쌓이다
[싸이다]
堆積/積聚/積累

해야 할 일이 산더미같이 쌓여 있다.
必須做的事情堆積成山。

0954 ★★★	動	쓰입니다 / 쓰여요 / 쓰인다 / 쓰이는
쓰이다 [쓰이다] 被使用		사무 관리에는 컴퓨터가 쓰이다. 電腦被使用在事務管理。
0955 ★★★	動	움직입니다 / 움직여요 / 움직인다 / 움직이는
움직이다 [움지기다] 動/動彈/行動/發動 變動/帶動/動搖		세계는 지금 빠르게 움직이고 있다. 世界現在正迅速地變動。
0956 ★	動	입니다 / 여요 / 인다 / 이는
이다 [이다] (用頭)頂/戴		머리에 물통을 이다. 將水桶頂在頭上。
0957 ★★★	動	죽입니다 / 죽여요 / 죽인다 / 죽이는
죽이다 [주기다] 殺/平息/抑制 壓低/降低/減緩		목소리를 죽여서 말하다. 壓低聲音說話。
0958 ★★★	動	줄입니다 / 줄여요 / 줄인다 / 줄이는
줄이다 [주리다] 減少/減輕/裁減 縮小/縮短/壓低		지출을 조금씩 줄이다. 一點一滴地減少支出。
0959 ★★	動	트입니다 / 트여요 / 트인다 / 트이는
트이다 [트이다] 開通/通暢/頓開 開朗/豁然開朗		생각이 트이면 행동도 변하는 법이에요. 想法豁然開朗的話，行3也會跟著改變。
0960 ★★★	動	꾸밉니다 / 꾸며요 / 꾸민다 / 꾸미는
꾸미다 [꾸미다] 布置/裝飾/點綴 謀劃/臆造/捏造		언니는 꾸미는 것을 좋아하지 않는다. 姐姐不愛裝飾。

0961 ★ 動 **깁니다 / 겨요 / 긴다 / 기는**

기다
[기다]
爬/爬行/匍匐
唯唯諾諾

거북이가 방 안에서 엉금엉금 기어 다닌다.
烏龜在房間裡面慢吞吞地爬行。

0962 ★ 形 **질깁니다 / 질겨요 / 질기다 / 질긴**

질기다
[질기다]
堅韌/結實/耐用

이 가방은 질긴 가죽으로 만들어졌다.
這個皮包是用堅韌的皮革做成的。

0963 ★ 形 **끈질깁니다 / 끈질겨요 / 끈질기다 / 끈질긴**

끈질기다
[끈질기다]
堅持不懈/堅韌不拔

아버지를 끈질기게 설득했다.
堅持不懈地說服父親。

0964 ★ 動 **끊깁니다 / 끊겨요 / 끊긴다 / 끊기는**

끊기다
[끈키다]
被切斷/被斷絕

그녀의 돈줄이 끊겼다.
她的財路被斷絕。

0965 ★★★ 動 **남깁니다 / 남겨요 / 남긴다 / 남기는**

남기다
[남기다]
剩/剩下/留/留下
保留/獲利

이 방을 나에게 남겨 두십시오.
請把這個房間保留給我。

0966 ★★★ 動 **넘깁니다 / 넘겨요 / 넘긴다 / 넘기는**

넘기다
[넘기다]
遞/交/移交/讓渡
渡過/推倒/翻(書)

그 사전을 넘겨주십시오!
把那字典遞給我。

0967 ★★★ 動 **담깁니다 / 담겨요 / 담긴다 / 담기는**

담기다
[담기다]
被盛/被裝/被包含

그는 물이 담긴 그릇을 뒤집어 엎었다.
他推倒了被裝了水的碗。

0968 ★★	動	당깁니다 / 당겨요 / 당긴다 / 당기는
당기다 [당기다] 拉/引/拖/曳/提前 有食慾/吊胃口		지금 행사 날짜를 당기면 너무 촉박해요. 現在要提前活動日期的話，太過倉促。

0969 ★	動	잡아당깁니다 / 잡아당겨요 / 잡아당긴다 / 잡아당기는
잡아당기다 [자바당기다] 拉/扯/拉扯/拖曳		머리카락을 잡아당기다. 拉頭髮。

0970 ★	動	끌어당깁니다 / 끌어당겨요 / 끌어당긴다 / 끌어당기는
끌어당기다 [끄러당기다] 拉過來/吸引		그는 사람을 끌어당기는 힘이 있다. 他擁有吸引人的力量。

0971 ★★	動	새깁니다 / 새겨요 / 새긴다 / 새기는
새기다 [새기다] 雕刻/銘刻/銘記		부모님의 가르침을 깊이 마음에 새기다. 將父母的教導銘記在心。

0972 ★	動	되새깁니다 / 되새겨요 / 되새긴다 / 되새기는
되새기다 [되새기다] 咀嚼/反復咀嚼 回味/重新思索		그녀는 그날 일어난 일들을 되새겨 보았다. 她重新思索了那天發生的一些事情。

0973 ★★	動	두들깁니다 / 두들겨요 / 두들긴다 / 두들기는
두들기다 [두들기다] 敲打/毆打		빗발이 창문을 두들기다. 雨絲敲打著窗戶。

0974 ★★★	動	맡깁니다 / 맡겨요 / 맡긴다 / 맡기는
맡기다 [맏끼다] 交給/委任/託付 委託/寄託/寄存		이 일을 저한테 맡기세요. 這件事交給我。

0975 ★ 動 **매깁니다 / 매겨요 / 매긴다 / 매기는**

매기다
[매기다]
定/制定/訂定

서비스에 따라 호텔의 등급을 매기다.
根據服務，訂定旅館的等級。

0976 ★★ 動 **벗깁니다 / 벗겨요 / 벗긴다 / 벗기는**

벗기다
[벋끼다]
脫/剝/掀/揭/搓掉

주전자의 때를 벗기다.
搓掉水壺的汙垢。

0977 ★  動 **부추깁니다 / 부추겨요 / 부추긴다 / 부추기는**

부추기다
[부추기다]
唆使/慫恿/煽動

그는 거짓말을 하도록 나를 부추겼다.
他慫恿我說謊。

0978 ★★  動 **빼앗깁니다 / 빼앗겨요 / 빼앗긴다 / 빼앗기는**

빼앗기다
[빼앋끼다]
被搶/被奪/被侵占

새 가게에 우리 고객 일부를 빼앗겼다.
被新的商店搶走了我們一部分顧客。

0979 ★★★ 動  **생깁니다 / 생겨요 / 생긴다 / 생기는**

생기다
[생기다]
發生/出現/到手
(外貌)長得/生就

얼굴은 괜찮게 생겼는데 마음씨는 모르겠어.
臉蛋長得不錯，不知道心地如何。

0980 ★★ 動  **숨깁니다 / 숨겨요 / 숨긴다 / 숨기는**

숨기다
[숨기다]
隱藏/隱瞞/藏匿

그의 내심 깊은 곳에는 많은 비밀을 숨기고 있다.
他的內心深處藏著很多秘密。

0981 ★  動 **안깁니다 / 안겨요 / 안긴다 / 안기는**

안기다
[안기다]
使抱/使擔負

나의 실수가 회사에 큰 손해를 안겼다.
我的失誤使公司擔負了很大的損失。

0982 ★ 動	안깁니다 / 안겨요 / 안긴다 / 안기는
안기다 [안기다] 被抱	아기는 엄마 품에 안겨 있다. 孩子被抱在母親的懷裡。
0983 ★ 動	**어깁니다 / 어겨요 / 어긴다 / 어기는**
어기다 [어기다] 違/違背/違反/違逆	약속을 어기면 안돼요. 不可以違背約定。
0984 ★★★ 動	**여깁니다 / 여겨요 / 여긴다 / 여기는**
여기다 [여기다] 感到/認為/以為	그들은 그들의 학교를 자랑스럽게 여긴다. 他們為他們的學校感到驕傲。
0985 ★★★ 動	**옮깁니다 / 옮겨요 / 옮긴다 / 옮기는**
옮기다 [옴기다] 搬/挪/移/轉換/傳染 傳(話)/轉載/翻譯	우리가 뉴욕으로 옮기는 것에 대해 이야기 좀 합시다. 我們針對搬到紐約的事情稍微談一談吧。
0986 ★★ 動	**웃깁니다 / 웃겨요 / 웃긴다 / 웃기는**
웃기다 [욷끼다] 使發笑/逗笑	그녀는 항상 우리를 웃겨. 她經常把我們逗笑。
0987 ★★★ 動	**이깁니다 / 이겨요 / 이긴다 / 이기는**
이기다 [이기다] 贏/取勝/克服 抑制/按捺/撐起	배구 시합에서 이겼다. 排球比賽取勝了。
0988 ★★ 動	**잠깁니다 / 잠겨요 / 잠긴다 / 잠기는**
잠기다 [잠기다] 被浸泡/沉沒/沉浸	지난날의 추억 속에 잠겼다. 沉浸在往日的回憶中。

0989 ★★★	動	즐깁니다 / 즐겨요 / 즐긴다 / 즐기는
즐기다 [즐기다] 享受/愛好 喜愛/熱愛		저마다의 삶을 즐기다. 享受各自的人生。
0990 ★★	動	쫓깁니다 / 쫓겨요 / 쫓긴다 / 쫓기는
쫓기다 [쫃끼다] 被追趕/被逼/被驅使		나는 시간에 쫓기는 것은 싫어. 我討厭被時間驅使。
0991 ★★★	動	챙깁니다 / 챙겨요 / 챙긴다 / 챙기는
챙기다 [챙기다] 備齊/備妥 準備/整理/收拾		챙길 건 다 챙겼어요? 該準備的都準備好了嗎？
0992 ★★	動	풍깁니다 / 풍겨요 / 풍긴다 / 풍기는
풍기다 [풍기다] 放散/散發/飄散 (飛禽)飛散		하수도가 악취를 풍긴다. 下水道散發惡臭。
0993 ★★★	動	낍니다 / 껴요 / 낀다 / 끼는
끼다 [끼다] 挾/掖/抱/挽/摟 戴/套/沿/傍/依仗 (끼우다的略語)		그녀는 늘 반지를 끼고 있다. 她總是戴著戒指。
0994 ★	動	낍니다 / 껴요 / 낀다 / 끼는
끼다 [끼다] 蹭身/插入/混進 夾/夾進/塞進 (끼이다的略語)		동생은 구경꾼들 틈에 끼어있다. 弟弟混進看熱鬧的人群空隙。

0995 ★ 動 | **낍니다 / 껴요 / 낀다 / 끼는**

끼다
[끼다]
籠罩/彌漫/沾染
附著/長(苔蘚)

구름 한 점 없이 파랗던 하늘에 갑자기 먹구름이 끼기 시작했다.
萬里無雲的晴空突然開始籠罩著烏雲。

0996 ★★★ 動 | **느낍니다 / 느껴요 / 느낀다 / 느끼는**

느끼다
[느끼다]
感到/感覺

그녀는 자기가 느낀 대로 말한다.
她將自己所感受到的和盤托出。

0997 ★★★ 動 | **아낍니다 / 아껴요 / 아낀다 / 아끼는**

아끼다
[아끼다]
節省/節約/惜
珍惜/愛惜/愛護

그녀는 아이들 교육에는 돈을 아끼지 않는다.
她對於小孩的教育不惜花錢。

0998 ★★★ 動 | **다닙니다 / 다녀요 / 다닌다 / 다니는**

다니다
[다니다]
去/來往/通行
通(學)/通(勤)

나는 매일 병원에 다닌다.
我每天要去醫院。

0999 ★★ 動 | **돌아다닙니다 / 돌아다녀요 / 돌아다닌다 / 돌아다니는**

돌아다니다
[도라다니다]
漫游/轉來轉去
流行/擴散

우리는 버스를 타고 시내를 돌아다녔다.
我們搭乘巴士在市區轉來轉去。

1000 ★ 動 | **따라다닙니다 / 따라다녀요 / 따라다닌다 / 따라다니는**

따라다니다
[따라다니다]
追隨/跟隨/尾隨
伴隨/相隨

강아지가 그의 뒤만 졸졸 따라다닌다.
小狗緊緊地尾隨在他的後面。

1001 ★ 動 | **찾아다닙니다 / 찾아다녀요 / 찾아다닌다 / 찾아다니는**

찾아다니다
[차자다니다]
尋覓/搜尋/搜求

그들은 먹을 것을 찾아다닌다.
他們尋覓吃的東西。

1002 ★★★ 動 **지닙니다 / 지녀요 / 지닌다 / 지니는**

지니다
[지니다]
攜帶/持有/具有
保有/銘記/心懷

말도 아름다운 꽃처럼 그 색깔을 지니고 있다.
語言像美麗的花朵，具有它的顏色。

1003 ★★★ 動 **띱니다 / 떠요 / 띤다 / 띠는**

띠다
[띠다]
繫(帶子/繩)/佩帶
含/帶/具有/擔負

얼굴에 웃음을 띠다.
面帶笑容。

1004 ★★ 動 **버팁니다 / 버텨요 / 버틴다 / 버티는**

버티다
[버티다]
抗衡/對抗/對峙
堅持/挺立/支撐

끝까지 버틸 자신이 없어요.
我沒有自信可以堅持到最後。

1005 ★★★ 動 **핍니다 / 피어요(×펴요) / 핀다 / 피는**

피다
[피다]
綻放/起毛/發(霉)
出脫/燃燒/好轉

나팔꽃이 활짝 피었어요.
牽牛花盛開。

1006 ★★★ 動 **살핍니다 / 살펴요 / 살핀다 / 살피는**

살피다
[살피다]
察看/觀察/刺探
探查/觀望/張望

안색을 살피다.
察言觀色。

1007 ★ 動 **보살핍니다 / 보살펴요 / 보살핀다 / 보살피는**

보살피다
[보살피다]
照應/照料/照顧
關照/關懷/看護

죽은 엄마를 대신해 동생들을 보살피다.
代替死去的母親照顧弟妹們。

1008 ★★★ 動 **빕니다 / 벼요 / 빈다 / 비는**

비다
[비다]
空/缺

주머니가 비었다.
口袋空空。

1009 ★	動	비빕니다 / 비벼요 / 비빈다 / 비비는
비비다 [비비다] 搓/揉/搓揉 拌/攪拌/擠		눈을 비비지 마라. 不要揉眼睛。

第3單元 HADA用言

ㄱ하다

1010 ★★★ 動	합니다 / 해요 / 한다 / 하는
하다 [하다] 做/作/搞/辦 舉辦/從事	제가 해야 할 일을 했을 뿐이다. 我只是做了我該做的事而已。

1011 ★★ 形	가득합니다 / 가득해요 / 가득하다 / 가득한
가득하다 [가드카다] 滿/充滿/充盈/充沛	먹구름이 하늘에 가득하다. 烏雲滿天。

1012 ★★ 動	간직합니다 / 간직해요 / 간직한다 / 간직하는
간직하다 [간지카다] 珍藏/保存/保持	나는 그녀의 사진을 소중히 간직했다. 我珍惜地保存著她的照片。

1013 ★★★ 形	강력합니다 / 강력해요 / 강력하다 / 강력한
강력하다 [강녀카다] 【強力-】 強有力	새로운 정책은 국민들의 강력한 저항에 부딪혔다. 新政策碰到國民強有力的抵抗。

1004 ★★★ 動	계속합니다 / 계속해요 / 계속한다 / 계속하는
계속하다 [계소카다] 【繼續-】 繼續/連續	밤늦게까지 일을 계속했어요. 我繼續工作到很晚。

1015 ★ 動	계획합니다 / 계획해요 / 계획한다 / 계획하는
계획하다 [계회카다] 【計劃-】 計劃/籌劃	대규모 시위를 계획하다. 計劃大規模的示威。

1016 ★	動	고백합니다 / 고백해요 / 고백한다 / 고백하는
고백하다 [고배카다] 【告白-】 告白/表白/自白		나는 그녀에게 사랑을 고백했다. 我對她表白愛情。
1017 ★	動	**공격합니다 / 공격해요 / 공격한다 / 공격하는**
공격하다 [공껴카다] 【攻擊-】 攻擊		그는 어두운 곳에서 나를 공격했다. 他在暗處攻擊我。
1018 ★	動	**구속합니다 / 구속해요 / 구속한다 / 구속하는**
구속하다 [구소카다] 【拘束-】 拘束/束縛/限制		언론의 자유를 구속하다. 限制言論自由。
1019 ★★	動	**구축합니다 / 구축해요 / 구축한다 / 구축하는**
구축하다 [구추카다] 【構築-】 構築/建造		굳건한 협력 관계를 구축하다. 構築堅實的合作關係。
1020 ★★	動	**귀국합니다 / 귀국해요 / 귀국한다 / 귀국하는**
귀국하다 [귀구카다] 【歸國-】 歸國/回國/返國		그는 누나의 결혼식에 참석하기 위해 귀국했다. 他為了參加姐姐的婚禮回國了。
1021 ★★★	動	**극복합니다 / 극복해요 / 극복한다 / 극복하는**
극복하다 [극뽀카다] 【克服-】 克服		신체적 장애를 극복하다. 克服身體的礙障。
1022 ★	形	**급격합니다 / 급격해요 / 급격하다 / 급격한**
급격하다 [급껴카다] 【急激-】 急遽		여성 호르몬이 급격하게 감소하다. 女性荷爾蒙急遽地減少。

1023 ★★★ 動 기록합니다 / 기록해요 / 기록한다 / 기록하는

기록하다
[기로카다]
【記錄-】
記錄/記載

이러한 문제는 반드시 기록해야 한다.
這樣的問題一定要記錄下來。

1024 ★★★ 動 기억합니다 / 기억해요 / 기억한다 / 기억하는

기억하다
[기어카다]
【記憶-】
記/記得/記住

나는 지금도 대학 시절을 똑똑히 기억한다.
我到現在都還清楚地記得大學時代。

1025 ★ 動 납득합니다 / 납득해요 / 납득한다 / 납득하는

납득하다
[납뜨카다]
【納得-】
理解/領會

그는 납득할 수 없다는 표정이었다.
他還是一幅不能理解的表情。

1026 ★ 形 넉넉합니다 / 넉넉해요 / 넉넉하다 / 넉넉한

넉넉하다
[넝너카다]
足夠/充足/豐足
寬裕/充裕/富裕

시간이 넉넉하다.
時間很寬裕。

1027 ★★★ 動 노력합니다 / 노력해요 / 노력한다 / 노력하는

노력하다
[노려카다]
【努力-】
努力

꿈을 이루기 위해 더욱 노력해야지.
為了實現夢想，必須更加努力。

1028 ★★★ 動 도착합니다 / 도착해요 / 도착한다 / 도착하는

도착하다
[도차카다]
【到着-】
到/到達/抵達

집에 도착한 후 전화할게요.
回到家之後，再打電話給你。

1029 ★★★ 形 독특합니다 / 독특해요 / 독특하다 / 독특한

독특하다
[독트카다]
【獨特-】
獨特

이 옷은 디자인이 독특하다.
這件衣服設計很獨特。

1030 ★ 形	딱딱합니다 / 딱딱해요 / 딱딱하다 / 딱딱한
딱딱하다 [딱따카다] 硬/堅硬/冷漠 生硬/呆板/死板	이 사람은 표정이 딱딱하다. 這個人表情生硬。
1031 ★ 形	**떠들썩합니다 / 떠들썩해요 / 떠들썩하다 / 떠들썩한**
떠들썩하다 [떠들써카다] 熱鬧/喧嚷/喧鬧 鬧哄哄/議論紛紛	세밑이 되어 온 도시가 떠들썩하다. 到了年底，整個城市熱熱鬧鬧。
1032 ★★ 形	**똑똑합니다 / 똑똑해요 / 똑똑하다 / 똑똑한**
똑똑하다 [똑또카다] 清楚/清晰/明瞭 明確/聰明/聰穎	개중에는 더러 똑똑한 사람도 있다. 當中偶爾也會有頭腦聰明的人。
1033 ★★ 形	**만족합니다 / 만족해요 / 만족하다 / 만족한**
만족하다 [만조카다] 【滿足-】 滿足/滿意	그 결과에 만족하니? 你對那個結果滿意嗎？
1034 ★★ 形	**명백합니다 / 명백해요 / 명백하다 / 명백한**
명백하다 [명배카다] 【明白-】 明白/清楚/明顯	의도가 너무 명백하다. 意圖太明顯。
1035 ★ 形	**명확합니다 / 명확해요 / 명확하다 / 명확한**
명확하다 [명화카다] 【明確-】 明確	명확한 증거가 있습니까? 你有明確的證據嗎？
1036 ★★ 動	**모색합니다 / 모색해요 / 모색한다 / 모색하는**
모색하다 [모새카다] 【摸索-】 摸索	살길을 모색하다. 摸索生路。

1037 ★★★ 形

바람직합니다 / 바람직해요 / 바람직하다 / 바람직한

바람직하다
[바람지카다]
有望/希望/嚮往

너 혼자 그 곳에 가는 것은 바람직하지 않다.
我不希望你獨自一人去那裡。

1038 ★ 動

반복합니다 / 반복해요 / 반복한다 / 반복하는

반복하다
[반보카다]
【反復-】
反復/重複

똑같은 실수를 반복하다.
重複同樣的失誤。

1039 ★★ 動

번식합니다 / 번식해요 / 번식한다 / 번식하는

번식하다
[번시카다]
【繁殖-】
繁殖

대부분의 식물은 종자에 의해 번식한다.
大部分的植物依靠種子繁殖。

1040 ★★★ 形

부족합니다 / 부족해요 / 부족하다 / 부족한

부족하다
[부조카다]
【不足-】
不足/不夠/不敷

그 회사는 지금 일손이 부족하다.
那家公司現在人手不足。

1041 ★★ 動

부탁합니다 / 부탁해요 / 부탁한다 / 부탁하는

부탁하다
[부타카다]
【付託-】
付託/託付/拜託

부디 잘 부탁합니다.
請多多關照。

1042 ★★★ 動

분석합니다 / 분석해요 / 분석한다 / 분석하는

분석하다
[분서카다]
【分析-】
分析

실패의 원인을 분석하다.
分析失敗的原因。

1043 ★★★ 動

생각합니다 / 생각해요 / 생각한다 / 생각하는

생각하다
[생가카다]
想/以為/思索
思量/考慮/琢磨

저는 그렇게 생각하지 않는데요.
我不是那麼想的。

1044 ★★	動	서식합니다 / 서식해요 / 서식한다 / 서식하는
서식하다 [서시카다] 【棲息-】 棲息		이 늪 지대에는 많은 동물들이 서식하고 있다. 這個沼澤地帶，有許多動物棲息著。
1045 ★★★	**動**	**선택합니다 / 선택해요 / 선택한다 / 선택하는**
선택하다 [선태카다] 【選擇-】 選擇		무난한 길을 선택하다. 選擇容易的路。
1046 ★	**動**	**설득합니다 / 설득해요 / 설득한다 / 설득하는**
설득하다 [설뜨카다] 【説得-】 説服/勸導		그를 설득하기는 어렵다. 要説服他很困難。
1047 ★	**動**	**성숙합니다 / 성숙해요 / 성숙한다 / 성숙하는**
성숙하다 [성수카다] 【成熟-】 成熟		그는 다소 성숙하지 못한 의견을 발표했다. 他發表了若干不成熟的意見。
1048 ★★	**形**	**소박합니다 / 소박해요 / 소박하다 / 소박한**
소박하다 [소바카다] 【素朴-】 樸素/簡樸/樸實		그는 소박하게 산다. 他生活樸實。
1049 ★★★	**動**	**속합니다 / 속해요 / 속한다 / 속하는**
속하다 [소카다] 【屬-】 屬於/隸屬/所屬		다른 부류에 속하다. 屬於不同的部類。
1050 ★★	**形**	**솔직합니다 / 솔직해요 / 솔직하다 / 솔직한**
솔직하다 [솔지카다] 【率直-】 率直/直率/坦率		그는 말하는 것이 솔직하다. 他說話很坦率。

1051 ★★★ 動

시작합니다 / 시작해요 / 시작한다 / 시작하는

시작하다
[시자카다]
【始作-】
始/開始/起始

시작하려고 하는데 어떻게 시작을 해야 할지 모르겠습니다.
想要開始可是不知道該如何開始。

1052 ★ 形

신속합니다/신속해요/신속하다/신속한

신속하다
[신소카다]
【迅速-】
迅速

신속하게 문제를 해결하겠습니다.
我要迅速地解決問題。

1053 ★★★ 形

심각합니다 / 심각해요 / 심각하다 / 심각한

심각하다
[심가카다]
【深刻-】
深刻/嚴重/嚴峻

요즈음 바다 오염이 심각하다.
最近海洋汙染很嚴重。

1054 ★ 形

아득합니다 / 아득해요 / 아득하다 / 아득한

아득하다
[아드카다]
遙遠/悠遠/久遠
蒼茫/渺茫/茫茫

앞길이 아득하다.
前途茫茫。

1055 ★★ 動

약속합니다 / 약속해요 / 약속한다 / 약속하는

약속하다
[약쏘카다]
【約束-】
約定/相約/答應

현금 보상을 약속하다.
約定現金補償。

1056 ★★★ 形

약합니다 / 약해요 / 약하다 / 약한

약하다
[야카다]
【弱-】
弱/虛弱/脆弱/薄弱

몸이 약해서 병이 잘 걸려요.
身體虛弱，經常生病。

1057 ★★ 形

어색합니다 / 어색해요 / 어색하다 / 어색한

어색하다
[어새카다]
【語塞-】
語塞/尷尬/不自然

모르는 남자와 단둘이 있는 것이 어색했다.
和不認識的男人單獨兩個人在一起很不自在。

1058 ★★ 形	엄격합니다 / 엄격해요 / 엄격하다 / 엄격한
엄격하다 [엄겨카다] 【嚴格-】 嚴格	그 학교는 엄격한 교칙을 가지고 있다. 那間學校有很嚴格的校規。
1059 ★ 形	**엄숙합니다 / 엄숙해요 / 엄숙하다 / 엄숙한**
엄숙하다 [엄수카다] 【嚴肅-】 嚴肅	표정이 엄숙하다. 表情嚴肅。
1060 ★ 動	**연락합니다 / 연락해요 / 연락한다 / 연락하는**
연락하다 [열라카다] 【連絡-/聯絡-】 連絡/聯絡	어릴 적 친구들과 아직도 연락해? 你還有和小時候的朋友連絡嗎？
1061 ★★ 動	**예측합니다 / 예측해요 / 예측한다 / 예측하는**
예측하다 [예츠카다] 【豫測-】 預測	결과를 예측하기란 불가능하다. 預測結果是不可能的。
1062 ★★ 形	**완벽합니다 / 완벽해요 / 완벽하다 / 완벽한**
완벽하다 [완벼카다] 【完璧-】 完璧 / 完美無缺 / 完善	아무도 완벽하지는 않아요. 任何人都不是完美無缺的。
1063 ★ 動	**요약합니다 / 요약해요 / 요약한다 / 요약하는**
요약하다 [요야카다] 【要約-】 摘要/擇要/扼要	이 사건은 한마디로 요약할 수 있습니다. 這個事件可以用一句話摘要。
1064 ★★★ 動	**의식합니다 / 의식해요 / 의식한다 / 의식하는**
의식하다 [의시카다] 【意識-】 意識	그는 항상 주위의 시선을 의식한다. 他經常意識到周圍的視線。

1065 ★★ 動 이룩합니다 / 이룩해요 / 이룩한다 / 이룩하는

이룩하다
[이루카다]
達成/實現
取得/爭取

끝내 승리를 이룩하였다.
終於取得勝利。

1066 ★★ 形 익숙합니다 / 익숙해요 / 익숙하다 / 익숙한

익숙하다
[익쑤카다]
熟練/嫻熟
熟悉/熟知

그는 해외 사정에 익숙하다.
他對海外的情況很熟悉。

1067 ★★★ 動 인식합니다 / 인식해요 / 인식한다 / 인식하는

인식하다
[인시카다]
【認識-】
認識/認知/體認

문제의 중요성을 인식하다.
體認問題的重要性。

1068 ★★ 動 입각합니다 / 입각해요 / 입각한다 / 입각하는

입각하다
[입까카다]
【立腳-】
立足

계획을 세울 때는 현실에 입각해야 한다.
制定計劃的時候，必須立足於現實。

1069 ★ 動 입학합니다 / 입학해요 / 입학한다 / 입학하는

입학하다
[이파카다]
【入學-】
入學

그는 하버드대학에 입학했다.
他進入哈佛大學學習。

1070 ★★ 動 자극합니다 / 자극해요 / 자극한다 / 자극하는

자극하다
[자그카다]
【刺戟-】
刺激

그림책은 아이들의 상상력을 자극한다.
繪本可以刺激孩子們的想像力。

1071 ★★ 動 장악합니다 / 장악해요 / 장악한다 / 장악하는

장악하다
[장아카다]
【掌握-】
掌握

그들이 대화의 주도권을 장악했다.
他們掌握了對話的主導權。

1072 ★	形	절박합니다 / 절박해요 / 절박하다 / 절박한
절박하다 [절바카다] 【切迫-】 迫切/緊迫/急切		그의 처지는 몹시 절박했다. 他的處境十分緊迫。
1073 ★	動	접촉합니다 / 접촉해요 / 접촉한다 / 접촉하는
접촉하다 [접초카다] 【接觸-】 接觸/打交道		되도록 그와의 접촉을 피하고 싶다. 想盡量避免和他的接觸。
1074 ★	形	정직합니다 / 정직해요 / 정직하다 / 정직한
정직하다 [정지카다] 【正直-】 正直		그의 형은 사람됨이 매우 정직하다. 他的哥哥為人很正直。
1075 ★★★	形	정확합니다 / 정확해요 / 정확하다 / 정확한
정확하다 [정화카다] 【正確-】 正確		정확한 날짜는 기억나지 않는다. 我不記得正確的日期。
1076 ★★	動	제작합니다 / 제작해요 / 제작한다 / 제작하는
제작하다 [제자카다] 【製作-】 製作		그는 새 영화를 제작하고 있다. 他正在製作新電影。
1077 ★	動	주력합니다 / 주력해요 / 주력한다 / 주력하는
주력하다 [주려카다] 【注力-】 致力		우리 회사는 수출에 주력하고 있다. 我們公司致力於出口。
1078 ★★★	動	주목합니다 / 주목해요 / 주목한다 / 주목하는
주목하다 [주모카다] 【注目-】 注目/注意/矚目		날씨의 변화에 주목하다. 注意天氣的變化。

1079 ★★★ 動 **지적합니다 / 지적해요 / 지적한다 / 지적하는**

지적하다
[지저카다]
【指摘-】
指摘/指點/指出

잘못된 점이 있으면 많이 지적해 주십시오.
如有不對的地方，請你多指點。

1080 ★★ 動 **짐작합니다 / 짐작해요 / 짐작한다 / 짐작하는**

짐작하다
[짐자카다]
【斟酌-】
斟酌/酌量/估計

결과는 우리들이 짐작했던 대로였다.
結果一如我們所估計。

1081 ★ 動 **집착합니다 / 집착해요 / 집착한다 / 집착하는**

집착하다
[집차카다]
【執着-】
執著

승부에 너무 집착하지 마라.
不要太執著於勝負。

1082 ★ 動 **착각합니다 / 착각해요 / 착각한다 / 착각하는**

착각하다
[착까카다]
【錯覺-】
錯覺/錯認/誤認

설탕을 소금으로 착각하다.
錯把砂糖當食鹽。

1083 ★★★ 形 **착합니다 / 착해요 / 착하다 / 착한**

착하다
[차카다]
善良/和善/乖巧

그녀는 얼굴도 예쁘고 마음씨도 착하다.
她臉蛋長得好看，心地也很善良。

1084 ★★★ 動 **참석합니다 / 참석해요 / 참석한다 / 참석하는**

참석하다
[참서카다]
【參席-】
參加/出席

다음번 모임에는 꼭 참석하겠습니다.
我一定會參加下次的聚會。

1085 ★★ 動 **채택합니다 / 채택해요 / 채택한다 / 채택하는**

채택하다
[채태카다]
【採擇-】
採擇/採取

그 나라는 내각제를 채택하고 있다.
那個國家採取內閣制。

1086 ★	動	추적합니다 / 추적해요 / 추적한다 / 추적하는
추적하다 [추저카다] 【追跡-】 追蹤/跟蹤		용의자를 추적하다. 追蹤嫌疑犯。
1087 ★★	**動**	**택합니다 / 택해요 / 택한다 / 택하는**
택하다 [태카다] 【擇-】 選/擇/選擇		직업을 잘못 택하다. 選錯職業。
1088 ★★★	**動**	**파악합니다 / 파악해요 / 파악한다 / 파악하는**
파악하다 [파아카다] 【把握-】 把握/掌握/認識		문제와 기회를 파악하다. 把握問題和機會。
1089 ★★★	**形**	**풍부합니다 / 풍부해요 / 풍부하다 / 풍부한**
풍부하다 [풍부하다] 【豊富-】 豐富		그는 경험이 풍부하다. 他經驗豐富。
1090 ★★	**動**	**해석합니다 / 해석해요 / 해석한다 / 해석하는**
해석하다 [해서카다] 【解釋-】 解釋		문장의 뜻을 해석하다. 解釋文章的意思。
1091 ★★	**形**	**행복합니다 / 행복해요 / 행복하다 / 행복한**
행복하다 [행보카다] 【幸福-】 幸福		행복한 사람이 행복한 세상을 만듭니다. 幸福的人創造幸福的世界。
1092 ★	**動**	**허락합니다 / 허락해요 / 허락한다 / 허락하는**
허락하다 [허라카다] 【許諾-】 許諾/允諾/答允		그 여자는 외출하고 싶었지만 어머니가 허락하지 않았다. 那女孩想要外出，但是母親沒有答允。

1093 ★	動	활약합니다 / 활약해요 / 활약한다 / 활약하는
활약하다 [화랴카다] 【活躍-】 活躍		시합에서 크게 활약하다. 大大地活躍在比賽中。
1094 ★★	動	회복합니다 / 회복해요 / 회복한다 / 회복하는
회복하다 [회보카다] 【回復-/恢復-】 回復/恢復		정상 상태를 회복하다. 回復正常狀態。
1095 ★	動	획득합니다 / 획득해요 / 획득한다 / 획득하는
획득하다 [획뜨카다] 【獲得-】 獲得/取得/到手		도전자의 자격을 획득하다. 獲得挑戰者的資格。

ㄴ하다

1096 ★★★	形	가난합니다 / 가난해요 / 가난하다 / 가난한
가난하다 [가나나다] 貧困/窮困/困苦 貧寒/貧窮/艱難		아무 것도 없을 정도로 가난하다. 一貧如洗。
1097 ★★★	形	간단합니다 / 간단해요 / 간단하다 / 간단한
간단하다 [간다나다] 【簡單-】 簡單/簡易/簡便		이 제품은 조작법이 간단하다. 這個產品操作方法很簡單。
1098 ★★	動	감안합니다 / 감안해요 / 감안한다 / 감안하는
감안하다 [가마나다] 【勘案-】 考慮/斟酌		차가 막힐 것을 감안해서 일찍 출발했다. 因為考慮到塞車，提早出發了。

1099 ★★ 動 **개선합니다 / 개선해요 / 개선한다 / 개선하는**

개선하다
[개서나다]
【改善-】
改善

노동자의 생활을 개선하다.
改善勞工的生活。

1100 ★★ 形 **건전합니다 / 건전해요 / 건전하다 / 건전한**

건전하다
[건저나다]
【健全-】
健全

몸과 마음이 건전하다.
身心健全。

1101 ★★★ 動 **결혼합니다 / 결혼해요 / 결혼한다 / 결혼하는**

결혼하다
[겨로나다]
【結婚-】
結婚

그 부부는 결혼하기 전에 2년동안 사귀었어요.
那對夫妻結婚前，交往了兩年。

1102 ★★ 動 **계산합니다 / 계산해요 / 계산한다 / 계산하는**

계산하다
[계사나다]
【計算-】
計算/結帳/付

신용카드로 계산해도 되죠?
可以用信用卡結帳嗎？

1103 ★★ 動 **고민합니다 / 고민해요 / 고민한다 / 고민하는**

고민하다
[고미나다]
【苦悶-】
苦悶/苦惱

겨울마다 그는 머리의 비듬 때문에 고민한다.
每到冬天他就會因為頭皮屑而苦惱。

1104 ★★ 形 **곤란합니다 / 곤란해요 / 곤란하다 / 곤란한**

곤란하다
[골라나다]
【困難-】
困難/艱難

지금 처리하는 건 곤란해요.
現在處理起來很困難。

1105 ★★★ 動 **관련합니다 / 관련해요 / 관련한다 / 관련하는**

관련하다
[괄려나다]
【關聯-】
關聯/關係/聯繫

맵 제작과 관련한 제안입니다.
是和地圖製作有關聯的提案。

ㄱ하다 ㄴ하다 ㄹ하다 ㅁ하다 ㅂ하다 ㅅ하다 ㅇ하다 ㅌ하다 ㅏ하다 ㅐ하다 ㅓ하다 ㅔ하다 ㅕ하다 ㅖ하다 ㅗ하다 ㅘ하다 ㅙ하다 ㅚ하다 ㅛ하다 ㅜ하다 ㅝ하다

1106 ★★★ 動 **관합니다 / 관해요 / 관한다 / 관하는**

관하다
[과나다]
【關-】
關於

한국전쟁에 관한 자료를 모으다.
收集關於韓國戰爭的資料。

1107 ★ 動 **교환합니다 / 교환해요 / 교환한다 / 교환하는**

교환하다
[교화나다]
【交換-】
交換/抵換/兌換

정보를 교환하고 싶습니다.
想要交換情報。

1108 ★★ 動 **구분합니다 / 구분해요 / 구분한다 / 구분하는**

구분하다
[구부나다]
【區分-】
區分/劃分

옳고 그름을 구분하다.
區分是非。

1109 ★★ 動 **권합니다 / 권해요 / 권한다 / 권하는**

권하다
[궈나다]
【勸-】
勸/勸說/勸告/規勸

의사는 나에게 가벼운 운동을 권했다.
醫生勸我要做一些輕運動。

1110 ★ 動 **기인합니다 / 기인해요 / 기인한다 / 기인하는**

기인하다
[기이나다]
【起因-】
起因

그 사고는 그의 부주의에서 기인했다.
那個事故起因於他的疏忽。

1111 ★★ 動 **논합니다 / 논해요 / 논한다 / 논하는**

논하다
[노나다]
【論-】
論/論說/評論

그 문제는 논할 가치가 없다.
那個問題沒有評論的價值。

1112 ★ 形 **단단합니다 / 단단해요 / 단단하다 / 단단한**

단단하다
[단다나다]
硬/堅硬/堅強
硬朗/結實/充實

그는 운동을 많이 해서 몸이 바위처럼 단단하다.
他做很多運動，身體像岩石一樣硬朗。

1113 ★★★ 形 **단순합니다 / 단순해요 / 단순하다 / 단순한**

단순하다
[단수나다]
【單純-】
單純/簡單

제 생각엔 단순한 소화불량인 것 같습니다.
我的看法是，好像單純的消化不良。

1114 ★★★ 形 **당연합니다 / 당연해요 / 당연하다 / 당연한**

당연하다
[당여나다]
【當然-】
當然

그녀가 그렇게 말한 것은 당연한 일이다.
她會那樣說，是當然的事。

1115 ★★ 形 **대단합니다 / 대단해요 / 대단하다 / 대단한**

대단하다
[대다나다]
嚴重/厲害/要得
了不起/可觀/超群

이것은 그리 대단한 일이 아니다.
這不是那麼了不起的事。

1116 ★★ 動 **대신합니다 / 대신해요 / 대신한다 / 대신하는**

대신하다
[대시나다]
【代身-】
代替/替代/替換

네가 그 역할을 대신해야 한다.
你必須替代那個角色。

1117 ★★ 動 **도전합니다 / 도전해요 / 도전한다 / 도전하는**

도전하다
[도저나다]
【挑戰-】
挑戰

불가능한 임무에 도전하다.
挑戰不可能的任務。

1118 ★ 動 **동반합니다 / 동반해요 / 동반한다 / 동반하는**

동반하다
[동바나다]
【同伴-】
同伴/陪同/伴隨

어린이를 동반하신 승객은 지금 탑승하세요.
陪同小孩子的乘客現在請登機。

1119 ★★ 動 **동원합니다 / 동원해요 / 동원한다 / 동원하는**

동원하다
[동워나다]
【動員-】
動員/調動

점원을 전부 동원하다.
動員所有的店員。

1120 ★ 形 **든든합니다 / 든든해요 / 든든하다 / 든든한**

든든하다
[든드나다]
結實/堅實/堅固
牢固/踏實/飽

네가 곁에 있으니 마음이 든든하다.
因為你在旁邊，我心裡就踏實多了。

1121 ★★★ 動 **마련합니다 / 마련해요 / 마련한다 / 마련하는**

마련하다
[마려나다]
準備/籌措/置辦

스스로 학비를 마련하다.
自行籌措學費。

1122 ★ 形 **막연합니다 / 막연해요 / 막연하다 / 막연한**

막연하다
[마겨나다]
【漠然-】
渺茫/茫然/籠統

내 미래는 막연하다.
我的未來很渺茫。

1123 ★★ 形 **만만합니다 / 만만해요 / 만만하다 / 만만한**

만만하다
[만마나다]
柔嫩/鬆軟/容易
好應付/好惹/好欺負

세상은 네가 생각하는 것처럼 만만하지 않다.
世上不是你想像的那樣容易。

1124 ★★ 動 **면합니다 / 면해요 / 면한다 / 면하는**

면하다
[며나다]
【免-】
免除/避免/擺脱

그는 이번에는 책임을 면하기 어려울 것이다.
他這次很難免除責任。

1125 ★★ 形 **무관합니다 / 무관해요 / 무관하다 / 무관한**

무관하다
[무과나다]
【無關-】
無關

두 사건은 전혀 무관하다.
兩個事件完全無關。

1126 ★ 形 **무한합니다 / 무한해요 / 무한하다 / 무한한**

무한하다
[무하나다]
【無限-】
無限

무한한 가능성을 지니다.
具有無限的可能性。

1127 ★★★ 形 **미안합니다 / 미안해요 / 미안하다 / 미안한**

미안하다
[미아나다]
【未安-】
對不起/抱歉

오래 기다리게 해서 미안해요.
對不起，讓你久等了。

1128 ★★ 動 **반합니다 / 반해요 / 반한다 / 반하는**

반하다
[바나다]
【反-】
相反/與~相反

기대에 반하는 결과가 나타났다.
出現和期待相反的結果。

1129 ★★★ 動 **발견합니다 / 발견해요 / 발견한다 / 발견하는**

발견하다
[발겨나다]
【發見-】
發現

재미있는 책을 발견하다.
發現有趣的書。

1130 ★ 動 **발원합니다 / 발원해요 / 발원한다 / 발원하는**

발원하다
[바뤄나다]
【發源-】
發源

한강은 태백산맥에서 발원한다.
漢江發源於太白山脈。

1131 ★★★ 動 **발전합니다 / 발전해요 / 발전한다 / 발전하는**

발전하다
[발쩌나다]
【發展-】
發展

컴퓨터는 아주 빠르게 발전했다.
電腦很快速地發展起來。

1132 ★★★ 動 **방문합니다 / 방문해요 / 방문한다 / 방문하는**

방문하다
[방무나다]
【訪問-】
訪問/造訪

문화 및 산업 시설들을 방문하다.
造訪文化和產業設施等。

1133 ★★★ 動 **변합니다 / 변해요 / 변한다 / 변하는**

변하다
[벼나다]
【變-】
變 / 變化 / 改變

날씨가 수시로 변한다.
天氣隨時都會變化。

1134 ★★ 動 **보관합니다 / 보관해요 / 보관한다 / 보관하는**

보관하다
[보과나다]
【保管-】
保管

제 여권과 귀중품을 보관해 주실 수 있나요?

可以幫我保管我的護照和貴重物品嗎？

1135 ★ 動 **보완합니다 / 보완해요 / 보완한다 / 보완하는**

보완하다
[보와나다]
【補完-】
補充/增補/彌補

부족한 자료를 보완하다.

補充不足的資料。

1136 ★ 動 **보존합니다 / 보존해요 / 보존한다 / 보존하는**

보존하다
[보조나다]
【保存-】
保存

아름다운 자연을 보존하다.

保存美麗的自然。

1137 ★★ 動 **부인합니다 / 부인해요 / 부인한다 / 부인하는**

부인하다
[부이나다]
【否認-】
否認

어제 한 말을 부인하다.

否認昨天說過的話。

1138 ★★★ 形 **불안합니다 / 불안해요 / 불안하다 / 불안한**

불안하다
[부라나다]
【不安-】
不安/不安定

그 나라의 정치 상황은 매우 불안하다.

那個國家的政治狀況非常不安定。

1139 ★★★ 形 **불편합니다 / 불편해요 / 불편하다 / 불편한**

불편하다
[불펴나다]
【不便-】
不便/不適

이 지역은 교통이 다소 불편하다.

這個地區交通多少有些不便。

1140 ★★ 動 **비난합니다 / 비난해요 / 비난한다 / 비난하는**

비난하다
[비나나다]
【非難-】
非難/指責/責備

왜 모두들 나를 비난하는 겁니까?

為什麼大家都責備我？

1141 ★★ 動	비판합니다 / 비판해요 / 비판한다 / 비판하는
비판하다 [비파나다] 【批判-】 批判/批評	정부의 외교 정책을 비판하다. 批判政府的外交政策。
1142 ★★ 形	**뻔합니다 / 뻔해요 / 뻔하다 / 뻔한**
뻔하다 [뻐나다] 明顯/顯而易見	그의 속셈은 뻔하다. 他的心計顯而易見。
1143 ★★★ 動	**생산합니다 / 생산해요 / 생산한다 / 생산하는**
생산하다 [생사나다] 【生產-】 生產	이 공장은 하루에 약 3천 대의 자동차를 생산한다. 這間工廠一天生產大約動千台汽車。
1144 ★★ 動	**선언합니다 / 선언해요 / 선언한다 / 선언하는**
선언하다 [서너나다] 【宣言-】 宣言/宣告/宣布	미국은 1776년에 독립을 선언했다. 美國在1776年宣告獨立。
1145 ★ 動	**승선합니다 / 승선해요 / 승선한다 / 승선하는**
승선하다 [승서나다] 【乘船-】 乘船/搭船	범인은 부산에서 승선했다. 犯人在釜山搭走私船。
1146 ★★★ 形	**시원합니다 / 시원해요 / 시원하다 / 시원한**
시원하다 [시워나다] 涼/涼快/涼爽/清爽 舒暢/痛快/爽口	시원한 바람이 불어온다. 涼風吹過來。
1147 ★★ 形	**신선합니다 / 신선해요 / 신선하다 / 신선한**
신선하다 [신서나다] 【新鮮-】 新鮮	신선한 과일과 야채를 많이 먹어라. 要多吃新鮮的水果和蔬菜。

1148 ★★★	動	실천합니다 / 실천해요 / 실천한다 / 실천하는
실천하다 [실처나다] 【實踐-】 實踐/履行		옳다고 믿는 것을 실천할 용기가 있다. 對自己相信是正確的事情，有實踐的勇氣。
1149 ★★	動	실현합니다 / 실현해요 / 실현한다 / 실현하는
실현하다 [시려나다] 【實現-】 實現		나는 너의 모든 꿈을 실현시켜 주고 싶어. 我想使你所有的夢想都實現。
1150 ★★	形	안전합니다 / 안전해요 / 안전하다 / 안전한
안전하다 [안저나다] 【安全-】 安全		규정대로 하면 비교적 안전하다. 按照規定做，比較安全。
1151 ★★	形	영원합니다 / 영원해요 / 영원하다 / 영원한
영원하다 [영워나다] 【永遠-】 永遠/永恆/永久		우리의 우정은 영원하다. 我們的友情是永恆的。
1152 ★★	形	완전합니다 / 완전해요 / 완전하다 / 완전한
완전하다 [완저나다] 【完全-】 完全/完整/齊備		기본 의료 설비가 매우 완전하다. 基本醫療設備非常完整。
1153 ★★	動	외면합니다 / 외면해요 / 외면한다 / 외면하는
외면하다 [외며나다] 【外面-】 不理會/轉過臉去		나는 죽은 쥐를 보자 곧바로 외면했다. 當我看到死老鼠，馬上轉過臉去。
1154 ★	形	요란합니다 / 요란해요 / 요란하다 / 요란한
요란하다 [요라나다] 【搖亂-】 嘈雜/鬧哄哄/花哨		노랫소리가 요란하다. 歌聲嘈雜。

1155 ★	動	운운합니다 / 운운해요 / 운운한다 / 운운하는
운운하다 [우누나다] 【云云-】 談論/議論		지금은 그것을 운운할 때가 아니다. 現在不是談論那件事的時候。
1156 ★★★	**動**	**원합니다 / 원해요 / 원한다 / 원하는**
원하다 [워나다] 【願-】 願/但願/期望/希望		의사가 되기를 원하다. 但願成為醫生。
1157 ★	**形**	**웬만합니다 / 웬만해요 / 웬만하다 / 웬만한**
웬만하다 [웬마나다] 一般/普通/還可以		수입이 웬만하다. 收入一般。
1158 ★	**動**	**위반합니다 / 위반해요 / 위반한다 / 위반하는**
위반하다 [위바나다] 【違反-】違反		교통법규를 위반하다. 違反交通法規。
1159 ★	**形**	**은은합니다 / 은은해요 / 은은하다 / 은은한**
은은하다 [으느나다] 【隱隱-】 隱隱/隱約		멀리 섬이 은은하게 보였다. 隱約看得見遠方的島嶼。
1160 ★	**動**	**의논합니다 / 의논해요 / 의논한다 / 의논하는**
의논하다 [의노나다] 【議論-】 議論/商議/商量		이 문제들은 좀 더 진지하게 의논해야 할 필요가 있다. 這些問題有必要更認真地商議。
1161 ★★	**動**	**의존합니다 / 의존해요 / 의존한다 / 의존하는**
의존하다 [의조나다] 【依存-】 依存/依賴/依附		미국의 원조에 의존하다. 依賴美國的援助。

1162 ★★★ 動 **인합니다 / 인해요 / 인한다 / 인하는**

인하다
[이나다]
【因-】
由於/因為

나는 그와 오해로 인해 사이가 나빠졌다.
我和他因為誤解，關係變壞了。

1163 ★ 形 **잔잔합니다 / 잔잔해요 / 잔잔하다 / 잔잔한**

잔잔하다
[잔자나다]
平靜/穩定/沉著

잔잔한 수면 위로 달빛이 비쳤다.
月光映照在平靜的水面上。

1164 ★★★ 動 **전합니다 / 전해요 / 전한다 / 전하는**

전하다
[저나다]
【傳-】
傳達/傳遞/流傳

가족분들께 안부 좀 전해 주세요.
請代我向你的家人問好。

1165 ★ 動 **전환합니다 / 전환해요 / 전환한다 / 전환하는**

전환하다
[저놔나다]
【轉換-】
轉換

기분 전환하고 싶을 땐 뭐 하세요?
想要轉換心情的時候你都做什麼？

1166 ★★ 動 **접근합니다 / 접근해요 / 접근한다 / 접근하는**

접근하다
[접끄나다]
【接近-】
接近

그녀는 접근하기 어려운 여자예요.
她是很難接近的女生。

1167 ★ 動 **제안합니다 / 제안해요 / 제안한다 / 제안하는**

제안하다
[제아나다]
【提案-】
提案

새로운 아이디어를 제안하다.
提案新的構想。

1168 ★★ 動 **제한합니다 / 제한해요 / 제한한다 / 제한하는**

제한하다
[제하나다]
【制限-】
制限/限制/局限

입장시간을 제한할 필요가 있다.
有必要限制入場時間。

1169 ★	動	주문합니다 / 주문해요 / 주문한다 / 주문하는
주문하다 [주무나다] 【注文-】 訂/訂購/預計		그것은 제가 주문했어요. 那是我訂的。
1170 ★	動	중단합니다 / 중단해요 / 중단한다 / 중단하는
중단하다 [중다나다] 【中斷-】 中斷		일을 잠시 중단하고 쉬는 것이 어떨까요? 暫時中斷工作，休息一下如何？
1171 ★★	動	지원합니다 / 지원해요 / 지원한다 / 지원하는
지원하다 [지워나다] 【支援-】 支援		마케팅 부문에 지원하다. 支援行銷部門。
1172 ★	動	진단합니다 / 진단해요 / 진단한다 / 진단하는
진단하다 [진다나다] 【診斷-】 診斷		의사는 그의 사인이 심장병이라고 진단했다. 醫生診斷出他的死因是心臟病。
1173 ★★	形	진합니다 / 진해요 / 진하다 / 진한
진하다 [지나다] 【津-】 濃郁/濃烈/深/稠		마늘 냄새가 진하게 코를 찌른다. 大蒜氣味濃烈地刺鼻。
1174 ★	形	차분합니다 / 차분해요 / 차분하다 / 차분한
차분하다 [차부나다] 文靜/冷靜/鎮定		그는 차분한 목소리로 대답했다. 他用鎮定的聲音回答。
1175 ★	形	찬란합니다 / 찬란해요 / 찬란하다 / 찬란한
찬란하다 [찰라나다] 【燦爛-】 燦爛		찬란한 업적을 이룩하다. 達成燦爛的業績。

1176 ★ 形 **참신합니다 / 참신해요 / 참신하다 / 참신한**

참신하다
[참시나다]
【斬新-】
嶄新/新穎

참신한 아이디어가 있어요.
有嶄新的想法。

1177 ★★★ 動 **추진합니다 / 추진해요 / 추진한다 / 추진하는**

추진하다
[추지나다]
【推進-】
推進/推動

개혁을 추진하다.
推動改革。

1178 ★ 動 **출근합니다 / 출근해요 / 출근한다 / 출근하는**

출근하다
[출그나다]
【出勤-】
出勤/上班

버스로 출근하다.
搭公車上班。

1179 ★★ 動 **출연합니다 / 출연해요 / 출연한다 / 출연하는**

출연하다
[추려나다]
【出演-】
演出/登場/上場

드라마에 출연하다.
出演連續劇。

1180 ★ 動 **출현합니다 / 출현해요 / 출현한다 / 출현하는**

출현하다
[추려나다]
【出現-】
出現

또 새로운 컴퓨터 바이러스가 출현했다.
新的電腦病毒又出現了。

1181 ★★★ 形 **충분합니다 / 충분해요 / 충분하다 / 충분한**

충분하다
[충부나다]
【充分-】
充分

충분한 영양을 공급하다.
供給充分的營養。

1182 ★★ 形 **친합니다 / 친해요 / 친하다 / 친한**

친하다
[치나다]
【親-】
親密/親近/要好

그와 특별히 친하지는 않고 가끔 만날 뿐이에요.
和他並沒有特別要好，只是偶爾會見面而已。

1183 ★ 動	칭찬합니다 / 칭찬해요 / 칭찬한다 / 칭찬하는
칭찬하다 [칭차나다] 【稱讚-】 稱讚	모두가 그를 착한 애라고 칭찬한다. 大家稱讚他是乖巧的孩子。

1184 ★★ 形	튼튼합니다 / 튼튼해요 / 튼튼하다 / 튼튼한
튼튼하다 [튼트나다] 健壯/強健/硬朗 堅固/牢固/牢靠	그의 어깨는 아주 넓고 튼튼하다. 他的肩膀很寬闊而且健壯。

1185 ★★★ 動	판단합니다 / 판단해요 / 판단한다 / 판단하는
판단하다 [판다나다] 【判斷-】 判斷	외모로 사람을 판단하다. 以貌取人。

1186 ★★ 形	편안합니다 / 편안해요 / 편안하다 / 편안한
편안하다 [펴나나다] 【便安-】 平安/舒服/舒適	이 새 침대는 아주 편안하다. 這新床鋪非常舒服。

1187 ★★★ 形	편합니다 / 편해요 / 편하다 / 편한
편하다 [펴나다] 【便-】 舒服 / 舒適 / 便利	마음이 편해야 몸도 편하다. 心情舒坦，身體也會舒適。

1188 ★★★ 動	표현합니다 / 표현해요 / 표현한다 / 표현하는
표현하다 [표혀나다] 【表現-】 表現/表達	저를 도와준 모든 분들에게 감사의 마음을 표현하고 싶습니다. 對那些幫助我的人們，我想要表達衷心的感謝。

1189 ★★ 形	피곤합니다 / 피곤해요 / 피곤하다 / 피곤한
피곤하다 [피고나다] 【疲困-】 疲困 / 疲倦 / 累	피곤해 죽겠어요. 累死我了。

1190 ★ 動

한하다
[하나다]
【限-】
限/限定

한합니다 / 한해요 / 한한다 / 한하는

이 공원은 일요일에 한해 입장이 무료다.
這個公園限定星期一免費入場。

1191 ★ 動

확신하다
[확씨나다]
【確信-】
確信/深信

확신합니다 / 확신해요 / 확신한다 / 확신하는

나는 그가 성공할 것이라고 확신합니다.
我確信他會成功。

1192 ★★★ 動

확인하다
[화기나다]
【確認-】
確認

확인합니다 / 확인해요 / 확인한다 / 확인하는

전화를 걸어 확인해 보세요.
請試著打電話，確認一下。

1193 ★★ 形

환하다
[화나다]
亮/明亮/透亮
明朗/豁然/了然

환합니다 / 환해요 / 환하다 / 환한

밖은 아직도 환하다.
外面還很亮。

1194 ★★★ 形

흔하다
[흐나다]
有的是/多的是

흔합니다 / 흔해요 / 흔하다 / 흔한

이러한 얘기들은 흔하디 흔하다.
像這樣的故事多的是。

1195 ★ 動

흥분하다
[흥부나다]
【興奮-】
興奮

흥분합니다 / 흥분해요 / 흥분한다 / 흥분하는

흥분해서 잠을 이루지 못하다.
興奮得無法入睡。

ㄹ하다

1196 ★★	形	강렬합니다 / 강렬해요 / 강렬하다 / 강렬한
강렬하다 [강녀라다] 【強烈-】 強烈		이 음악은 리듬이 강렬하다. 這個音樂節奏強烈。
1197 ★★★	**動**	**개발합니다 / 개발해요 / 개발한다 / 개발하는**
개발하다 [개바라다] 【開發-】 開發		새로운 외국어 학습법을 개발하다. 開發新的外國語學習法。
1198 ★★	**動**	**거절합니다 / 거절해요 / 거절한다 / 거절하는**
거절하다 [거저라다] 【拒絕-】 拒絕		상대방 요구를 거절하다. 拒絕對方的要求。
1199 ★★	**動**	**건설합니다 / 건설해요 / 건설한다 / 건설하는**
건설하다 [건서라다] 【建設-】 建設		평화로운 사회를 건설하다. 建設平和的社會。
1200 ★	**形**	**격렬합니다 / 격렬해요 / 격렬하다 / 격렬한**
격렬하다 [경녀라다] 【激烈-】 激烈		전신 시장의 경쟁이 몹시 격렬하다. 電信市場的競爭非常激烈。
1201 ★★★	**動**	**관찰합니다 / 관찰해요 / 관찰한다 / 관찰하는**
관찰하다 [관차라다] 【觀察-】 觀察		현미경으로 세균을 관찰하다. 用顯微鏡觀察細菌。

1202 ★★	動	구별합니다 / 구별해요 / 구별한다 / 구별하는
구별하다 [구벼라다] 【區別-】 區別/分辨/辨別		사실과 허구를 구별할 필요가 있다. 有必要區別事實和虛構。
1203 ★	動	기술합니다 / 기술해요 / 기술한다 / 기술하는
기술하다 [기수라다] 【記述-】 記述		이야기의 개요를 기술하다. 記述談話的概要。
1204 ★★★	動	달합니다 / 달해요 / 달한다 / 달하는
달하다 [다라다] 【達-】 達到/到達		그의 인기는 피크에 달했다. 他的人氣到達頂點。
1205 ★★	動	도달합니다 / 도달해요 / 도달한다 / 도달하는
도달하다 [도다라다] 【到達-】 到達		목표가 분명해야 목적지에 도달할 수 있다. 只要目標清楚，就可以到達目的地。
1206 ★★	形	동일합니다 / 동일해요 / 동일하다 / 동일한
동일하다 [동이라다] 【同一-】 同一/一樣		그 두 가지 주장은 본질적으로 동일하다. 那兩種主張，本質上是一樣的。
1207 ★★★	動	말합니다 / 말해요 / 말한다 / 말하는
말하다 [마라다] 說/告訴/訴說/述說		어디서부터 말해야 할지 모르겠어요. 不知道從何說起。
1208 ★★★	動	발달합니다 / 발달해요 / 발달한다 / 발달하는
발달하다 [발따라다] 【發達-】 發達		한국은 인터넷 기술이 상당히 발달했다. 韓國網路技術相當發達。

1209 ★	動	상실합니다 / 상실해요 / 상실한다 / 상실하는
상실하다 [상시라다] 【喪失-】 喪失		교통사고로 기억을 상실했다. 因為交通事故而喪失記憶。
1210 ★★	形	생활합니다 / 생활해요 / 생활한다 / 생활하는
생활하다 [생화라다] 【生活-】 生活/過活		자기 수입으로 생활하다. 用自己的收入過活。
1211 ★	形	서늘합니다 / 서늘해요 / 서늘하다 / 서늘한
서늘하다 [서느라다] 涼快/冷颼颼 冷清/寒噤		나무 밑이 매우 서늘하다. 樹下非常涼快。
1212 ★	動	서술합니다 / 서술해요 / 서술한다 / 서술하는
서술하다 [서수라다] 【敘述-】 敘述		가족의 역사를 간단히 서술하다. 簡單地敘述家族的歷史。
1213 ★★	形	성실합니다 / 성실해요 / 성실하다 / 성실한
성실하다 [성시라다] 【誠實-】 誠實		사람됨이 성실하여야 한다. 做人要誠實。
1214 ★	動	손질합니다 / 손질해요 / 손질한다 / 손질하는
손질하다 [손지라다] 修繕/維修/整修 修理/動手打人		손톱을 손질하다. 修手指甲。
1215 ★	形	쓸쓸합니다 / 쓸쓸해요 / 쓸쓸하다 / 쓸쓸한
쓸쓸하다 [쓸쓰라다] 寂寞/寂寥/冷清 蕭瑟/冷颼颼		그 사람 어딘가 모르게 쓸쓸해 보여요. 那個人不知道哪裡看起來就是很寂寞的樣子。

1216 ★★ 形 억울합니다 / 억울해요 / 억울하다 / 억울한

억울하다
[어구라다]
【抑鬱-】
抑鬱/委屈

나는 매우 억울하다고 느낀다.
我感到十分抑鬱。

1217 ★ 動 역설합니다 / 역설해요 / 역설한다 / 역설하는

역설하다
[역써라다]
【力說-】
強調

그녀는 직업교육의 필요성에 대해 역설했다.
她強調職業教育的必要性。

1218 ★★ 動 연결합니다 / 연결해요 / 연결한다 / 연결하는

연결하다
[연겨라다]
【連結-】
連結

컴퓨터에 프린터를 연결했다.
將印表機連結到電腦。

1219 ★ 動 연출합니다 / 연출해요 / 연출한다 / 연출하는

연출하다
[연추라다]
【演出-】
演出

음악으로 장엄한 분위기를 연출하다.
用音樂演出莊嚴的氣氛。

1220 ★ 形 우울합니다 / 우울해요 / 우울하다 / 우울한

우울하다
[우우라다]
【憂鬱-】
憂鬱

그 소식을 듣고 기분이 우울하다.
聽到那個消息心情憂鬱。

1221 ★ 動 유발합니다 / 유발해요 / 유발한다 / 유발하는

유발하다
[유바라다]
【誘發-】
誘發/觸發/引起

과학은 가르치는 것보다 어떻게 호기심을 유발할 것인가가 중요하다.
科學比起教導本身，如何誘發好奇心更顯得重要。

1222 ★★★ 形 유일합니다 / 유일해요 / 유일하다 / 유일한

유일하다
[유이라다]
【唯一-】
唯一

이것이 제가 할 수 있는 유일한 요리입니다.
這是我唯一會做的料理。

1223 ★★★	動	일합니다 / 일해요 / 일한다 / 일하는
일하다 [이라다] 工作/做活/幹活		누구나 부지런히 일하면 성공한다. 任何人勤奮工作，都會成功。
1224 ★★★	**動**	**잘합니다 / 잘해요 / 잘한다 / 잘하는**
잘하다 [자라다] 擅長/幹得好/常做		거짓말을 잘하다. 擅於說謊。
1225 ★★★	**形**	**적절합니다 / 적절해요 / 적절하다 / 적절한**
적절하다 [적쩌라다] 【適切-】 適切/適當/恰當		지금은 그 문제를 논의하기에 적절한 때가 아니다. 現在不是議論那個問題的適當時機。
1226 ★★	**動**	**전달합니다 / 전달해요 / 전달한다 / 전달하는**
전달하다 [전다라다] 【傳達-】 傳達		그는 학생들에게 공지 사항을 전달했다. 他對學生們傳達了公告事項。
1227 ★	**形**	**절실합니다 / 절실해요 / 절실하다 / 절실한**
절실하다 [절씨라다] 【切實-】 切實/急切/迫切		나는 용돈이 절실하게 필요했다. 我很迫切地需要零用錢。
1228 ★★	**動**	**제출합니다 / 제출해요 / 제출한다 / 제출하는**
제출하다 [제추라다] 【提出-】 提出/提交/交出		예산을 제출하다. 提出預算。
1229 ★★	**動**	**조절합니다 / 조절해요 / 조절한다 / 조절하는**
조절하다 [조저라다] 【調節-】 調節/調整/調劑		타인의 의견에 따라 자기의 행위를 조절하다. 遵從他人的意見，調整自己的行為。

1230 ★	動	지불합니다 / 지불해요 / 지불한다 / 지불하는
지불하다 [지부라다] 【支拂-】 支付/償還		비용의 일부분을 지불하다. 支付費用的一部分。
1231 ★	形	진실합니다 / 진실해요 / 진실하다 / 진실한
진실하다 [진시라다] 【真實-】 真實/真摯/真誠		그녀는 아주 진실해 보인다. 她看起來很真摯。
1232 ★★	動	진출합니다 / 진출해요 / 진출한다 / 진출하는
진출하다 [진추라다] 【進出-】 進出/挺進/涉足		해외 시장에 진출하다. 挺進海外市場。
1233 ★	動	창출합니다 / 창출해요 / 창출한다 / 창출하는
창출하다 [창추라다] 【創出-】 創造		부가가치를 창출하다. 創造附加價值。
1234 ★	動	초월합니다 / 초월해요 / 초월한다 / 초월하는
초월하다 [초워라다] 【超越-】 超越/超出		인간의 힘을 초월하다. 超出人類的力量。
1235 ★★★	動	출발합니다 / 출발해요 / 출발한다 / 출발하는
출발하다 [출바라다] 【出發-】 出發		부산을 출발하다. 從釜山出發。
1236 ★	形	치밀합니다 / 치밀해요 / 치밀하다 / 치밀한
치밀하다 [치미라다] 【緻密-】 緻密/縝密/周密		글의 논리가 치밀하다. 文章的邏輯周密。

1237 ★★	形	치열합니다 / 치열해요 / 치열하다 / 치열한
치열하다 [치여라다] 【熾烈-】 熾烈/激烈		대학 입학을 위한 경쟁은 치열하다. 為了考入大學的競爭很激烈。
1238 ★★	形	친절합니다 / 친절해요 / 친절하다 / 친절한
친절하다 [친저라다] 【親切-】 親切		우리 사무실에서 일하는 사람들은 친절하다. 在我們辦公室工作的人們很親切。
1239 ★	動	칠합니다 / 칠해요 / 칠한다 / 칠하는
칠하다 [치라다] 【漆-】 漆 / 塗 / 抹		벽에 페인트를 칠하다. 在牆壁上塗油漆。
1240 ★	形	탁월합니다 / 탁월해요 / 탁월하다 / 탁월한
탁월하다 [타궈라다] 【卓越-】 卓越		그녀는 이번 프로젝트에서 탁월한 역량을 보여 주었다. 她在這次的計劃，讓人見識到她卓越的能力。
1241 ★	動	탈출합니다 / 탈출해요 / 탈출한다 / 탈출하는
탈출하다 [탈추라다] 【脱出-】 逃脱/脱身/逃出		비행기에서 낙하산으로 탈출하다. 從飛機用降落傘逃出。
1242 ★	動	통일합니다 / 통일해요 / 통일한다 / 통일하는
통일하다 [통이라다] 【統一-】 統一		학교 제도를 통일하다. 統一學校制度。
1243 ★★★	形	특별합니다 / 특별해요 / 특별하다 / 특별한
특별하다 [특뼈라다] 【特別-】 特別		오늘은 나에게 아주 특별한 날이다. 今天對我來講是很特別的日子。

1244 ★★★ 動 **해결합니다 / 해결해요 / 해결한다 / 해결하는**

해결하다
[해겨라다]
【解決-】
解決

실업 문제를 해결하다.
解決失業問題。

1245 ★★★ 形 **확실합니다 / 확실해요 / 확실하다 / 확실한**

확실하다
[확씨라다]
【確實-】
確實/確切

비가 올 것만은 확실하다.
只有會下雨這件事是確實的。

1246 ★★ 形 **활발합니다 / 활발해요 / 활발하다 / 활발한**

활발하다
[활바라다]
【活潑-】
活潑/活躍

그곳은 상거래가 활발하다.
那裡商業往來很活躍。

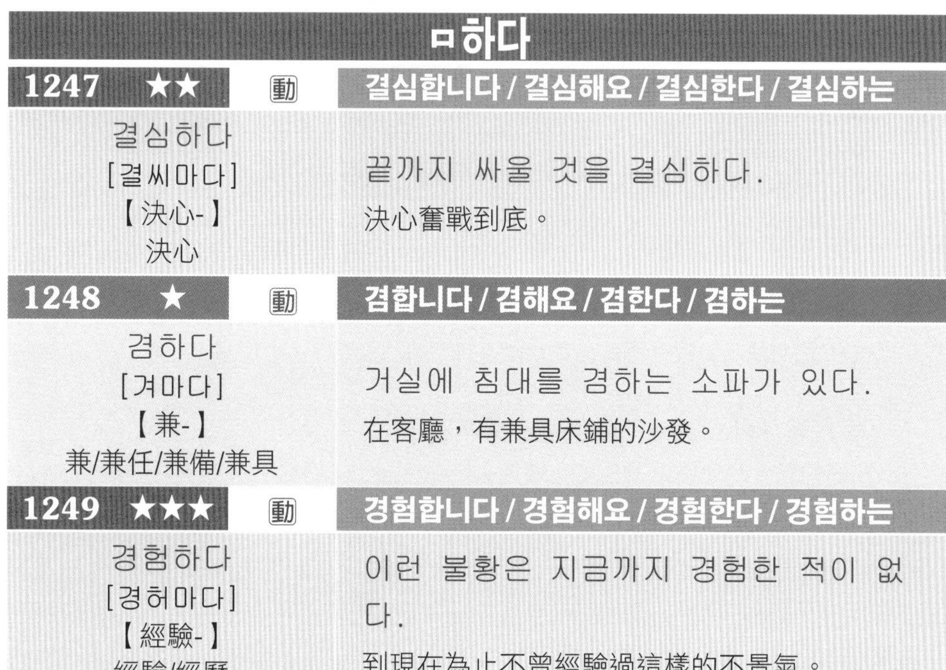

ㅁ하다

1247 ★★ 動 **결심합니다 / 결심해요 / 결심한다 / 결심하는**

결심하다
[결씨마다]
【決心-】
決心

끝까지 싸울 것을 결심하다.
決心奮戰到底。

1248 ★ 動 **겸합니다 / 겸해요 / 겸한다 / 겸하는**

겸하다
[겨마다]
【兼-】
兼/兼任/兼備/兼具

거실에 침대를 겸하는 소파가 있다.
在客廳，有兼具床鋪的沙發。

1249 ★★★ 動 **경험합니다 / 경험해요 / 경험한다 / 경험하는**

경험하다
[경허마다]
【經驗-】
經驗/經歷

이런 불황은 지금까지 경험한 적이 없다.
到現在為止不曾經驗過這樣的不景氣。

1250 ★	形	과감합니다 / 과감해요 / 과감하다 / 과감한
과감하다 [과가마다] 【果敢-】 果敢/果斷		이 상황에는 과감한 조치가 필요하다. 在這個狀況下，果敢的措置是必要的。
1251 ★★★	形	궁금합니다 / 궁금해요 / 궁금하다 / 궁금한
궁금하다 [궁그마다] 掛念/牽掛/嘴饞		시험 결과가 궁금하다. 考試結果讓人掛念。
1252 ★	形	극심합니다 / 극심해요 / 극심하다 / 극심한
극심하다 [극씨마다] 【極甚-】 太甚/太過/極度		그녀는 극심한 고통을 느꼈다. 她感到極度的痛苦。
1253 ★	動	금합니다 / 금해요 / 금한다 / 금하는
금하다 [그마다] 【禁-】 禁/禁止/忍/忍住		출입을 금하다. 禁止出入。
1254 ★	形	깔끔합니다 / 깔끔해요 / 깔끔하다 / 깔끔한
깔끔하다 [깔끄마다] 乾淨俐落/幹練		그녀는 옷차림이 깔끔하다. 她的穿著乾淨俐落。
1255 ★	形	꼼꼼합니다 / 꼼꼼해요 / 꼼꼼하다 / 꼼꼼한
꼼꼼하다 [꼼꼬마다] 細緻/仔細/細心 一絲不苟		그녀는 성격이 꼼꼼하다. 她個性一絲不苟。
1256 ★★	動	다짐합니다 / 다짐해요 / 다짐한다 / 다짐하는
다짐하다 [다지마다] 決心/保證/承諾		다음 주에 다시 오겠다고 다짐했다. 保證下週會再來。

1257 ★	動	뒷받침합니다 / 뒷받침해요 / 뒷받침한다 / 뒷받침하는
뒷받침하다 [뒤빧치마다] 支撐/撐腰/後援		이론을 뒷받침할 수 있는 자료를 모으다. 收集可以支撐理論的資料。
1258 ★★★	動	말씀합니다 / 말씀해요 / 말씀한다 / 말씀하는
말씀하다 [말쓰마다] 說(敬語)/吩咐		저한테 말씀하시는 거예요? 你在跟我說話嗎？
1259 ★	動	명심합니다 / 명심해요 / 명심한다 / 명심하는
명심하다 [명시마다] 【銘心-】 銘心/銘記/牢記		우리들은 이 교훈을 깊이 명심해야 한다. 我們必須深深牢記這個教訓。
1260 ★	形	민감합니다 / 민감해요 / 민감하다 / 민감한
민감하다 [민가마다] 【敏感-】 敏感		이 식물은 온도 변화에 민감하다. 這種植物對溫度變化很敏感。
1261 ★	動	범합니다 / 범해요 / 범한다 / 범하는
범하다 [버마다] 【犯-】 犯/冒犯/侵犯/違犯		또다시 잘못을 범하다. 再次犯錯。
1262 ★★	動	부담합니다 / 부담해요 / 부담한다 / 부담하는
부담하다 [부다마다] 【負擔-】 負擔		모든 비용을 회사에서 부담하다. 所有費用由公司負擔。
1263 ★	動	실감합니다 / 실감해요 / 실감한다 / 실감하는
실감하다 [실가마다] 【實感-】 實際感受		노력의 중요성을 실감합니다. 實際感受到努力的重要性。

1264 ★★★ 形	심합니다 / 심해요 / 심하다 / 심한
심하다 [시마다] 【甚-】 嚴重/深重/過甚	전화가 잡음이 심하다. 電話雜音很嚴重。
1265 ★★ 動	**의심합니다 / 의심해요 / 의심한다 / 의심하는**
의심하다 [의시마다] 【疑心-】 疑心/懷疑/起疑	네가 그녀의 동기를 의심할 만한 이유가 있니? 你有足夠的理由，懷疑她的動機嗎？
1266 ★ 動	**임합니다 / 임해요 / 임한다 / 임하는**
임하다 [이마다] 【臨-】 面臨/瀕臨/降臨	그는 실전에 임하는 마음으로 연습했다. 他以面臨實戰的心情練習。
1267 ★ 動	**점검합니다 / 점검해요 / 점검한다 / 점검하는**
점검하다 [점거마다] 【點檢-】 點檢/查點/檢查	기계를 수시로 점검하다. 隨時檢查機器。
1268 ★★ 動	**조심합니다 / 조심해요 / 조심한다 / 조심하는**
조심하다 [조시마다] 【操心-】 小心/當心/注意	몸가짐을 조심하다. 注意儀態。
1269 ★ 動	**체험합니다 / 체험해요 / 체험한다 / 체험하는**
체험하다 [체허마다] 【體驗-】 體驗/體會	한국의 전통 문화를 직접 체험하다. 直接體驗韓國的傳統文化。
1270 ★★ 形	**평범합니다 / 평범해요 / 평범하다 / 평범한**
평범하다 [평버마다] 【平凡-】 平凡	그녀는 예쁘지도 않고 밉지도 않고 그냥 평범하다. 她不漂亮也不難看，就是平凡。

1271 ★★★ 動 포함합니다 / 포함해요 / 포함한다 / 포함하는

포함하다
[포하마다]
【包含-】
包含

식사 포함해서 하루에 3만원입니다.
包含用餐一天動萬韓幣。

ㅂ하다

1272 ★ 動 가입합니다 / 가입해요 / 가입한다 / 가입하는

가입하다
[가이파다]
【加入-】
加入

정당에 가입하다.
加入政黨。

1273 ★ 動 개입합니다 / 개입해요 / 개입한다 / 개입하는

개입하다
[개이파다]
【介入-】
介入/插手

다른 사람의 일에 개입하지 마라.
不可介入別人的事。

1274 ★★ 動 거듭합니다 / 거듭해요 / 거듭한다 / 거듭하는

거듭하다
[거드파다]
一再/反復/重復

실수를 거듭하다.
一再失誤。

1275 ★ 動 결합합니다 / 결합해요 / 결합한다 / 결합하는

결합하다
[겨라파다]
【結合-】
結合

일과 흥미를 결합시키다.
使工作和興趣結合。

1276 ★ 動 고집합니다 / 고집해요 / 고집한다 / 고집하는

고집하다
[고지파다]
【固執-】
固執

그는 자기 의견을 끝까지 고집했다.
他直到最後都固執己見。

1277 ★★	動	공급합니다 / 공급해요 / 공급한다 / 공급하는
공급하다 [공그파다] 【供給-】 供給/供應		공장에 원료를 공급하다. 供應原料給工廠。
1278 ★★	動	**구입합니다 / 구입해요 / 구입한다 / 구입하는**
구입하다 [구이파다] 【購入-】 買進		시세보다 싼 값으로 집을 구입하다. 用比市價便宜的價格買進房子。
1279 ★★	形	**급합니다 / 급해요 / 급하다 / 급한**
급하다 [그파다] 【急-】 急/急切/著急/陡		성격이 무척 급하다. 性子很急。
1280 ★★	形	**답답합니다 / 답답해요 / 답답하다 / 답답한**
답답하다 [답따파다] 悶/煩悶/氣悶/憋悶 焦急/頑固/死腦筋		그가 일하는 걸 보면 너무 답답하다. 看他工作的樣子，我就憋悶得很。
1281 ★★	動	**답합니다 / 답해요 / 답한다 / 답하는**
답하다 [다파다] 【答-】 答/回答/答覆		그것은 쉽게 답할 수 있는 질문이다. 那是容易回答的問題。
1282 ★★★	動	**대답합니다 / 대답해요 / 대답한다 / 대답하는**
대답하다 [대다파다] 【對答-】 對答 / 回答 / 答腔		아무 생각 없이 되는대로 대답을 했다. 什麼都沒想，隨隨便便就回答了。
1283 ★★	動	**도입합니다 / 도입해요 / 도입한다 / 도입하는**
도입하다 [도이파다] 【導入-】 引進		최신 기술을 도입하다. 引進最新技術。

1284 ★★	形	밀접합니다 / 밀접해요 / 밀접하다 / 밀접한
밀접하다 [밀쩌파다] 【密接-】 密切/緊密		두 사람 사이가 아주 밀접하다. 兩人之間很密切。
1285 ★★★	**形**	**복잡합니다 / 복잡해요 / 복잡하다 / 복잡한**
복잡하다 [복짜파다] 【複雜-】 複雜/紛雜		아침에 지하철은 출근하는 사람들로 복잡하다. 早上地鐵因為上班的人群而紛雜。
1286 ★	**動**	**설립합니다 / 설립해요 / 설립한다 / 설립하는**
설립하다 [설리파다] 【設立-】 設立/建立/成立		시골에 병원을 설립하다. 在鄉下設立醫院。
1287 ★	**形**	**섭섭합니다 / 섭섭해요 / 섭섭하다 / 섭섭한**
섭섭하다 [섭써파다] 惋惜/可惜/遺憾 難過/捨不得		그렇게 빨리 가봐야 한다니 섭섭하다. 那麼快就必須離開，真可惜。
1288 ★★	**動**	**성립합니다 / 성립해요 / 성립한다 / 성립하는**
성립하다 [성니파다] 【成立-】 成立		용의자는 사건 당시 근무 중이어서 알리바이가 성립한다. 嫌犯在事件當時正在服勤，不在場證明成立。
1289 ★★	**動**	**수립합니다 / 수립해요 / 수립한다 / 수립하는**
수립하다 [수리파다] 【樹立-】 樹立/建立		신속하게 대책을 수립할 필요가 있습니다. 有必要迅速地樹立對策。
1290 ★★	**動**	**수입합니다 / 수입해요 / 수입한다 / 수입하는**
수입하다 [수이파다] 【輸入-】 輸入/進口		중동에서 석유를 수입하다. 從中東進口石油。

1291 ★ 動	수집합니다 / 수집해요 / 수집한다 / 수집하는
수집하다 [수지파다] 【蒐集-】 蒐集/搜集/收集	옛날 동전을 수집하다. 蒐集古代錢幣。
1292 ★ 形	**시급합니다 / 시급해요 / 시급하다 / 시급한**
시급하다 [시그파다] 【時急-】 緊急/緊迫/急迫	가장 시급한 과제가 무엇입니까? 最緊急的課題是什麼？
1293 ★ 動	**억압합니다 / 억압해요 / 억압한다 / 억압하는**
억압하다 [어가파다] 【抑壓-】 壓抑/壓迫/欺壓	정부는 민주화 운동을 억압했다. 政府壓抑了民主化運動。
1294 ★★ 動	**언급합니다 / 언급해요 / 언급한다 / 언급하는**
언급하다 [언그파다] 【言及-】 提及/說起	나는 그 문제를 다시 언급하지 않기로 약속했다. 我答應不再提及那個問題。
1295 ★ 動	**연습합니다 / 연습해요 / 연습한다 / 연습하는**
연습하다 [연스파다] 【練習-】 練習	더욱 부지런히 연습하다. 勤加練習。
1296 ★★★ 形	**위험합니다 / 위험해요 / 위험하다 / 위험한**
위험하다 [위허마다] 【危險-】 危險	여자가 밤에 혼자서 걷는 것은 위험하다. 女生在晚上獨自一人行走很危險。
1297 ★ 動	**위협합니다 / 위협해요 / 위협한다 / 위협하는**
위협하다 [위혀파다] 【威脅-】 威脅/威嚇/威逼	그를 폭력으로 위협해서 동의시켰다. 以暴力威脅使他同意。

1298 ★★ 形 **적합합니다 / 적합해요 / 적합하다 / 적합한**

적합하다
[저카파다]
【適合-】
適合/合適/適宜

나에게 적합한 일이다.
這份工作很適合我。

1299 ★★ 動 **접합니다 / 접해요 / 접한다 / 접하는**

접하다
[저파다]
【接-】
接/鄰接/接到/接觸

내 고향은 바다와 접해 있다.
我的故 和大海鄰接。

1300 ★★★ 動 **졸업합니다 / 졸업해요 / 졸업한다 / 졸업하는**

졸업하다
[조러파다]
【卒業-】
畢業

학교를 졸업한 지도 어언 10년이 되어 온다.
從學校畢業不知不覺已經快十年了。

1301 ★ 動 **종합합니다 / 종합해요 / 종합한다 / 종합하는**

종합하다
[종하파다]
【綜合-】
綜合

각종 보고를 종합하다.
綜合各種報告。

1302 ★★ 動 **지급합니다 / 지급해요 / 지급한다 / 지급하는**

지급하다
[지그파다]
【支給-】
支付 / 支出 / 發給

그에게 월 5만 원을 지급하다.
一個月支付給他五萬韓幣。

1303 ★ 形 **착잡합니다 / 착잡해요 / 착잡하다 / 착잡한**

착잡하다
[착짜파다]
【錯雜-】
錯綜複雜/雜亂

그 여자의 표정은 착잡한 심정을 나타내고 있었다.
那女生的表情顯露出錯綜複雜的心情。

1304 ★ 動 **취급합니다 / 취급해요 / 취급한다 / 취급하는**

취급하다
[취그파다]
【取扱-】
辦理/操縱/看待

그 정보를 비밀로 취급하다.
把那個情報當成秘密看待。

1305 ★ 動	통합합니다 / 통합해요 / 통합한다 / 통합하는
통합하다 [통하파다] 【統合-】 統合/合併	다른 자회사들을 하나로 통합했다. 將別的子公司合併為一間。

1306 ★ 動	투입합니다 / 투입해요 / 투입한다 / 투입하는
투입하다 [투이파다] 【投入-】投入	자금을 본격적으로 투입하다. 正式投入資金。

1307 ★ 動	확립합니다 / 확립해요 / 확립한다 / 확립하는
확립하다 [황니파다] 【確立-】 確立/建立/樹立	본보기를 확립하다. 確立榜樣。

ㅅ하다

1308 ★ 	그럴듯합니다 / 그럴듯해요 / 그럴듯하다 / 그럴듯한
그럴듯하다 [그럴드타다] 挺不錯/相當不錯 近似/好像/像樣	겉모양은 그럴듯해 보이는데 내용물은 형편없었다. 外觀看起來挺不錯，內部卻不像樣。

1309 ★★★ 形	깨끗합니다 / 깨끗해요 / 깨끗하다 / 깨끗한
깨끗하다 [깨끄타다] 清潔/純潔/乾淨 清淨/清爽/清白	옷을 깨끗하게 빨다. 把衣服洗乾淨。

1310 ★★★ 形	따뜻합니다 / 따뜻해요 / 따뜻하다 / 따뜻한
따뜻하다 [따뜨타다] 溫暖/暖和/溫和	날씨가 매우 따뜻하다. 天氣非常暖和。

1311 ★★★ 形 **뚜렷합니다 / 뚜렷해요 / 뚜렷하다 / 뚜렷한**

뚜렷하다
[뚜려타다]
清晰/清楚
明顯/分明

뚜렷한 차이를 보이다.
看得出明顯的差異。

1312 ★★★ 動 **뜻합니다 / 뜻해요 / 뜻한다 / 뜻하는**

뜻하다
[뜨타다]
立志/表示/意味

침묵은 때때로 동의를 뜻한다.
沉默往往表示同意。

1313 ★★★ 動 **못합니다 / 못해요 / 못한다 / 못하는**

못하다
[모타다]
不會/不能

나는 일본어를 못한다.
我不會日語。

1314 ★★ 形 **못합니다 / 못해요 / 못하다 / 못한**

못하다
[모타다]
不及/不如

내가 그 사람보다 못한 것이 뭐가 있어요?
我有什麼不如那個人嗎？

1315 ★★★ 動 **비롯합니다 / 비롯해요 / 비롯한다 / 비롯하는**

비롯하다
[비로타다]
始於/開始/開端
以~為首

한국의 봄은 제주도에서 비롯한다.
韓國的春天始於濟州島。

1316 ★★★ 形 **비슷합니다 / 비슷해요 / 비슷하다 / 비슷한**

비슷하다
[비스타다]
相像/相似/類似

저희 둘은 성격이 너무 비슷해요.
我們倆的個性非常像。

1317 ★★★ 動 **잘못합니다 / 잘못해요 / 잘못한다 / 잘못하는**

잘못하다
[잘모타다]
出錯/弄錯/犯錯

수술을 잘못하다.
手術出錯。

ㅇ하다

1318 ★★★ 形 **가능합니다 / 가능해요 / 가능하다 / 가능한**

가능하다
[가능하다]
【可能-】
可能/可以/可行

내가 아는 한, 그것은 가능하다.
就我所知，那個是可行的。

1319 ★ 動 **감당합니다 / 감당해요 / 감당한다 / 감당하는**

감당하다
[감당하다]
【堪當-】
擔當/承當/承受

나는 이 자리를 감당할 수 없을 것 같다.
我恐怕無法承當這個工作。

1320 ★ 動 **감상합니다 / 감상해요 / 감상한다 / 감상하는**

감상하다
[감상하다]
【鑑賞-】
鑑賞/欣賞

가이드의 설명을 들으며 작품을 감상하다.
聽導遊的說明，欣賞作品。

1321 ★★★ 形 **강합니다 / 강해요 / 강하다 / 강한**

강하다
[강하다]
【強-】
強/強大/強硬

독감은 대단히 전염성이 강하다.
流行性感冒傳染性很強。

1322 ★★ 動 **개방합니다 / 개방해요 / 개방한다 / 개방하는**

개방하다
[개방하다]
【開放-】
開放

외국인에게 주식 시장을 개방하다.
對外國人開放股票市場。

1323 ★ 形 **거창합니다 / 거창해요 / 거창하다 / 거창한**

거창하다
[거창하다]
【巨創-】
巨大/宏大/雄偉

거창한 구호보다는 실천이 중요하다.
比起宏大的口號，實踐才重要。

1324 ★★ 動 **걱정합니다 / 걱정해요 / 걱정한다 / 걱정하는**

걱정하다
[걱쩡하다]
操心/擔心/憂慮
擔憂/掛念/懸念

너 제발 걱정하지 마라.
你千萬別擔心。

1325 ★★★ 形	건강합니다 / 건강해요 / 건강하다 / 건강한
건강하다 [건강하다] 【健康-】 健康	운동은 건강한 몸을 만드는 비결이다. 運動是打造健康的身體的秘訣。
1326 ★ 動	**겨냥합니다 / 겨냥해요 / 겨냥한다 / 겨냥하는**
겨냥하다 [겨냥하다] 瞄準/對準/比對	해외 시장을 겨냥하다. 瞄準海外市場。
1327 ★★★ 動	**결정합니다 / 결정해요 / 결정한다 / 결정하는**
결정하다 [결쩡하다] 【決定-】 決定	망설이지 마요. 빨리 결정하세요. 不要猶豫，請快點決定。
1328 ★ 動	**계승합니다 / 계승해요 / 계승한다 / 계승하는**
계승하다 [계승하다] 【繼承-】 繼承/承襲	문화 유산을 계승하다. 繼承文化遺產。
1329 ★★ 動	**고생합니다 / 고생해요 / 고생한다 / 고생하는**
고생하다 [고생하다] 【苦生-】 吃苦/辛苦/辛勞	그가 고생하는 모습이 상상이 안돼. 無法想像他吃苦的樣子。
1330 ★ 動	**공경합니다 / 공경해요 / 공경한다 / 공경하는**
공경하다 [공경하다] 【恭敬-】 恭敬/敬重	우리는 웃어른을 공경해야 한다. 我們應當敬重長輩。
1331 ★ 形	**공정합니다 / 공정해요 / 공정하다 / 공정한**
공정하다 [공정하다] 【公正-】 公正	문제를 공정하게 처리할 수 있습니까? 能夠公正地處理問題嗎？

1332 ★★ 動	구경합니다 / 구경해요 / 구경한다 / 구경하는
구경하다 [구경하다] 觀看/觀賞/欣賞 瀏覽/參觀/看熱鬧	특별히 구경하고 싶은 장소라도 있어요? 有你特別想要參觀的地方嗎？
1333 ★★★ 動	구성합니다 / 구성해요 / 구성한다 / 구성하는
구성하다 [구성하다] 【構成-】 構成/組成	강력한 팀을 구성했다. 組成了強有力的團隊。
1334 ★ 形	귀중합니다 / 귀중해요 / 귀중하다 / 귀중한
귀중하다 [귀중하다] 【貴重-】 貴重	시간만큼 귀중한 것은 없다. 沒有比時間還要貴重的東西。
1335 ★ 動	규명합니다 / 규명해요 / 규명한다 / 규명하는
규명하다 [규명하다] 【糾明-】 追究/查明	그 소문의 출처를 규명해라. 要追究那個傳聞的出處。
1336 ★★★ 動	규정합니다 / 규정해요 / 규정한다 / 규정하는
규정하다 [규정하다] 【規定-】 規定/指定	미국 법원은 프리메이슨을 정식 종교 단체로 규정하다. 美國法院將共濟會指定為宗教團體。
1337 ★ 動	급증합니다 / 급증해요 / 급증한다 / 급증하는
급증하다 [급쯩하다] 【急增-】 激增/暴增/驟增	범죄율이 작년에 비해 10% 급증했다. 犯罪率比起去年驟增10%。
1338 ★★ 動	긴장합니다 / 긴장해요 / 긴장한다 / 긴장하는
긴장하다 [긴장하다] 【緊張-】 緊張	선수들은 경기를 앞두고 모두 긴장해 있다. 比賽當前選手們都很緊張。

1339 ★★★	形	다양합니다 / 다양해요 / 다양하다 / 다양한
다양하다 [다양하다] 【多樣-】 多樣/各式各樣		이것은 다양한 용도로 쓰일 수 있다. 這個可以用在各式各樣的用途上。

1340 ★	形	다정합니다 / 다정해요 / 다정하다 / 다정한
다정하다 [다정하다] 【多情-】 多情		당신은 정말 다정한 사람이군요. 你真是多情的人呀。

1341 ★	動	단행합니다 / 단행해요 / 단행한다 / 단행하는
단행하다 [다냉하다] 【斷行-】 斷然進行/果斷執行		대규모의 구조 조정을 단행하다. 斷然進行大規模的結構調整。

1342 ★	動	달성합니다 / 달성해요 / 달성한다 / 달성하는
달성하다 [달썽하다] 【達成-】 達成/達到		수출 목표를 달성하다. 達成出口目標。

1343 ★★	動	담당합니다 / 담당해요 / 담당한다 / 담당하는
담당하다 [담당하다] 【擔當-】 擔當/擔任		주요한 역할을 담당하다. 擔任主要的角色。

1344 ★★	形	당당합니다 / 당당해요 / 당당하다 / 당당한
당당하다 [당당하다] 【堂堂-】 堂堂/理直氣壯		나도 매사에 너처럼 당당했으면 좋겠어. 我也可以和你一樣每件事都理直氣壯就好了。

1345 ★★★	動	당합니다 / 당해요 / 당한다 / 당하는
당하다 [당하다] 【當-】遭/受 遭遇/碰到/比得過		교통 사고를 당하다. 遭遇交通事故。

1346 ★★	動	당황합니다 / 당황해요 / 당황한다 / 당황하는
당황하다 [당황하다] 【唐慌-】慌張 驚慌/恐慌/心慌		그의 이상한 침묵이 나를 당황하게 한다. 他反常的沉默使我心慌。
1347 ★★	**動**	**대응합니다 / 대응해요 / 대응한다 / 대응하는**
대응하다 [대응하다] 【對應-】 對應		지역 사회의 요구에 대응하다. 對應地方的要求。
1348 ★	**動**	**대항합니다 / 대항해요 / 대항한다 / 대항하는**
대항하다 [대항하다] 【對抗-】 對抗/抗衡		공권력에 대항하다. 對抗公權力。
1349 ★	**形**	**동등합니다 / 동등해요 / 동등하다 / 동등한**
동등하다 [동등하다] 【同等-】 同等		여성은 투표권을 가진다는 점에서 남자와 동등하다. 女性擁有投票權這一點和男人是同等的。
1350 ★★★	**動**	**등장합니다 / 등장해요 / 등장한다 / 등장하는**
등장하다 [등장하다] 【登場-】 登場/上場/上臺		인터넷의 등장으로 음반산업이 새로운 국면을 맞이했다. 因為網路的登場，唱片產業迎接了新的局面。
1351 ★★	**形**	**마땅합니다 / 마땅해요 / 마땅하다 / 마땅한**
마땅하다 [마땅하다] 應該/適合/適當 應當/理所當然		마땅한 일자리가 없다. 沒有適合的工作。
1352 ★★	**動**	**망합니다 / 망해요 / 망한다 / 망하는**
망하다 [망하다] 【亡-】 亡/滅亡/垮臺		회사가 그만 망하고 말았다. 公司就此滅亡了。

1353 ★ 形 **무성합니다 / 무성해요 / 무성하다 / 무성한**

무성하다
[무성하다]
【茂盛-】
茂盛/繁茂

마당에 잡초가 무성했다.
庭院的雜草茂盛。

1354 ★ 動 **반성합니다 / 반성해요 / 반성한다 / 반성하는**

반성하다
[반성하다]
【反省-】
反省

자기 자신을 반성하다.
自我反省。

1355 ★★ 動 **반영합니다 / 반영해요 / 반영한다 / 반영하는**

반영하다
[바녕하다]
【反映-】
反映

대중의 의견을 반영하다.
反映大眾的意見。

1356 ★★★ 動 **발생합니다 / 발생해요 / 발생한다 / 발생하는**

발생하다
[발쌩하다]
【發生-】
發生

예상치 못한 문제가 발생했다.
發生了不可預期的問題。

1357 ★★ 動 **보장합니다 / 보장해요 / 보장한다 / 보장하는**

보장하다
[보장하다]
【保障-】
保障

이것이 안전하다고 보장할 수 있어요?
你能夠保障這個是安全的嗎？

1358 ★★ 形 **부당합니다 / 부당해요 / 부당하다 / 부당한**

부당하다
[부당하다]
【不當-】
不當/不妥

나는 부당한 대우를 받았다.
我受到不當的待遇。

1359 ★★ 動 **부정합니다 / 부정해요 / 부정한다 / 부정하는**

부정하다
[부정하다]
【否定-】
否定

의사는 자신의 실수를 부정했다.
醫生否定了自己的失誤。

1360 ★★★ 形	분명합니다 / 분명해요 / 분명하다 / 분명한
분명하다 [분명하다] 【分明-】 分明/明確/清楚	이게 무슨 뜻인지 저에게는 아직 분명하지 않습니다. 這個有什麼意義，我還不清楚。
1361 ★★★ 形	불가능합니다 / 불가능해요 / 불가능하다 / 불가능한
불가능하다 [불가능하다] 【不可能-】 不可能	불가능한 일을 가능하게 하다. 使不可能的事成為可能。
1362 ★★ 形	불쌍합니다 / 불쌍해요 / 불쌍하다 / 불쌍한
불쌍하다 [불쌍하다] 可憐/令人憐憫	그 불쌍한 소년은 태어날 때부터 귀가 멀었다. 那個可憐的少年，從一出生就已經耳聾。
1363 ★ 形	불평등합니다 / 불평등해요 / 불평등하다 / 불평등한
불평등하다 [불평등하다] 【不平等-】 不平等	불평등한 사회 구조의 개선이 시급하다. 不平等的社會結構的改善很緊迫。
1364 ★★ 形	불행합니다 / 불행해요 / 불행하다 / 불행한
불행하다 [불행하다] 【不幸-】 不幸/倒楣	누구에게나 불행한 시절은 있다. 誰都有倒楣的時候。
1365 ★★★ 動	사랑합니다 / 사랑해요 / 사랑한다 / 사랑하는
사랑하다 [사랑하다] 愛/戀愛/憐愛 喜愛/愛好	저는 제 아들을 깊이 사랑합니다. 我深深地愛著我的孩子。
1366 ★★★ 動	사용합니다 / 사용해요 / 사용한다 / 사용하는
사용하다 [사용하다] 【使用-】 使用	젓가락을 능숙하게 사용하다. 熟練地使用筷子。

1367 ★★★ 形 **상당합니다 / 상당해요 / 상당하다 / 상당한**

상당하다
[상당하다]
【相當-】
相當/一定

그는 음악에 대한 조예가 상당하다.
他對音樂的造詣相當好。

1368 ★★ 動 **상상합니다 / 상상해요 / 상상한다 / 상상하는**

상상하다
[상상하다]
【想像-】
想像

정말 상상할 수가 없네요.
簡直難以想像呀。

1369 ★★ 動 **상징합니다 / 상징해요 / 상징한다 / 상징하는**

상징하다
[상징하다]
【象徵-】
象徵

태극기는 평화, 조화 및 인류애를 상징합니다.
太極旗象徵和平、調和以及人類愛。

1370 ★★ 動 **상합니다 / 상해요 / 상한다 / 상하는**

상하다
[상하다]
【傷-】傷/弄傷/受傷/腐壞/消瘦

여름철에는 음식이 쉽게 상한다.
夏季食物容易腐壞。

1371 ★ 動 **생동합니다 / 생동해요 / 생동한다 / 생동하는**

생동하다
[생동하다]
【生動-】
生動/萌動

봄에는 만물이 생동한다.
春天的時候萬物萌動。

1372 ★ 形 **생생합니다 / 생생해요 / 생생하다 / 생생한**

생생하다
[생생하다]
新鮮/活生生
活靈活現/鮮明

아직도 기억에 생생하다.
記憶猶新。

1373 ★ 形 **선명합니다 / 선명해요 / 선명하다 / 선명한**

선명하다
[선명하다]
【鮮明-】
鮮明

이 그림은 컬러가 선명하다.
這幅畫色彩鮮明。

1374 ★★ 動	선정합니다 / 선정해요 / 선정한다 / 선정하는
선정하다 [선정하다] 【選定-】 選定	미개발 지구 8곳을 선정하다. 選定八處未開發地區。
1375 ★★★ 動	**설명합니다 / 설명해요 / 설명한다 / 설명하는**
설명하다 [설명하다] 【說明-】 說明	반복적으로 설명할 필요가 있나요? 有必要反覆地說明嗎？
1376 ★★ 動	**설정합니다 / 설정해요 / 설정한다 / 설정하는**
설정하다 [설쩡하다] 【設定-】 設定	회사가 나아갈 방향을 설정해야 한다. 必須設定公司前進的方向。
1377 ★★★ 動	**성공합니다 / 성공해요 / 성공한다 / 성공하는**
성공하다 [성공하다] 【成功-】 成功	다음엔 꼭 성공할 거예요. 下次一定成功。
1378 ★★ 動	**성장합니다 / 성장해요 / 성장한다 / 성장하는**
성장하다 [성장하다] 【成長-】 成長/生長	그 회사는 급속하게 성장하고 있다. 那間公司正急速地成長。
1379 ★★★ 形	**소중합니다 / 소중해요 / 소중하다 / 소중한**
소중하다 [소중하다] 【所重-】 貴重/珍貴/寶貴	내 소중한 시간을 허비하고 싶지 않다. 我不想浪費自己寶貴的時間。
1380 ★★ 動	**수용합니다 / 수용해요 / 수용한다 / 수용하는**
수용하다 [수용하다] 【受容-】 接受/領受/接納	소비자의 의견을 폭넓게 수용하다. 廣泛地接受消費者的意見。

1381 ★★ 動
수행합니다 / 수행해요 / 수행한다 / 수행하는

수행하다
[수행하다]
【遂行-】
執行/履行/完成

시장 조사를 수행하다.
執行市場調查。

1382 ★★ 動
시행합니다 / 시행해요 / 시행한다 / 시행하는

시행하다
[시행하다]
【施行-】
施行/實行/推行

대통령은 교육 개선책을 시행하기로 동의했다.
總統同意了施行教育改善政策。

1383 ★ 形
신중합니다 / 신중해요 / 신중하다 / 신중한

신중하다
[신중하다]
【愼重-】
慎重/謹慎

그 여자는 부동산 투자에 있어서는 신중하다.
那位女性對於不動產投資很謹慎。

1384 ★ 動
신청합니다 / 신청해요 / 신청한다 / 신청하는

신청하다
[신청하다]
【申請-】
申請

미국 국적을 신청하다.
申請美國國籍。

1385 ★ 動
실망합니다 / 실망해요 / 실망한다 / 실망하는

실망하다
[실망하다]
【失望-】
失望/灰心

시험 결과에 실망했다.
對考試結果失望。

1386 ★ 形
싱싱합니다 / 싱싱해요 / 싱싱하다 / 싱싱한

싱싱하다
[싱싱하다]
新鮮/鮮活/鮮嫩
鮮麗/鮮豔/茁壯

과일이 아주 싱싱해 보인다.
水果看起來非常新鮮。

1387 ★ 形
썰렁합니다 / 썰렁해요 / 썰렁하다 / 썰렁한

썰렁하다
[썰렁하다]
涼/清冷/淒冷/冷清

여기에 올 때마다 항상 썰렁하다.
每次來這裡總是冷冷清清的。

1388 ★★★	形	안녕합니다 / 안녕해요 / 안녕하다 / 안녕한
안녕하다 [안녕하다] 【安寧-】 安寧/安好/平安		당신의 부모님은 안녕하십니까? 你父母平安嗎？
1389 ★★	形	엉뚱합니다 / 엉뚱해요 / 엉뚱하다 / 엉뚱한
엉뚱하다 [엉뚱하다] 不相干/不相符 意想不到/荒唐		그 아이는 엉뚱한 짓을 잘한다. 那個小孩常做出意想不到的事情。
1390 ★	動	여행합니다 / 여행해요 / 여행한다 / 여행하는
여행하다 [여행하다] 【旅行-】 旅行		국내를 여기저기 여행하다. 在國內各處旅行。
1391 ★	動	연상합니다 / 연상해요 / 연상한다 / 연상하는
연상하다 [연상하다] 【聯想-】 聯想		그 모습은 자네에게 무엇을 연상하게 하는가? 那個樣子可以使你聯想到什麼嗎？
1392 ★	形	열등합니다 / 열등해요 / 열등하다 / 열등한
열등하다 [열뜽하다] 【劣等-】 劣等/次等		이 담배는 품질이 열등하다. 這個香煙品質次等。
1393 ★	動	열중합니다 / 열중해요 / 열중한다 / 열중하는
열중하다 [열쭝하다] 【熱中-】 熱中/熱衷		그는 밥 먹는 것도 잊고 게임에 열중했다. 他熱中遊戲，連飯都忘了吃。
1394 ★	動	예방합니다 / 예방해요 / 예방한다 / 예방하는
예방하다 [예방하다] 【豫防-】 預防		독감의 만연을 예방하다. 預防流行性感冒的蔓延。

1395 ★★ 動 예상합니다 / 예상해요 / 예상한다 / 예상하는

예상하다
[예상하다]
【豫想-】
預想/預料/料想

무슨 일이 일어날지 아무도 예상할 수 없었다.
會發生什麼事情，誰也預料不到。

1396 ★★ 動 완성합니다 / 완성해요 / 완성한다 / 완성하는

완성하다
[완성하다]
【完成-】
完成

마침내 나는 논문을 완성했다.
我終於完成論文了。

1397 ★ 形 왕성합니다 / 왕성해요 / 왕성하다 / 왕성한

왕성하다
[왕성하다]
【旺盛-】
旺盛

나의 식욕은 왕성해요.
我的食慾旺盛。

1398 ★★ 動 요청합니다 / 요청해요 / 요청한다 / 요청하는

요청하다
[요청하다]
【要請-】
請求/要求/懇求

경찰에 보호를 요청하다.
向警察請求保護。

1399 ★ 動 운동합니다 / 운동해요 / 운동한다 / 운동하는

운동하다
[운동하다]
【運動-】
運動

체육관에 가서 운동하다.
去體育館運動。

1400 ★★★ 動 운영합니다 / 운영해요 / 운영한다 / 운영하는

운영하다
[우녕하다]
【運營-】
營運/經營

작은 회사를 운영하다.
經營小公司。

1401 ★ 動 원망합니다 / 원망해요 / 원망한다 / 원망하는

원망하다
[원망하다]
【怨望-】
埋怨/抱怨

하늘을 원망해도 소용없다.
就算埋怨老天也沒用。

1402 ★★★ 形	유명합니다 / 유명해요 / 유명하다 / 유명한
유명하다 [유명하다] 【有名-】 有名/著名/聞名	부산은 해산물로 유명하다. 釜山以海鮮聞名。
1403 ★ 動	유행합니다 / 유행해요 / 유행한다 / 유행하는
유행하다 [유행하다] 【流行-】 流行/盛行	학교에서는 감기가 유행하고 있습니다. 學校正流行感冒。
1404 ★★ 動	응합니다 / 응해요 / 응한다 / 응하는
응하다 [응하다] 【應-】 順應/響應/答應	상대편의 요구에 응하다. 答應對方的要求。
1405 ★★ 動	이동합니다 / 이동해요 / 이동한다 / 이동하는
이동하다 [이동하다] 【移動-】 移動/調動	부대는 전투 지역으로 이동했다. 部隊移動到戰鬥區域了。
1406 ★★★ 形	이상합니다 / 이상해요 / 이상하다 / 이상한
이상하다 [이상하다] 【異常-】 異常/不平常/不對勁	뭔지 좀 이상해요. 有點不太對勁。
1407 ★★★ 動	이용합니다 / 이용해요 / 이용한다 / 이용하는
이용하다 [이용하다] 【利用-】 利用	가지고 있는 것을 이용하다. 利用現有的東西。
1408 ★★★ 動	인정합니다 / 인정해요 / 인정한다 / 인정하는
인정하다 [인정하다] 【認定-】 認定/承認	선선히 자기 잘못을 인정하다. 爽快地承認自己的錯誤。

1409 ★★★	形	일정합니다 / 일정해요 / 일정하다 / 일정한
일정하다 [일쩡하다] 【一定-】 一定		그 사람은 일정한 직업이 없어요. 那個人沒有一定的職業。
1410 ★	動	임명합니다 / 임명해요 / 임명한다 / 임명하는
임명하다 [임명하다] 【任命-】 任命/委任		그는 그 임무를 수행하도록 나를 임명했다. 他任命我執行那個任務。
1411 ★	動	입증합니다 / 입증해요 / 입증한다 / 입증하는
입증하다 [입쯩하다] 【立證-】 舉證/論證/證實		약의 효능을 입증하다. 證實藥的效能。
1412 ★★	動	자랑합니다 / 자랑해요 / 자랑한다 / 자랑하는
자랑하다 [자랑하다] 自豪/誇耀/炫耀		그녀는 자기의 요리 솜씨를 자랑한다. 她誇耀自己的烹調手藝。
1413 ★★	動	작성합니다 / 작성해요 / 작성한다 / 작성하는
작성하다 [작썽하다] 【作成-】 制作/制訂/擬訂		해야할 일의 목록을 작성하다. 擬訂待辦事項的目錄。
1414 ★★★	動	작용합니다 / 작용해요 / 작용한다 / 작용하는
작용하다 [자공하다] 【作用-】 作用/起作用		이 경우에 있어 시장의 힘은 작용하지 않는다. 處於這樣的情形，市場的力量起不了作用。
1415 ★	動	저항합니다 / 저항해요 / 저항한다 / 저항하는
저항하다 [저항하다] 【抵抗-】 抵抗/抗拒		제 아무리 저항해도 소용 없다. 我不管怎樣抵抗都沒用。

1416 ★★ 形 **적당합니다 / 적당해요 / 적당하다 / 적당한**

적당하다
[적땅하다]
【適當-】
適當/合適/恰當

그가 제안한 가격은 적당하다.
他提案的價格很適當。

1417 ★★ 動 **적용합니다 / 적용해요 / 적용한다 / 적용하는**

적용하다
[저공하다]
【適用-】
適用

이 방법은 모든 상황에 적용할 수는 없습니다.
這個方法無法適用於所有的狀況。

1418 ★ 動 **적응합니다 / 적응해요 / 적응한다 / 적응하는**

적응하다
[저긍하다]
【適應-】
適應/順應

나는 어떤 상황에도 적응할 수 있다.
無論什麼樣的狀況，我都能適應。

1419 ★ 動 **전공합니다 / 전공해요 / 전공한다 / 전공하는**

전공하다
[전공하다]
【專攻-】
專攻/主修

대학에서 역사를 전공하다.
在大學主修歷史。

1420 ★ 動 **전망합니다 / 전망해요 / 전망한다 / 전망하는**

전망하다
[전망하다]
【展望-】
展望/預估

앞으로의 상황을 어떻게 전망하세요?
你怎麼預估今後的狀況？

1421 ★★ 形 **정당합니다 / 정당해요 / 정당하다 / 정당한**

정당하다
[정당하다]
【正當-】
正當

정당한 권리를 요구하다.
要求正當的權力。

1422 ★★★ 動 **정합니다 / 정해요 / 정한다 / 정하는**

정하다
[정하다]
【定-】
定/決定/規定/指定

출발 날짜를 정하다.
決定出發日期。

1423 ★★★	動	제공합니다 / 제공해요 / 제공한다 / 제공하는
제공하다 [제공하다] 【提供-】 提供/供應		건강 상품 한 세트를 제공하다. 提供一組健康商品。
1424 ★	**動**	**제정합니다 / 제정해요 / 제정한다 / 제정하는**
제정하다 [제정하다] 【制定-】 制定/制訂		정부는 새로운 교통법규를 제정했다. 政府制訂新的交通法規。
1425 ★	**動**	**조성합니다 / 조성해요 / 조성한다 / 조성하는**
조성하다 [조성하다] 【造成-】 造成/釀成		그 부드러운 불빛은 편안한 분위기를 조성했다. 那柔和的燈光造成舒適的氣氛。
1426 ★★	**形**	**조용합니다 / 조용해요 / 조용하다 / 조용한**
조용하다 [조용하다] 安靜/恬靜/清靜 平靜/文靜/嫻靜		겉보기에는 조용해 보이지만 그는 사실 말하는 것을 좋아한다. 雖然外表看起來很文靜，他其實很喜歡説話。
1427 ★	**動**	**조장합니다 / 조장해요 / 조장한다 / 조장하는**
조장하다 [조장하다] 【助長-】 助長		소비자들이 더 많이 구입하도록 조장하다. 助長消費者購買更多。
1428 ★	**動**	**조정합니다 / 조정해요 / 조정한다 / 조정하는**
조정하다 [조정하다] 【調整-】 調整/調節		제품 가격을 조정하다. 調整產品價格。
1429 ★	**動**	**존경합니다 / 존경해요 / 존경한다 / 존경하는**
존경하다 [존경하다] 【尊敬-】 尊敬/敬重		그를 존경하는 사람이 많았다. 尊敬他的人很多。

1430 ★★	動	존중합니다 / 존중해요 / 존중한다 / 존중하는
존중하다 [존중하다] 【尊重-】 尊重		현장에 있는 교사들의 소리를 존중하다. 尊重在現場的教師們的聲音。
1431 ★★	形	죄송합니다 / 죄송해요 / 죄송하다 / 죄송한
죄송하다 [죄송하다] 【罪悚-】 抱歉/過意不去		며칠 전에 정말 죄송했습니다. 前幾天真的很抱歉。
1432 ★★★	動	주장합니다 / 주장해요 / 주장한다 / 주장하는
주장하다 [주장하다] 【主張-】 主張/聲稱		자기의 무죄를 주장하다. 主張自己無罪。
1433 ★★	動	증명합니다 / 증명해요 / 증명한다 / 증명하는
증명하다 [증명하다] 【證明-】 證明/證實		시간이 모든 것을 증명할 수 있어요. 時間能夠證明一切。
1434 ★	動	지정합니다 / 지정해요 / 지정한다 / 지정하는
지정하다 [지정하다] 【指定-】 指定		날짜와 장소를 지정하다. 指定日期和場所。
1435 ★	動	지향합니다 / 지향해요 / 지향한다 / 지향하는
지향하다 [지향하다] 【志向-】 志向/致力/意欲		우리 회사는 항상 무결점 주의를 지향한다. 我們公司總是致力無缺點主義。
1436 ★★★	形	진정합니다 / 진정해요 / 진정하다 / 진정한
진정하다 [진정하다] 【真正-】 真正		진정한 자유를 얻고 싶다. 想要獲得真正的自由。

1437 ★★	動	진행합니다 / 진행해요 / 진행한다 / 진행하는
진행하다 [지냉하다] 【進行-】 進行/舉行		스케줄대로 일을 진행하다. 按照計劃表，進行工作。
1438 ★★	**動**	**청합니다 / 청해요 / 청한다 / 청하는**
청하다 [청하다] 【請-】 請/請求/邀請		큰 소리로 도움을 청하다. 大聲請求幫忙。
1439 ★	**動**	**초청합니다 / 초청해요 / 초청한다 / 초청하는**
초청하다 [초청하다] 【招請-】 邀請		외국의 원수를 한국에 초청하다. 邀請外國的元首到韓國。
1440 ★★	**動**	**측정합니다 / 측정해요 / 측정한다 / 측정하는**
측정하다 [측쩡하다] 【測定-】 測定		여행객을 대상으로 체온을 측정하다. 以旅客為對象測定體溫。
1441 ★	**形**	**타당합니다 / 타당해요 / 타당하다 / 타당한**
타당하다 [타당하다] 【妥當-】 妥當/穩當/恰當		네가 그렇게 하는 것은 타당하다. 你那麼做是恰當的。
1442 ★★	**動**	**탄생합니다 / 탄생해요 / 탄생한다 / 탄생하는**
탄생하다 [탄생하다] 【誕生-】 誕生		록 음악은 1950년대에 탄생했다. 搖滾樂誕生於1950年代。
1443 ★★★	**動**	**통합니다 / 통해요 / 통한다 / 통하는**
통하다 [통하다] 【通-】通/通向 通往/通達/通曉		말을 안 해도 마음이 통해요. 心有靈犀一點通。

1444 ★★ 形	투명합니다 / 투명해요 / 투명하다 / 투명한
투명하다 [투명하다] 【透明-】 透明	나는 투명한 꽃병이 필요하다. 我需要透明的花瓶。
1445 ★★ 形	**특정합니다 / 특정해요 / 특정하다 / 특정한**
특정하다 [특쩡하다] 【特定-】 特定	그것은 특정한 한 나라뿐만 아니라 전 세계가 직면하고 있는 문제이다. 這不是特定的一國，而是全世界要面對的問題。
1446 ★★★ 動	**해당합니다 / 해당해요 / 해당한다 / 해당하는**
해당하다 [해당하다] 【該當-】 相當/相等/等於	그 표현에 해당하는 적절한 영어는 없다. 沒有相當於那種表達，適當的英語。
1447 ★★ 動	**해명합니다 / 해명해요 / 해명한다 / 해명하는**
해명하다 [해명하다] 【解明-】 解釋/闡明/搞清楚	제발 해명할 기회를 주세요. 千萬要給我解釋的機會。
1448 ★ 動	**행합니다 / 행해요 / 행한다 / 행하는**
행하다 [행하다] 【行-】 進行/舉行/實行	말은 쉬워도 행하기는 어렵다. 說起來簡單，做起來困難。
1449 ★★ 動	**행동합니다 / 행동해요 / 행동한다 / 행동하는**
행동하다 [행동하다] 【行動-】 行動	본부의 지령에 따라 행동하다. 遵從本部的指令行動。
1450 ★★★ 動	**향합니다 / 향해요 / 향한다 / 향하는**
향하다 [향하다] 【向-】 向/面對/朝向	나는 한 여자가 나를 향해 다가오는 것을 보았다. 我看見一位女生向我靠近過來。

1451 ★★ 動
허용합니다 / 허용해요 / 허용한다 / 허용하는

허용하다
[허용하다]
【許容-】
容許/允許/准許

그 나라는 안락사를 제한적으로 허용하고 있다.
那個國家有限制地，准許安樂死。

1452 ★★★ 動
형성합니다 / 형성해요 / 형성한다 / 형성하는

형성하다
[형성하다]
【形成-】
形成

좋은 습관을 형성하다.
形成好的習慣。

1453 ★ 動
확정합니다 / 확정해요 / 확정한다 / 확정하는

확정하다
[확쩡하다]
【確定-】
確定/敲定

이메일로 주문을 확정해 주시기 바랍니다.
請讓我用電子郵件確定訂單。

1454 ★★ 動
활동합니다 / 활동해요 / 활동한다 / 활동하는

활동하다
[활똥하다]
【活動-】
活動

그 가수는 유럽을 중심으로 활동하고 있다.
那位歌手以歐洲為中心活動著。

1455 ★★★ 動
활용합니다 / 활용해요 / 활용한다 / 활용하는

활용하다
[화룡하다]
【活用-】
活用

유용한 모든 자원을 활용하다.
活用所有有用的資源。

1456 ★★★ 形
훌륭합니다 / 훌륭해요 / 훌륭하다 / 훌륭한

훌륭하다
[훌륭하다]
出色/出眾/傑出
了不起/優秀/卓越

그녀의 피아노 연주는 훌륭했다.
她的鋼琴演奏很出色。

1457 ★ 動
희생합니다 / 희생해요 / 희생한다 / 희생하는

희생하다
[히생하다]
【犧牲-】
犧牲/捐軀

다수를 위해 소수를 희생하다.
為了多數，犧牲少數。

ㅌ하다

1458 ★ 形	숱합니다 / 숱해요 / 숱하다 / 숱한
숱하다 [수타다] 很多/好多/許多	이 드라마는 숱한 화제를 불러 일으켰다. 這個連續劇喚起許多話題。

ㅏ하다

1459 ★★ 動	가합니다 / 가해요 / 가한다 / 가하는
가하다 [가하다] 【加-】 加/加以/施加	미국이 중국에게 시장을 개방하라고 압력을 가하다. 美國對中國施加壓力，要求開放市場。
1460 ★★ 形	**감사합니다 / 감사해요 / 감사하다 / 감사한**
감사하다 [감사하다] 【感謝-】 感謝/感激	제 잘못을 지적해 주셔서 감사합니다. 感謝你指出我的錯誤。
1461 ★ 動	**감사합니다 / 감사해요 / 감사한다 / 감사하는**
감사하다 [감사하다] 【感謝-】 感謝/感激	우리는 감사할 것이 너무나 많다. 我們要感謝的事情太多了。
1462 ★★★ 動	**다합니다 / 다해요 / 다한다 / 다하는**
다하다 [다하다] 結束/完結/完成 竭盡/用盡/極力	이 젊은이는 일을 할 때 전력을 다한다. 這年輕人工作的時候竭盡全力。
1463 ★★ 動	**묘사합니다 / 묘사해요 / 묘사한다 / 묘사하는**
묘사하다 [묘사하다] 【描寫-】 描寫/描摹/描述	그 소설은 사회 최하층의 삶을 사실적으로 묘사하고 있다. 那本小說寫真地描寫社會最底層的生活。

1464 ★★ 動 시사합니다 / 시사해요 / 시사한다 / 시사하는

시사하다
[시사하다]
【示唆-】
暗示/默示/示意

그가 시사하려는 게 무엇이니?
他想要暗示的東西是什麼？

1465 ★ 動 식사합니다 / 식사해요 / 식사한다 / 식사하는

식사하다
[식싸하다]
【食事-】
用餐/吃飯

오늘 저녁에 같이 식사하러 가시겠어요?
今晚要一起去吃飯嗎？

1466 ★ 形 우아합니다 / 우아해요 / 우아하다 / 우아한

우아하다
[우아하다]
【優雅-】
優雅

그녀는 몸가짐이 아주 우아해요.
她舉止很優雅。

1467 ★★ 形 유사합니다 / 유사해요 / 유사하다 / 유사한

유사하다
[유사하다]
【類似-】
類似/相似

이 두 사건은 성질이 유사하다.
這兩個事件性質類似。

1468 ★ 動 인사합니다 / 인사해요 / 인사한다 / 인사하는

인사하다
[인사하다]
【人事-】
問候/寒暄/打招呼

하나하나 인사하다.
逐一地打招呼。

1469 ★ 形 조그마합니다 / 조그마해요 / 조그마하다 / 조그마한

조그마하다
[조그마하다]
小/微小

그 회사는 처음에는 조그마했다.
那間公司剛開始的時候很小間。

1470 ★★★ 動 조사합니다 / 조사해요 / 조사한다 / 조사하는

조사하다
[조사하다]
【調查-】
調查/勘查

사건의 배경을 일일이 조사하다.
逐一調查事件的背景。

1471 ★	動	종사합니다 / 종사해요 / 종사한다 / 종사하는
종사하다 [종사하다] 【從事-】 從事		그는 서비스업에 종사한다. 他從事服務業。
1472 ★★★	動	**좋아합니다 / 좋아해요 / 좋아한다 / 좋아하는**
좋아하다 [조아하다] 喜歡/喜愛/高興		무슨 운동을 좋아해요? 你喜歡什麼運動？
1473 ★★★	動	**증가합니다 / 증가해요 / 증가한다 / 증가하는**
증가하다 [증가하다] 【增加-】 增加/增添		이 지역의 범죄 발생율이 증가하고 있다. 這地區的犯罪率正在增加。
1474 ★★	動	**참가합니다 / 참가해요 / 참가한다 / 참가하는**
참가하다 [참가하다] 【参加-】 参加/参與/加入		수영 대회에 참가하다. 参加游泳大會。
1475 ★	動	**축하합니다 / 축하해요 / 축하한다 / 축하하는**
축하하다 [추카하다] 【祝賀-】 祝賀/慶賀/慶祝		엄마가 된 걸 축하해요. 祝賀你成為母親。
1476 ★	動	**투자합니다 / 투자해요 / 투자한다 / 투자하는**
투자하다 [투자하다] 【投資-】 投資		부동산에 큰 돈을 투자하다. 投資大筆金錢在不動產。
1477 ★★★	動	**평가합니다 / 평가해요 / 평가한다 / 평가하는**
평가하다 [평까하다] 【評價-】 評價/評估		상사는 너의 일을 높게 평가한다. 上司對你的工作評價很高。

1478 ★★	動	행사합니다 / 행사해요 / 행사한다 / 행사하는
행사하다 [행사하다] 【行使-】 行使		막후에서 영향력을 행사하다. 在幕後行使影響力。

ㅐ하다

1479 ★★★	形	거대합니다 / 거대해요 / 거대하다 / 거대한
거대하다 [거대하다] 【巨大-】 巨大/龐大/宏大		두 은행은 합병을 거쳐 하나의 거대한 기업으로 통합되었다. 經歷兩家銀行合併，被統合為一家巨大的企業。
1480 ★★	**動**	**공개합니다 / 공개해요 / 공개한다 / 공개하는**
공개하다 [공개하다] 【公開-】 公開		저희는 방송에서 사람들의 주소를 공개하지 않습니다. 我們不會在廣播當中公開人們的住址。
1481 ★★★	**動**	**기대합니다 / 기대해요 / 기대한다 / 기대하는**
기대하다 [기대하다] 【期待-】 期待/期望		난 그 사람들이 지원해 줄 거라고 별로 기대 안해. 我不那麼期待那些人提供的支援。
1482 ★★	**動**	**노래합니다 / 노래해요 / 노래한다 / 노래하는**
노래하다 [노래하다] 唱/唱歌/歌唱 歌詠/歌頌/謳歌		마음껏 즐겁게 노래하다. 盡情歡唱。
1483 ★★★	**動**	**대합니다 / 대해요 / 대한다 / 대하는**
대하다 [대하다] 【對-】 面對面/對待/對於		그의 아내를 대하는 태도가 나를 화나게 했다. 他對待太太的態度讓我生氣。

1484 ★	形	막대합니다 / 막대해요 / 막대하다 / 막대한
막대하다 [막때하다] 【莫大-】 莫大/巨大		태풍은 그 지역에 막대한 피해를 입혔다. 颱風使那個地區受到莫大的災害。
1485 ★★★	**動**	**반대합니다 / 반대해요 / 반대한다 / 반대하는**
반대하다 [반대하다] 【反對-】 反對		어떠한 무력 행사에도 반대하다. 反對任何武力行使。
1486 ★	**動**	**방해합니다 / 방해해요 / 방해한다 / 방해하는**
방해하다 [방해하다] 【妨害-】 妨害/妨礙		네가 방해하지 않았더라면 나는 벌써 성공했을 텐데. 要不是你礙手礙腳，我早就成功了。
1487 ★	**動**	**부패합니다 / 부패해요 / 부패한다 / 부패하는**
부패하다 [부패하다] 【腐敗-】 腐敗/腐爛/腐朽		여름에는 음식물이 부패하기 쉽다. 夏天的時候食物容易腐爛。
1488 ★★	**動**	**실패합니다 / 실패해요 / 실패한다 / 실패하는**
실패하다 [실패하다] 【失敗-】 失敗		너의 도움이 없었더라면 나는 실패했을 거야. 沒有你的幫忙，我一定失敗。
1489 ★★★	**動**	**소개합니다 / 소개해요 / 소개한다 / 소개하는**
소개하다 [소개하다] 【紹介-】 介紹/引見		내 주변엔 소개해 줄 만한 사람이 없어. 在我周圍沒有值得介紹給你的人。
1490 ★	**動**	**안내합니다 / 안내해요 / 안내한다 / 안내하는**
안내하다 [안내하다] 【案內-】 嚮導/引導/帶路		국립 박물관으로 가는 길로 안내해 주시겠어요? 你可以引導我去國立博物館的路嗎？

1491 ★★★ 形	위대합니다 / 위대해요 / 위대하다 / 위대한
위대하다 [위대하다] 【偉大-】 偉大	인생의 위대한 목표는 지식이 아니라 행동이다. 人生的偉大目標，不是知識而是行動。
1492 ★★★ 動	이해합니다 / 이해해요 / 이해한다 / 이해하는
이해하다 [이해하다] 【理解-】 理解/領會/明白	한국인의 심리를 이해하다. 理解韓國人的心理。
1493 ★ 動	재배합니다 / 재배해요 / 재배한다 / 재배하는
재배하다 [재배하다] 【栽培-】 栽培	그녀는 온갖 종류의 장미를 재배하고 있다. 她栽培所有種類的玫瑰。
1494 ★★ 動	전개합니다 / 전개해요 / 전개한다 / 전개하는
전개하다 [전개하다] 【展開-】 展開/開展	에너지 절약 운동을 전개하다. 展開節約能源運動。
1495 ★★★ 動	존재합니다 / 존재해요 / 존재한다 / 존재하는
존재하다 [존재하다] 【存在-】 存在/生存	물이 없다면 생물도 존재하지 못할 것이다. 沒有水的話，生物也無法生存。
1496 ★ 形	중대합니다 / 중대해요 / 중대하다 / 중대한
중대하다 [중대하다] 【重大-】 重大	이번 회의의 의의는 매우 중대하다. 這次會議的意義非常重大。
1497 ★★★ 動	지배합니다 / 지배해요 / 지배한다 / 지배하는
지배하다 [지배하다] 【支配-】 支配/主宰/統治	고대 로마는 유럽 대부분의 지역을 지배했다. 古代羅馬主宰歐洲大部分的區域。

1498 ★	動	초대합니다 / 초대해요 / 초대한다 / 초대하는
초대하다 [초대하다] 【招待-】 招待/接待/邀請		초대해 주셔서 감사합니다. 感謝你的招待。
1499 ★★	動	초래합니다 / 초래해요 / 초래한다 / 초래하는
초래하다 [초래하다] 【招來-】 招致/導致/造成		실업은 사회 불안을 초래한다. 失業導致社會不安。
1500 ★★	動	판매합니다 / 판매해요 / 판매한다 / 판매하는
판매하다 [판매하다] 【販賣-】 販賣/銷售/出售		가정용품은 2층에서 판매합니다. 家庭用品在形樓販賣。
1501 ★★	動	확대합니다 / 확대해요 / 확대한다 / 확대하는
확대하다 [확때하다] 【擴大-】 擴大/擴充/擴張		시장의 점유율을 확대하다. 擴大市場的占有率。

ㅓ하다

1502 ★★★	形	그러합니다 / 그러해요 / 그러하다 / 그러한
그러하다 [그러하다] 那樣		만일 그러한 일이 일어나면 우린 어떻게 하지? 萬一發生那樣的事情，我們怎麼辦？
1503 ★★★	形	이러합니다 / 이러해요 / 이러하다 / 이러한
이러하다 [이러하다] 這樣/如此		이러한 변화를 일으키려면 뭐가 필요할까? 如果想要引起這樣的變化，需要什麼東西？

1504 ★★★ 形

어떠합니다 / 어떠해요 / 어떠하다 / 어떠한

어떠하다
[어떠하다]
怎麼樣/什麼樣/如何

어떠한 조건이라도 접수하겠다.
什麼樣的條件我都接受。

1505 ★★ 動

근거합니다 / 근거해요 / 근거한다 / 근거하는

근거하다
[근거하다]
【根據-】
根據/依據

추론은 사실에 근거해야 한다.
推論必須根據事實。

1506 ★★ 動

기뻐합니다 / 기뻐해요 / 기뻐한다 / 기뻐하는

기뻐하다
[기뻐하다]
高興/歡喜/欣喜

상사는 내가 한 일에 대해 대단히 기뻐했다.
上司對我所做的工作非常高興。

1507 ★ 動

대처합니다 / 대처해요 / 대처한다 / 대처하는

대처하다
[대처하다]
【對處-】
對付/應付/對待

그는 어떠한 난국에도 대처할 수 있는 사람이다.
他是能夠應付任何困難局面的人。

1508 ★★★ 動

더합니다 / 더해요 / 더한다 / 더하는

더하다
[더하다]
加/增加/更加/加重

더위가 날이 갈수록 더한다.
暑氣日益增加。

1509 ★★ 動

싫어합니다 / 싫어해요 / 싫어한다 / 싫어하는

싫어하다
[시러하다]
討厭/厭惡/厭棄
嫌惡/嫌棄/不願

그는 화장이 짙은 여자를 싫어한다.
他討厭濃妝豔抹的女生。

1510 ★ 動

용서합니다 / 용서해요 / 용서한다 / 용서하는

용서하다
[용서하다]
【容恕-】
寬恕/饒恕/原諒

한번만 용서해 주세요.
你就原諒我一次吧。

1511 ★★ 動	제거합니다 / 제거해요 / 제거한다 / 제거하는
제거하다 [제거하다] 【除去-】 除去/清除/撤除	장애물을 제거하다. 清除障礙物。
1512 ★★ 動	**처합니다 / 처해요 / 처한다 / 처하는**
처하다 [처하다] 【處-】 處/處於/處罰	헌정의 위기에 처하다. 處於憲政的危機。
1513 ★★★ 形	**철저합니다 / 철저해요 / 철저하다 / 철저한**
철저하다 [철쩌하다] 【徹底-】 徹底/完全/詳盡	구조대는 그 지역에 대한 철저한 탐색을 실시했다. 救助隊實施對那個區域的徹底的探索。

ㅔ하다

1514 ★ 動	배제합니다 / 배제해요 / 배제한다 / 배제하는
배제하다 [배제하다] 【排除-】 排除/摒除	사장님은 합자 회사 설립 가능성을 배제했어요. 社長排除了設立合資公司的可能性。
1515 ★★ 形	**섬세합니다 / 섬세해요 / 섬세하다 / 섬세한**
섬세하다 [섬세하다] 【纖細-】 纖細/細膩/細緻	그녀는 모든 일을 섬세하게 처리한다. 她細膩地處理所有的事情。
1516 ★ 動	**억제합니다 / 억제해요 / 억제한다 / 억제하는**
억제하다 [억쩨하다] 【抑制-】 抑制/克制/壓制	담배를 피우고 싶은 욕망을 억제하다. 抑制想要吸煙的慾望。

1517 ★ 形	자세합니다 / 자세해요 / 자세하다 / 자세한
자세하다 [자세하다] 【仔細-】 仔細/詳細	자세한 것까지 말씀하실 필요는 없습니다. 不需要詳述。
1518 ★ 動	자제합니다 / 자제해요 / 자제한다 / 자제하는
자제하다 [자제하다] 【自制-】 自制/自持/克制	그는 감정을 자제하지 못한다. 他無法克制感情。
1519 ★ 動	통제합니다 / 통제해요 / 통제한다 / 통제하는
통제하다 [통제하다] 【統制-】 統制/管制/控制	이 건물은 방문객들의 출입을 통제합니다. 這棟建築物管制訪客們的出入。

ㅕ하다

1520 ★★★ 動	고려합니다 / 고려해요 / 고려한다 / 고려하는
고려하다 [고려하다] 【考慮-】 考慮/斟酌/思索	고려해야 할 몇 가지 사항들이 있다. 有幾件必須斟酌的事項。
1521 ★ 動	관여합니다 / 관여해요 / 관여한다 / 관여하는
관여하다 [과녀하다] 【關與-】 參與 / 參預 / 干預	그 일에 관여하고 싶지 않다. 不想參預那件事。
1522 ★★ 動	기여합니다 / 기여해요 / 기여한다 / 기여하는
기여하다 [기여하다] 【寄與-】 貢獻/奉獻/捐獻	기술의 개발이 수익창출에 기여했다. 技術的開發對創造收益有所貢獻。

1523 ★★ 動	부여합니다 / 부여해요 / 부여한다 / 부여하는
부여하다 [부여하다] 【附與-】 給予/授予	높은 가치를 부여하다. 給予高的價值。

1524 ★★ 動	우려합니다 / 우려해요 / 우려한다 / 우려하는
우려하다 [우려하다] 【憂慮-】 憂慮/擔憂/擔心	그는 아이들의 안전을 우려하고 있다. 他擔心孩子們的安全。

1525 ★★★ 動	참여합니다 / 참여해요 / 참여한다 / 참여하는
참여하다 [차며하다] 【參與-】 參與/參預/參加	많은 사람이 투표에 참여하지 않았습니다. 很多人沒有參與投票。

1526 ★★ 形	화려합니다 / 화려해요 / 화려하다 / 화려한
화려하다 [화려하다] 【華麗-】 華麗/富麗	이 호텔은 아주 화려하다. 這間飯店非常華麗。

ㅖ하다

1527 ★ 動	경계합니다 / 경계해요 / 경계한다 / 경계하는
경계하다 [경계하다] 【警戒-】 警戒/戒備/告誡	왜 그렇게 그 사람을 경계해요? 為什麼你對那個人那麼戒備？

ㅗ하다

1528 ★ 動	감소합니다 / 감소해요 / 감소한다 / 감소하는
감소하다 [감소하다] 【減少-】 減少	이번 달에는 매출이 감소한 것 같아 보여요. 看起來這個月的銷售似乎減少了。

1529 ★★★ 動 **강조합니다 / 강조해요 / 강조한다 / 강조하는**

강조하다
[강조하다]
【強調-】
強調

그 사건의 중요성을 강조할 가치가 있다.
有強調那個事件的重要性的價值。

1530 ★★★ 動 **검토합니다 / 검토해요 / 검토한다 / 검토하는**

검토하다
[검토하다]
【檢討-】
檢討

문제를 이모저모로 검토하다.
從各個方面檢討問題。

1531 ★ 動 **경고합니다 / 경고해요 / 경고한다 / 경고하는**

경고하다
[경고하다]
【警告-】
警告

대중에게 흡연의 위험성을 경고하다.
警告大眾吸煙的危險性。

1532 ★ 動 **기도합니다 / 기도해요 / 기도한다 / 기도하는**

기도하다
[기도하다]
【祈禱-】
祈禱/禱告

많은 사람이 신에게 기도한다.
很多人向神明祈禱。

1533 ★★ 動 **기초합니다 / 기초해요 / 기초한다 / 기초하는**

기초하다
[기초하다]
【基礎-】
基礎

그 소설은 역사적 사실에 기초하고 있다.
那本小說基於史實。

1534 ★ 形 **단호합니다 / 단호해요 / 단호하다 / 단호한**

단호하다
[다노하다]
【斷乎-】
斷然/決然/毅然

경찰은 단호한 조치를 취했다.
警察採取了斷然的措置。

1535 ★ 動 **도모합니다 / 도모해요 / 도모한다 / 도모하는**

도모하다
[도모하다]
【圖謀-】
圖謀/希圖/謀求

자기의 이익을 도모하다.
謀求自己的利益。

1536 ★★ 動 **보고합니다 / 보고해요 / 보고한다 / 보고하는**

보고하다
[보고하다]
【報告-】
報告/呈報

부장에게 업무 진척 상황을 보고하다.
向部長報告業務進展狀況。

1537 ★★★ 動 **보도합니다 / 보도해요 / 보도한다 / 보도하는**

보도하다
[보도하다]
【報道-】
報導

뉴스 특보가 그녀의 죽음을 보도했다.
新聞特報報導了她的死亡。

1538 ★★★ 動 **보호합니다 / 보호해요 / 보호한다 / 보호하는**

보호하다
[보호하다]
【保護-】
保護/庇護

기본적인 인권을 보호하다.
保護基本人權。

1539 ★★ 動 **분포합니다 / 분포해요 / 분포한다 / 분포하는**

분포하다
[분포하다]
【分布-】
分布

이 식물은 아시아 전역에 분포해 있다.
這種植物分布在亞洲全區域。

1540 ★ 形 **사소합니다 / 사소해요 / 사소하다 / 사소한**

사소하다
[사소하다]
【些少-】
些小/少許/瑣碎

오늘 아침에 어머니와 사소한 일로 말다툼을 했다.
今天早上和老媽為了一點小事吵架。

1541 ★ 動 **선호합니다 / 선호해요 / 선호한다 / 선호하는**

선호하다
[서노하다]
【選好-】
偏好/偏愛

젊은 여성들은 해외 브랜드를 선호해요.
年輕女性們偏好海外名牌。

1542 ★★ 動 **시도합니다 / 시도해요 / 시도한다 / 시도하는**

시도하다
[시도하다]
【試圖-】
試圖/企圖

경영진은 노조와의 대화를 시도했다.
經營層試圖和工會對話。

1543 ★★ 動	신고합니다 / 신고해요 / 신고한다 / 신고하는
신고하다 [신고하다] 【申告-】 申報/呈報/報案	지갑 도난당한 것을 신고하고 싶습니다. 我想報案錢包被偷。
1544 ★ 動	**양보합니다 / 양보해요 / 양보한다 / 양보하는**
양보하다 [양보하다] 【讓步-】 讓步/退讓	누구도 그녀에게 길을 양보하려고 하지 않았다. 誰也不打算讓路給她。
1545 ★ 動	**예고합니다 / 예고해요 / 예고한다 / 예고하는**
예고하다 [예고하다] 【豫告-】 預告	오늘날 환경 파괴는 세계의 종말을 예고하고 있습니다. 如今環境破壞正預告世界的終結。
1546 ★ 形	**위로합니다 / 위로해요 / 위로한다 / 위로하는**
위로하다 [위로하다] 【慰勞-】 慰勞/慰問/安慰	저를 위로하려고 하지 마세요. 請別想要安慰我。
1547 ★★ 動	**유도합니다 / 유도해요 / 유도한다 / 유도하는**
유도하다 [유도하다] 【誘導-】 誘導/引導/啟發	학생들의 자발적인 참여를 유도하다. 引導學生們自動自發的參與。
1548 ★★ 動	**주도합니다 / 주도해요 / 주도한다 / 주도하는**
주도하다 [주도하다] 【主導-】 主導	누가 이 쿠데타를 주도했습니까? 誰主導了這場政變？
1549 ★ 動	**지도합니다 / 지도해요 / 지도한다 / 지도하는**
지도하다 [지도하다] 【指導-】 指導/領導/輔導	많이 지도해 주시기를 부탁합니다. 請你多加指導。

1550 ★★ 動	창조합니다 / 창조해요 / 창조한다 / 창조하는
창조하다 [창조하다] 【創造-】 創造/創建	새로운 역사를 창조하다. 創造新的歷史。
1551 ★ 動	**청소합니다 / 청소해요 / 청소한다 / 청소하는**
청소하다 [청소하다] 【清掃-】 清掃/打掃/掃除	학교 내외를 깨끗이 청소하다. 把學校內外清掃乾淨。
1552 ★ 動	**취소합니다 / 취소해요 / 취소한다 / 취소하는**
취소하다 [취소하다] 【取消-】 取消/撤消/打消	그 책의 주문을 취소하다. 取消那本書的訂單。
1553 ★ 動	**토합니다 / 토해요 / 토한다 / 토하는**
토하다 [토하다] 【吐-】 吐/嘔吐/吐露	그는 술을 너무 많이 마셔서 밤새 토했다. 他喝太多酒，吐了一整晚。
1554 ★ 動	**해소합니다 / 해소해요 / 해소한다 / 해소하는**
해소하다 [해소하다] 【解消-】 消解/消釋/消除	그는 인터넷 검색을 통해서 의문점을 해소했다. 他通過網路檢索，消釋了疑點。
1555 ★ 動	**호소합니다 / 호소해요 / 호소한다 / 호소하는**
호소하다 [호소하다] 【呼訴-】 投訴/號召	후보자들은 유권자들에게 지지를 호소했다. 候選人對選民號召支持。
1556 ★ 形	**확고합니다 / 확고해요 / 확고하다 / 확고한**
확고하다 [확꼬하다] 【確固-】 堅定/牢固	그의 결심은 확고하다. 他的決心堅定。

1557 ★★★	動	확보합니다 / 확보해요 / 확보한다 / 확보하는
확보하다 [확뽀하다] 【確保-】 確保/保住		국회 다수 의석을 확보하다. 確保國會多數議席。

ㅘ하다

1558 ★	動	간과합니다 / 간과해요 / 간과한다 / 간과하는
간과하다 [간과하다] 【看過-】 漏掉/忽視		물가 상승은 간과할 수 없는 중대한 문제다. 物價上昇是不能忽視的重大問題。
1559 ★★★	動	강화합니다 / 강화해요 / 강화한다 / 강화하는
강화하다 [강화하다] 【強化-】 強化/增強		경계 태세를 강화하다. 強化警戒態勢。
1560 ★★★	動	변화합니다 / 변화해요 / 변화한다 / 변화하는
변화하다 [벼놔하다] 【變化-】 變化		초록색에서 갈색으로 변화하다. 草綠色變化為棕色。
1561 ★★★	形	불과합니다 / 불과해요 / 불과하다 / 불과한
불과하다 [불과하다] 【不過-】 不過是		그 사건은 앞으로 일어날 일들의 전조에 불과하다. 那個事件不過是今後將發生的事情的前兆。
1562 ★	動	소화합니다 / 소화해요 / 소화한다 / 소화하는
소화하다 [소화하다] 【消化-】 消化		이 책은 고등학생이 소화하기에는 너무 어렵다. 這本書高中生太難消化。

1563 ★ 動
전화합니다 / 전화해요 / 전화한다 / 전화하는

전화하다
[저놔하다]
【電話-】
打電話

공항에 도착하자마자 곧 전화할게요.
一到機場，就給你打電話。

1564 ★★ 動
통과합니다 / 통과해요 / 통과한다 / 통과하는

통과하다
[통과하다]
【通過-】
通過/經過

입학 시험의 관문을 통과하다.
通過入學考試的關門。

ㅙ하다

1565 ★ 形
상쾌합니다 / 상쾌해요 / 상쾌하다 / 상쾌한

상쾌하다
[상쾌하다]
【爽快-】
爽快/暢快

목욕을 하고 났더니 기분이 매우 상쾌하다.
沐浴完之後，心情非常爽快。

ㅚ하다

1566 ★ 動
개최합니다 / 개최해요 / 개최한다 / 개최하는

개최하다
[개최하다]
【開催-】
召開/舉辦/舉行

학술 대회를 개최하다.
召開學術大會。

1567 ★ 動
꾀합니다 / 꾀해요 / 꾀한다 / 꾀하는

꾀하다
[꾀하다]
謀劃/籌劃/策劃
圖謀/企圖

새 사업을 꾀하다.
策劃新事業。

1568 ★★★ 動
제외합니다 / 제외해요 / 제외한다 / 제외하는

제외하다
[제외하다]
【除外-】
除外/除掉/扣除

이 가격으로는 경비를 제외하면 이익이 거의 없습니다.
這個價格扣除經費幾乎沒有利益。

1569 ★★ 動 **파괴합니다 / 파괴해요 / 파괴한다 / 파괴하는**

파괴하다
[파괴하다]
【破壞-】
破壞/摧毀/損壞

지진은 삽시간에 온 도시를 파괴했다.
地震在一瞬間摧毀了整個都市。

1570 ★ 動 **후회합니다 / 후회해요 / 후회한다 / 후회하는**

후회하다
[후회하다]
【後悔-】
後悔/懊悔/反悔

제가 얼마나 후회했는지 모릅니다.
我不知道有多後悔。

ㅛ하다

1571 ★★ 動 **강요합니다 / 강요해요 / 강요한다 / 강요하는**

강요하다
[강요하다]
【強要-】
強求/強迫/硬要

자기 의견에 따르를 것을 아이에게 강요하다.
強迫孩子遵從自己的意見。

1572 ★★ 形 **고요합니다 / 고요해요 / 고요하다 / 고요한**

고요하다
[고요하다]
清靜/平靜/寂靜
寧靜/安靜/靜謐

소리 하나 없이 고요하다.
靜謐無聲。

1573 ★ 動 **대표합니다 / 대표해요 / 대표한다 / 대표하는**

대표하다
[대표하다]
【代表-】
代表

그녀는 그 회의에서 우리 위원회를 대표했다.
她在那場會議代表我們委員會。

1574 ★★★ 動 **발표합니다 / 발표해요 / 발표한다 / 발표하는**

발표하다
[발표하다]
【發表-】
發表/發布/宣布

그는 고등학교 때 시가를 몇 번 발표한 적이 있다.
他高中時代發表過幾次詩歌。

1575 ★ 形	묘합니다 / 묘해요 / 묘하다 / 묘한
묘하다 [묘하다] 【妙-】 妙/奇妙/美妙/巧妙	어젯밤에 묘한 꿈을 꾸었다. 昨晚夢見奇妙的夢。
1576 ★★★ 動	**비교합니다 / 비교해요 / 비교한다 / 비교하는**
비교하다 [비교하다] 【比較-】 比較/比擬/較量	남의 생활과 비교하지 말고 제 자신의 생활을 즐겨라. 不要比較別人的生活，而是要享受自己的生活。
1577 ★ 形	**주요합니다 / 주요해요 / 주요하다 / 주요한**
주요하다 [주요하다] 【主要-】 主要/重要/首要	그가 가는 주요한 이유는 그녀를 만나기 위함이었다. 他去的主要理由是為了見她。
1578 ★★★ 形	**중요합니다 / 중요해요 / 중요하다 / 중요한**
중요하다 [중요하다] 【重要-】 重要/要緊/緊要	나는 항상 중요할 때 망설여요. 我時常在緊要的時刻就會猶豫不決。
1579 ★★ 動	**치료합니다 / 치료해요 / 치료한다 / 치료하는**
치료하다 [치료하다] 【治療-】 治療/醫療/醫治	이런 병은 금방 치료할 수 있대요. 這種病馬上就能醫治。
1580 ★★★ 形	**필요합니다 / 필요해요 / 필요하다 / 필요한**
필요하다 [피료하다] 【必要-】 必要/需要	우리는 접대비의 삭감이 필요하다. 我們對招待費的削減是必要的。

ㅜ하다

1581 ★★★	動	거부합니다 / 거부해요 / 거부한다 / 거부하는
거부하다 [거부하다] 【拒否-】 拒絕/否決/抵制		질문에 대한 답변을 거부하다. 拒絕對於質問的回答。
1582 ★	**動**	**고수합니다 / 고수해요 / 고수한다 / 고수하는**
고수하다 [고수하다] 【固守-】 固守/堅守/堅持		자기의 주장을 고수하다. 固守自己的主張。
1583 ★★★	**動**	**공부합니다 / 공부해요 / 공부한다 / 공부하는**
공부하다 [공부하다] 【工夫-】 學習/用功/讀書		많이 알기 위해서는 많이 공부해야 한다. 為了多了解，一定要多讀書。
1584 ★★★	**動**	**구합니다 / 구해요 / 구한다 / 구하는**
구하다 [구하다] 【求-】 求 / 尋求 / 要求 / 覓		좋은 좌석을 구했으면 좋겠어요. 如果能求得好的坐席就好了。
1585 ★★	**動**	**근무합니다 / 근무해요 / 근무한다 / 근무하는**
근무하다 [근무하다] 【勤務-】 值勤/值班/上班		군에 있을 때 어디서 근무하셨어요? 當兵的時候你在哪裡值勤？
1586 ★	**動**	**몰두합니다 / 몰두해요 / 몰두한다 / 몰두하는**
몰두하다 [몰뚜하다] 【沒頭-】 埋頭/熱中		그녀는 음악에 몰두하고 있다. 她熱中於音樂。

1587 ★★★ 動	불구합니다 / 불구해요 / 불구한다 / 불구하는
불구하다 [불구하다] 【不拘-】 不拘 / 不論 / 不管	그는 병중임에도 불구하고 회의에 참석했다. 他不管還在生病，參加了會議。
1588 ★★ 形	**순수합니다 / 순수해요 / 순수하다 / 순수한**
순수하다 [순수하다] 【純粹-】 純粹/純正/純潔	그녀는 매우 순수해 보인다. 她看起來非常純潔。
1589 ★★★ 動	**연구합니다 / 연구해요 / 연구한다 / 연구하는**
연구하다 [연구하다] 【研究-】 研究/探究/鑽研	청소년의 행동 양식을 연구하다. 研究青少年的行為模式。
1590 ★★★ 動	**요구합니다 / 요구해요 / 요구한다 / 요구하는**
요구하다 [요구하다] 【要求-】 要求/索取	일어난 파손에 대하여 보상을 요구하다. 對出現的破損要求補償。
1591 ★ 形	**우수합니다 / 우수해요 / 우수하다 / 우수한**
우수하다 [우수하다] 【優秀-】 優秀/優異	그녀는 우수한 성적으로 대학을 졸업했다. 她以優異的成績從大學畢業。
1592 ★ 動	**인수합니다 / 인수해요 / 인수한다 / 인수하는**
인수하다 [인수하다] 【引受-】 接收/接管/承接	그렇게 손쉽게 인수할 수는 없다. 沒辦法那麼輕易地接管。
1593 ★ 形	**지루합니다 / 지루해요 / 지루하다 / 지루한**
지루하다 [지루하다] 無聊/沒趣 厭煩/膩煩	정말 지루해요. 真無聊。

1594 ★ 動

착수합니다 / 착수해요 / 착수한다 / 착수하는

착수하다
[착쑤하다]
【着手-】
著手/動手/下手

그는 그 일에 착수하기를 망설였다.
他猶豫要不要對那件事動手。

1595 ★★ 動

촉구합니다 / 촉구해요 / 촉구한다 / 촉구하는

촉구하다
[촉꾸하다]
【促求-】
催促/敦促/促使

국민들이 투표에 참여하도록 촉구하는 광고입니다.
這是敦促國民要參與投票的廣告。

1596 ★★★ 動

추구합니다 / 추구해요 / 추구한다 / 추구하는

추구하다
[추구하다]
【追求-】
追求/謀求/尋求

밝은 앞날을 추구하다.
追求光明的未來。

1597 ★ 形

특수합니다 / 특수해요 / 특수하다 / 특수한

특수하다
[특쑤하다]
【特殊-】
特殊/特異

이 경우는 비교적 특수하다.
這個情形比較特殊。

1598 ★ 動

흡수합니다 / 흡수해요 / 흡수한다 / 흡수하는

흡수하다
[흡쑤하다]
【吸收-】
吸收/吸取/汲取

서양 문명을 흡수하다.
吸收西洋文明。

ㅝ하다

1599 ★ 動

두려워합니다 / 두려워해요 / 두려워한다 / 두려워하는

두려워하다
[두려워하다]
害怕/懼怕/畏懼
惶惑/擔心/擔憂

왜 그런 일 하는 걸 그렇게 두려워합니까?
為什麼你那麼害怕做那件事？

1600 ★	動	부러워합니다 / 부러워해요 / 부러워한다 / 부러워하는
부러워하다 [부러워하다] 羨慕/欣羨		대체로 빈자는 부자를 부러워한다. 大致上窮人都羨慕有錢人。

ㅟ하다

1601 ★	形	광범위합니다 / 광범위해요 / 광범위하다 / 광범위한
광범위하다 [광버위하다] 【廣範圍-】 廣泛/廣大/廣博		그가 사용하는 자료는 광범위하다. 他使用的資料很廣泛。
1602 ★★	形	귀합니다 / 귀해요 / 귀하다 / 귀한
귀하다 [귀하다] 【貴-】 高貴/寶貴/可貴		쓸데 없는 일 때문에 귀한 것을 잃는다. 為了無用的事，失去可貴的東西。
1603 ★★★	動	발휘합니다 / 발휘해요 / 발휘한다 / 발휘하는
발휘하다 [바뤄하다] 【發揮-】 發揮/發揚/施展		저마다 실력을 발휘하다. 發揮各自的實力。
1604 ★	動	섭취합니다 / 섭취해요 / 섭취한다 / 섭취하는
섭취하다 [섭취하다] 【攝取-】 攝取		수분을 많이 섭취하다. 大量攝取水分。
1605 ★★★	動	위합니다 / 위해요 / 위한다 / 위하는
위하다 [위하다] 【為-】 為/為了/疼惜		사람은 살기 위해 먹는 것이지 먹기 위해 사는 것은 아니에요. 人是為了生存而吃，不是為了吃而活著。

1606 ★★★ 動 **취합니다 / 취해요 / 취한다 / 취하는**

취하다
[취하다]
【取-】
取/取用/採取/採用

우리는 단지 1%의 수수료만 취한다.
我們只取1%的手續費。

1607 ★★ 動 **취합니다 / 취해요 / 취한다 / 취하는**

취하다
[취하다]
【醉-】
醉/沉醉/陶醉

남편은 잔뜩 취해서 집에 돌아왔다.
丈夫酩酊大醉回到家。

ㅠ하다

1608 ★ 形 **고유합니다 / 고유해요 / 고유하다 / 고유한**

고유하다
[고유하다]
【固有-】
固有/原有/特有

사람에게는 각각 고유한 재능이 있다.
人們有各自特有的才能。

1609 ★ 動 **공유합니다 / 공유해요 / 공유한다 / 공유하는**

공유하다
[공유하다]
【共有-】
共有/共享

이 사이트에서는 음악 파일을 공유할 수 없다.
這個網站不能共享音樂檔案。

1610 ★ 動 **보유합니다 / 보유해요 / 보유한다 / 보유하는**

보유하다
[보유하다]
【保有-】
保有/擁有

핵심 기술을 보유하다.
保有核心技術。

1611 ★ 動 **분류합니다 / 분류해요 / 분류한다 / 분류하는**

분류하다
[불류하다]
【分類-】
分類/分門別類

학생들의 성적을 9 등급으로 분류하다.
將學生們的成績分類為9等級。

1612 ★ 動 **소유합니다 / 소유해요 / 소유한다 / 소유하는**

소유하다
[소유하다]
【所有-】
所有/擁有

그는 해변에 아름다운 저택을 소유하고 있다.
他擁有位在海邊，美麗的宅第。

ㅡ하다

1613 ★ 形 **따스합니다 / 따스해요 / 따스하다 / 따스한**

따스하다
[따스하다]
溫暖/和暖/暖和

날씨가 따스하다.
天氣和暖。

ㅢ하다

1614 ★★ 動 **논의합니다 / 논의해요 / 논의한다 / 논의하는**

논의하다
[노니하다]
【論議-】
議論/評論/談論

몇 가지 중요한 사안에 대해 논의하다.
針對幾個重要的案件議論。

1615 ★ 動 **동의합니다 / 동의해요 / 동의한다 / 동의하는**

동의하다
[동이하다]
【同意-】
同意/贊同/答應

네가 그와 좋은 말로 의논하면 그는 동의할 것이다.
你和他好言談論，他會同意的。

1616 ★  **유의합니다 / 유의해요 / 유의한다 / 유의하는**

유의하다
[유이하다]
【留意-】
留意/留心/注意

건강에 각별히 유의하시기 바랍니다.
請特別注意健康。

1617 ★★★ 動 **의합니다 / 의해요 / 의한다 / 의하는**

의하다
[의하다]
【依-】
依/依據/根據

화재에 의한 피해가 크지는 않았다.
根據火災所造成的損失不大。

1618 ★ 動 **제의합니다 / 제의해요 / 제의한다 / 제의하는**

제의하다
[제이하다]
【提議-】
提議/建議/倡議

동창회 개최를 제의하다.
提議開同學會。

1619 ★★ 動 **주의합니다 / 주의해요 / 주의한다 / 주의하는**

주의하다
[주이하다]
【注意-】
注意/小心

앞으로 꼭 주의하겠습니다.
我以後一定會注意。

1620 ★★ 動 **합의합니다 / 합의해요 / 합의한다 / 합의하는**

합의하다
[하비하다]
【合意-】
合意/意見一致

우리가 합의한 항목을 다시 한번 확인해 봅시다.
我們再一次確認合意的項目吧。

ㅣ하다

1621 ★ 動 **같이합니다 / 같이해요 / 같이한다 / 같이하는**

같이하다
[가치하다]
一致/一起/共同

오늘 저녁 식사를 같이하는 것이 어떨까요?
今天晚上一起吃飯如何？

1622 ★★ 動 **과시합니다 / 과시해요 / 과시한다 / 과시하는**

과시하다
[과시하다]
【誇示-】
誇示/誇耀/炫耀

그는 결코 자신의 지식이나 경험을 과시하지 않았다.
他絕對沒有誇示自己的知識和經驗。

1623 ★★ 動 **관리합니다 / 관리해요 / 관리한다 / 관리하는**

관리하다
[괄리하다]
【管理-】
管理/治理

그의 비서가 그의 모든 스케줄을 관리한다.
他的秘書管理他全部的日程表。

1624 ★ 動 **금지합니다 / 금지해요 / 금지한다 / 금지하는**

금지하다
[금지하다]
【禁止-】
禁止

음주 운전을 금지하다.
禁止喝酒開車。

1625 ★ 動 **기피합니다 / 기피해요 / 기피한다 / 기피하는**

기피하다
[기피하다]
【忌避-】
避忌/忌諱/回避

최근에는 미혼 여성들이 결혼을 기피하는 경향이 있다.
最近未婚女性有回避結　的傾向。

1626 ★ 動 **달리합니다 / 달리해요 / 달리한다 / 달리하는**

달리하다
[달리하다]
不同/相異/變更

이 점에 관해서는 나는 의견을 달리합니다.
關於這一點，我的意見不同。

1627 ★ 動 **대기합니다 / 대기해요 / 대기한다 / 대기하는**

대기하다
[대기하다]
【待機-】
待機/待命/等候

별도의 명령이 있을 때까지 대기해라.
原地待命直到有另外的命令為止。

1628 ★★ 動 **대비합니다 / 대비해요 / 대비한다 / 대비하는**

대비하다
[대비하다]
【對備-】
預備/準備

만일의 상황에 대비하다.
做好準備，以防萬一。

1629 ★★ 動 **되풀이합니다 / 되풀이해요 / 되풀이한다 / 되풀이하는**

되풀이하다
[되푸리하다]
反復/重複/重演

어리석은 행동을 되풀이해서는 안 된다.
不可以重複愚蠢的舉動。

1630 ★★ 動 **맞이합니다 / 맞이해요 / 맞이한다 / 맞이하는**

맞이하다
[마지하다]
迎/迎接/迎娶/招贅

손님을 따뜻이 맞이하다.
熱情地迎接客人。

1631 ★ 形	무리합니다 / 무리해요 / 무리하다 / 무리한
무리하다 [무리하다] 【無理-】 無理/勉強/過度	너무 무리하지 마세요. 不要太勉強自己。
1632 ★★★ 動	**무시합니다 / 무시해요 / 무시한다 / 무시하는**
무시하다 [무시하다] 【無視-】 無視/漠視/忽視	그는 주위의 권고를 무시하고 무리하게 사업을 확장했다. 他無視周圍的勸告，過度地擴張事業。
1633 ★ 動	**방지합니다 / 방지해요 / 방지한다 / 방지하는**
방지하다 [방지하다] 【防止-】 防止/防範	어떻게 외화의 유출을 방지합니까? 如何防止外匯的流出？
1634 ★ 動	**분리합니다 / 분리해요 / 분리한다 / 분리하는**
분리하다 [불리하다] 【分離-】 分離/分隔/隔離	정치와 종교를 분리하다. 將政治和宗教分離。
1635 ★★ 形	**불가피합니다 / 불가피해요 / 불가피하다 / 불가피한**
불가피하다 [불가피하다] 【不可避-】 不可避免/難免	의사는 수술이 불가피하다고 설명했다. 醫生說明手術是不可避免的。
1636 ★ 形	**불리합니다 / 불리해요 / 불리하다 / 불리한**
불리하다 [불리하다] 【不利-】 不利	그 결정은 우리에게 불리했다. 那個決定對我們不利。
1637 ★★★ 動	**비합니다 / 비해요 / 비한다 / 비하는**
비하다 [비하다] 【比-】 比/比較	나는 전에 비해 지금은 훨씬 사교적입니다. 和以前比起來，我現在更善於社交。

1638 ★ 動	상기합니다 / 상기해요 / 상기한다 / 상기하는
상기하다 [상기하다] 【想起-】 想起	지난 일을 다시 상기하다. 再次想起過去的事情。
1639 ★★★ 動	**설치합니다 / 설치해요 / 설치한다 / 설치하는**
설치하다 [설치하다] 【設置-】 設置/裝置	우리는 각 병실에 소형 텔레비전을 설치하기로 결정했다. 我們決定在各個病房設置小型的電視。
1640 ★ 動	**승리합니다 / 승리해요 / 승리한다 / 승리하는**
승리하다 [승니하다] 【勝利-】 勝利/獲勝	그는 과거의 인기를 등에 업고 선거에서 승리했다. 他背負過去的人望，在選舉中獲勝了。
1641 ★★ 形	**신기합니다 / 신기해요 / 신기하다 / 신기한**
신기하다 [신기하다] 【神奇-】 神奇/奇妙/奇異	어린 아이들이 말을 배우는 과정은 너무나 신기하다. 小孩子學習語言的過程太神奇。
1642 ★ 形	**신기합니다 / 신기해요 / 신기하다 / 신기한**
신기하다 [신기하다] 【新奇-】 新奇/新穎/別致	그의 생각은 매우 신기하다. 他的想法非常新奇。
1643 ★★★ 動	**실시합니다 / 실시해요 / 실시한다 / 실시하는**
실시하다 [실씨하다] 【實施-】 實施/實行	외국인 근로자에게 무료 진료를 실시하다. 給外國勞工實施免費診療。
1644 ★★★ 動	**얘기합니다 / 얘기해요 / 얘기한다 / 얘기하는**
얘기하다 [얘기하다] 說/說話/談話 (이야기하다的略語)	방금 어디까지 얘기했어요? 剛剛說到哪裡了？

1645 ★ 動 **어찌합니다 / 어찌해요 / 어찌한다 / 어찌하는**

어찌하다
[어찌하다]
怎麼辦

너가 없으면 어찌할 바를 모르겠어.
如果沒有你，不知道怎麼辦才好。

1646 ★★ 動 **위치합니다 / 위치해요 / 위치한다 / 위치하는**

위치하다
[위치하다]
【位置-】
位於/處在

사무실이 아주 편리한 곳에 위치해 있어요.
辦公室位於很便利的地方。

1647 ★★ 形 **유리합니다 / 유리해요 / 유리하다 / 유리한**

유리하다
[유리하다]
【有利-】
有利

그는 우리보다 유리한 위치에 있다.
他比起我們處於有利的位置。

1648 ★★★ 動 **유지합니다 / 유지해요 / 유지한다 / 유지하는**

유지하다
[유지하다]
【維持-】
維持/保持/維繫

우리는 좋은 친구 관계를 유지해 왔다.
我們維持著好朋友關係。

1649 ★★★ 動 **의미합니다 / 의미해요 / 의미한다 / 의미하는**

의미하다
[의미하다]
【意味-】
意味

그녀의 말은 태도의 변화를 의미했다.
她的話意味著態度的變化。

1650 ★★ 動 **의지합니다 / 의지해요 / 의지한다 / 의지하는**

의지하다
[의지하다]
【依支-】
靠/依靠/依仗

나는 달리 의지할수 있는 사람이 없어요.
我沒有另外可以依靠的人。

1651 ★★★ 動 **이야기합니다 / 이야기해요 / 이야기한다 / 이야기하는**

이야기하다
[이야기하다]
說/說話/談話

책임자와 이야기하고 싶습니다.
想要和負責人說話。

1652 ★★ 動 **일치합니다 / 일치해요 / 일치한다 / 일치하는**

일치하다
[일치하다]
【一致-】
一致

이상과 현실은 결코 일치하지 않는다.
理想和現實絕對不會一致。

1653 ★★★ 動 **정리합니다 / 정리해요 / 정리한다 / 정리하는**

정리하다
[정니하다]
【整理-】
整理/收拾/整頓

자료를 체계적으로 정리하다.
有系統地整理資料。

1654 ★★★ 動 **제기합니다 / 제기해요 / 제기한다 / 제기하는**

제기하다
[제기하다]
【提起-】
提起/提出

그들은 어떤 슬로건을 제기했습니까?
他們提出了什麼口號？

1655 ★★★ 動 **제시합니다 / 제시해요 / 제시한다 / 제시하는**

제시하다
[제시하다]
【提示-】
提示/出示/指出

그들이 제시할 수 있는 가장 싼 가격은 얼마죠?
他們可以出示最便宜的價格是多少？

1656 ★★ 動 **지시합니다 / 지시해요 / 지시한다 / 지시하는**

지시하다
[지시하다]
【指示-】
指示/指使/指點

이 일을 하라고 누가 지시했나?
誰指示要做這件事？

1657 ★★★ 動 **준비합니다 / 준비해요 / 준비한다 / 준비하는**

준비하다
[준비하다]
【準備-】
準備/籌備/整備

특히 뭔가 준비해야 할 것은 없나요?
沒有什麼特別需要準備的東西嗎？

1658 ★ 動 **중시합니다 / 중시해요 / 중시한다 / 중시하는**

중시하다
[중시하다]
【重視-】
重視/器重/看重

현대 사회에는 외모를 중시하는 경향이 많다.
現代社會有過分重視外貌的傾向。

1659 ★ 動 **중요시합니다 / 중요시해요 / 중요시한다 / 중요시하는**

중요시하다
[중요시하다]
【重要視-】
重視/器重/看重

나는 우정을 무엇보다도 중요시한다.
比起任何事物，我更看重友情。

1660 ★ 動 **지지합니다 / 지지해요 / 지지한다 / 지지하는**

지지하다
[지지하다]
【支持-】
支持/贊助

내가 할 수 있는 한 너를 지지해 줄게.
只要我能做到的，我都會支持你。

1661 ★★ 形 **진지합니다 / 진지해요 / 진지하다 / 진지한**

진지하다
[진지하다]
【真摯-】
真摯/真誠/認真

네 질문은 내가 생각했던 것보다 더 진지하다.
你的提問比我想的還要認真。

1662 ★★★ 動 **차지합니다 / 차지해요 / 차지한다 / 차지하는**

차지하다
[차지하다]
占/占有/占據

반대하는 사람이 대다수를 차지하다.
反對的人占大多數。

1663 ★★★ 動 **처리합니다 / 처리해요 / 처리한다 / 처리하는**

처리하다
[처리하다]
【處理-】
處理/辦理/治理

하루바삐 잘 처리하시오.
請盡快處理。

1664 ★ 形 **특이합니다 / 특이해요 / 특이하다 / 특이한**

특이하다
[트기하다]
【特異-】
特異/特殊/特別

그 가게 이름은 특이해서 기억하기 쉽다.
那家店的名字特別，所以很好記。

1665 ★★ 形 **편리합니다 / 편리해요 / 편리하다 / 편리한**

편리하다
[펼리하다]
【便利-】
便利/方便

인터넷은 많은 정보를 공유할 수 있어서 편리하다.
網路能夠共享許多情報，所以很方便。

1666 ★★★	動	포기합니다 / 포기해요 / 포기한다 / 포기하는
포기하다 [포기하다] 【抛棄-】 拋棄/摒棄/放棄		나는 결코 포기하지 않을 거야. 我絕對不會放棄。

1667 ★	動	표시합니다 / 표시해요 / 표시한다 / 표시하는
표시하다 [표시하다] 【表示-】 表示/表達/標示		미소로써 승낙의 뜻을 표시하다. 用微笑表達承諾的意思。

1668 ★★★	動	피합니다 / 피해요 / 피한다 / 피하는
피하다 [피하다] 【避-】 避/閃避/回避/避免		나쁜 친구와의 교제를 피하다. 避免和壞朋友的交際。

1669 ★	形	희미합니다 / 희미해요 / 희미하다 / 희미한
희미하다 [히미하다] 【稀微-】 朦朧/模糊/微弱		그 사람에 대한 기억이 희미하다. 對那個人的記憶很模糊。

ㄱ되다

1670 ★★★	動	됩니다 / 돼요 / 된다 / 되는
되다 [되다] 變成/成為		나의 꿈은 선생님이 되는 것입니다. 我的夢想是成為老師。

1671 ★★★	動	계속됩니다 / 계속돼요 / 계속된다 / 계속되는
계속되다 [계속뙤다] 【繼續-】 繼續/被繼續		언제까지 이 불경기가 계속되는 걸까? 這次的不景氣會繼續到什麼時候？

1672 ★★ 動

구속됩니다 / 구속돼요 / 구속된다 / 구속되는

구속되다
[구속뙤다]
【拘束-】
被拘束/被拘留

그는 음주 운전으로 구속되었어.
他因為喝酒開車被拘留。

1673 ★ 動

기록됩니다 / 기록돼요 / 기록된다 / 기록되는

기록되다
[기록뙤다]
【記錄-】
被記錄/被記載

그 책에는 그녀의 아프리카 여행이 상세히 기록되어 있다.
她的非洲旅行詳細地被記載在那本書。

1674 ★ 動

반복됩니다 / 반복돼요 / 반복된다 / 반복되는

반복되다
[반복뙤다]
【反復-】
被反復

일기 예보의 반복된 실수로 신뢰를 잃게 되었다.
因為天氣預報的反復失誤失去了信賴。

1675 ★★★ 動

생각됩니다 / 생각돼요 / 생각된다 / 생각되는

생각되다
[생각뙤다]
想到/被想到

이 제안이 자네에겐 어떻게 생각되나?
這個提案如何被你想到？

1676 ★★★ 動

시작됩니다 / 시작돼요 / 시작된다 / 시작되는

시작되다
[시작뙤다]
【始作-】
開始

영화가 시작되기 전에 우리는 다른 영화의 예고편들을 보았다.
電影開始之前，我們看了其它電影的預告篇。

1677 ★ 動

왜곡됩니다 / 왜곡돼요 / 왜곡된다 / 왜곡되는

왜곡되다
[왜곡뙤다]
【歪曲-】
被歪曲

과거에는 언론이 왜곡된 보도로 국민을 오도하는 일이 비일비재했다.
過去一再有言論被歪曲的報道，以致誤導國民的事情。

1678 ★ 動

인식됩니다 / 인식돼요 / 인식된다 / 인식되는

인식되다
[인식뙤다]
【認識-】
被認識/被視為

일반적으로 뚱뚱하면 건강이 좋지 못하다는 증거로 인식된다.
通常如果肥胖的話，被視為是健康不好的證據。

1679 ★	動	제작됩니다 / 제작돼요 / 제작된다 / 제작되는
제작되다 [제작뙤다] 【製作-】 被製作/被製造		최초의 유성영화는 1906년에 제작되었다. 最初的有聲電影在1906年被製作。
1680 ★★	**動**	**주목됩니다 / 주목돼요 / 주목된다 / 주목되는**
주목되다 [주목뙤다] 【注目-】 被注目/被注意		사태의 귀추가 주목된다. 事態的結局引人注目。
1681 ★★	**動**	**지속됩니다 / 지속돼요 / 지속된다 / 지속되는**
지속되다 [지속뙤다] 【持續-】 持續/被持續		영국과 미국간의 긴밀한 동맹 관계가 지속될 것이다. 英國和美國的緊密的同盟關係將會持續著。
1682 ★★	**動**	**지적됩니다 / 지적돼요 / 지적된다 / 지적되는**
지적되다 [지적뙤다] 【指摘-】 被指摘/被指出		개선해야 할 문제점이 지적되다. 必須改善的問題點被指出來。
1683 ★	**動**	**채택됩니다 / 채택돼요 / 채택된다 / 채택되는**
채택되다 [채택뙤다] 【採擇-】 被採納		그 교과서는 몇몇 학교에서 채택되었다. 那本教科書被幾所學校採納了。
1684 ★	**動**	**파악됩니다 / 파악돼요 / 파악된다 / 파악되는**
파악되다 [파악뙤다] 【把握-】 被把握/被掌握		아직 이 부분에 대한 연구가 없어 정확한 수는 파악되지 않았다. 迄今還沒有這部分的研究，正確的數目沒有被掌握。
1685 ★	**動**	**회복됩니다 / 회복돼요 / 회복된다 / 회복되는**
회복되다 [회복뙤다] 【回復-】 回復/被回復		하루바삐 병이 회복되길 바란다. 願你早日康復。

ㄴ되다

1686 ★	動	개선됩니다 / 개선돼요 / 개선된다 / 개선되는
개선되다 [개선되다] 【改善-】 被改善		현행 교육제도는 개선되어야 한다. 現行教育制度必須被改善。
1687 ★	動	**거론됩니다 / 거론돼요 / 거론된다 / 거론되는**
거론되다 [거론되다] 【擧論-】 被提出來討論		재정 문제가 거론되기 시작하다. 財政問題開始被提出來討論。
1688 ★★★	動	**관련됩니다 / 관련돼요 / 관련된다 / 관련되는**
관련되다 [괄련되다] 【關聯-】 關聯/聯繫/關係		가치관과 종교는 밀접하게 관련되어 있다. 價值觀和宗教有密切的關聯。
1689 ★	動	**구분됩니다 / 구분돼요 / 구분된다 / 구분되는**
구분되다 [구분되다] 【區分-】 被區分/被劃分		고등학교는 문과와 이과로 구분되어 있다. 高中被區分為文科和理科。
1690 ★	動	**국한됩니다 / 국한돼요 / 국한된다 / 국한되는**
국한되다 [구칸되다] 【局限-】 被局限		전염병은 그 지역에만 국한되어 있다. 傳染病只有局限在那個區域。
1691 ★	動	**동원됩니다 / 동원돼요 / 동원된다 / 동원되는**
동원되다 [동원되다] 【動員-】 被動員/被發動		불법 집회를 막기 위해 경찰이 동원되었다. 為了阻止不法集會，警員被動員了。

1692 ★★	動	마련됩니다 / 마련돼요 / 마련된다 / 마련되는
마련되다 [마련되다] 被準備/被安排		예약하신 자리는 이쪽에 마련되어 있습니다. 你預約的座位被安排在這邊。
1693 ★★★	動	**발견됩니다 / 발견돼요 / 발견된다 / 발견되는**
발견되다 [발견되다] 【發見-】 發現/被發現		조사 결과 놀라운 사실이 발견되었어요. 調查結果驚人的事實被發現。
1694 ★	動	**발전됩니다 / 발전돼요 / 발전된다 / 발전되는**
발전되다 [발쩐되다] 【發展-】 發展		어떤 병이 요독증으로 발전됩니까? 什麼病會發展成尿毒症？
1695 ★★	動	**생산됩니다 / 생산돼요 / 생산된다 / 생산되는**
생산되다 [생산되다] 【生產-】 被生產		그것은 내년에 판매를 목적으로 생산될 겁니다. 那東西以明年販賣為目標被生產。
1696 ★	形	**세련됩니다 / 세련돼요 / 세련되다 / 세련된**
세련되다 [세련되다] 【洗練-】 洗練/凝練/老練		그의 소설은 문체가 독특하고 세련되었다. 他的小說文體獨特又洗練。
1697 ★	動	**실현됩니다 / 실현돼요 / 실현된다 / 실현되는**
실현되다 [시련되다] 【實現-】 實現/被實現		그의 꿈은 이미 실현되었다. 他的夢想已經實現了。
1698 ★★	動	**안됩니다 / 안돼요 / 안된다 / 안되는**
안되다 [안되다] 不行/不成/不濟		운동 시작한지 아직 일주일도 안됐어요. 開始運動還不到一個禮拜。

1699 ★★ 動

제한됩니다 / 제한돼요 / 제한된다 / 제한되는

제한되다
[제한되다]
【制限-】
被限制

모든 어린이용제품에 앞으로 유해물질 사용이 전면 제한된다.
針對所有小孩子用的產品今後有毒物質的使用全面被限制。

1700 ★ 動

중단됩니다 / 중단돼요 / 중단된다 / 중단되는

중단되다
[중단되다]
【中斷-】
中斷/被中斷

파업 때문에 생산이 중단되었다.
因為罷工的關係，生產被中斷了。

1701 ★★ 動

표현됩니다 / 표현돼요 / 표현된다 / 표현되는

표현되다
[표현되다]
【表現-】
被表現/被表達

너무 개괄적으로 표현되다.
被過於概括地表現。

1702 ★★ 動

확산됩니다 / 확산돼요 / 확산된다 / 확산되는

확산되다
[확싼되다]
【擴散-】
擴散

장마로 인한 피해가 전국적으로 확산되고 있다.
梅雨造成的損害正擴散到全國。

1703 ★★ 動

확인됩니다 / 확인돼요 / 확인된다 / 확인되는

확인되다
[화긴되다]
【確認-】
被確認

항공편 예약이 확인됐습니다.
機票預約被確認了。

ㄹ되다

1704 ★★ 動

개발됩니다 / 개발돼요 / 개발된다 / 개발되는

개발되다
[개발되다]
【開發-】
被開發

물론 언젠가는 에이즈의 치료법도 개발될 것이다.
當然終有一天愛滋病的治療法也會被開發出來。

1705 ★ 動	건설됩니다 / 건설돼요 / 건설된다 / 건설되는
건설되다 [건설되다] 【建設-】 被建設	그 다리는 1998년에 건설되었다. 那座橋在1998年被建設完成。

1706 ★ 動	구별됩니다 / 구별돼요 / 구별된다 / 구별되는
구별되다 [구별되다] 【區別-】 被區別	나무는 상록수와 낙엽수로 구별된다. 樹木被區別為常綠樹和落葉樹。

1707 ★ 動	발달됩니다 / 발달돼요 / 발달된다 / 발달되는
발달되다 [발딸되다] 【發達-】 發達/發展/興盛	그 도시는 먹거리 문화가 발달되어 있다. 那個都市飲食文化很發達。

1708 ★★ 動	연결됩니다 / 연결돼요 / 연결된다 / 연결되는
연결되다 [연결되다] 【連結-】 連結/被連結	어떻게 하면 외부선과 연결되나요? 怎麼辦才能和外線連結？

1709 ★★★ 動	잘됩니다 / 잘돼요 / 잘된다 / 잘되는
잘되다 [잘되다] 好了/成了/如願	이 계획이 잘될지 안 될지 아직 모르겠다. 這個計劃成不成還不知道。

1710 ★ 動	적발됩니다 / 적발돼요 / 적발된다 / 적발되는
적발되다 [적빨되다] 【摘發-】 被揭發	끈질긴 수사 끝에 용의자가 적발됐다. 堅持不懈的搜查結果，嫌疑犯被揭發了。

1711 ★★ 動	전달됩니다 / 전달돼요 / 전달된다 / 전달되는
전달되다 [전달되다] 【傳達-】 被傳達/被傳遞	그 자선 음악회의 수익금은 고아원에 전달됩니다. 那場慈善音樂會的收入將被傳遞給孤兒院。

1712 ★★ 動 **해결됩니다 / 해결돼요 / 해결된다 / 해결되는**

해결되다
[해결되다]
【解決-】
被解決

이 모든 것들은 때가 되면 다 해결될 것이다.
這所有的事情會隨著時間全部被解決。

ㅁ되다

1713 ★★ 動 **오염됩니다 / 오염돼요 / 오염된다 / 오염되는**

오염되다
[오염되다]
【汙染-】
被汙染

시골에서는 오염되지 않은 신선한 공기를 마실 수 있다.
在鄉下可以呼吸沒被汙染的新鮮空氣。

1714 ★ 形 **참됩니다 / 참돼요 / 참되다 / 참된**

참되다
[참되다]
真正/真實/忠實

그들은 예술에 대한 참된 이해는 없다.
他們對於藝術沒有真正的理解。

1715 ★★★ 動 **포함됩니다 / 포함돼요 / 포함된다 / 포함되는**

포함되다
[포함되다]
【包含-】
被包含

공공요금도 집세에 포함됩니까?
管理費也被包含在房租嗎？

ㅂ되다

1716 ★ 動 **도입됩니다 / 도입돼요 / 도입된다 / 도입되는**

도입되다
[도입뙤다]
【導入-】
被引進/被採用

연봉제는 90년대에 처음 도입되었다.
年薪制在90年代初次被引進。

1717 ★ 動 **보급됩니다 / 보급돼요 / 보급된다 / 보급되는**

보급되다
[보급뙤다]
【普及-】
普及

TV는 거의 모든 가정에 보급되어 있다.
電視幾乎普及到所有的家庭。

1718 ★★	動	성립됩니다 / 성립돼요 / 성립된다 / 성립되는
성립되다 [성닙뙤다] 【成立-】 成立		그 사람이 양보함으로써 거래가 성립될 수 있었습니다. 那個人採取讓步的手段，使交易得以成立。
1719 ★	動	편입됩니다 / 편입돼요 / 편입된다 / 편입되는
편입되다 [펴닙뙤다] 【編入-】 被編入		이 지역은 서울로 편입된 후 땅값이 크게 올랐다. 這個區域被編入首爾之後，地價大幅上漲。

ㅅ되다

1720 ★	動	그릇됩니다 / 그릇돼요 / 그릇된다 / 그릇되는
그릇되다 [그를뙤다] 錯誤/謬誤/誤謬		우리는 그릇된 정보를 갖고 있었다. 我們持有錯誤的情報。
1721 ★★	形	못됩니다 / 못돼요 / 못되다 / 못된
못되다 [몯뙤다] 壞/惡劣/不到/不足		자녀를 외국으로 유학 보낼 경제 형편이 못되다. 經濟情況不足以將子女送到國外留學。
1722 ★★	動	비롯됩니다 / 비롯돼요 / 비롯된다 / 비롯되는
비롯되다 [비롣뙤다] 出於/由來/發端		싸움은 작은 일에서 비롯된다. 吵架發端於小事。
1723 ★★★	動	잘못됩니다 / 잘못돼요 / 잘못된다 / 잘못되는
잘못되다 [잘몯뙤다] 錯誤/弄錯/出錯		그렇게까지 잘못되지는 않았겠지요? 不致錯得那麼離譜吧？

ㅇ되다

1724 ★ 動 **개방됩니다 / 개방돼요 / 개방된다 / 개방되는**

개방되다
[개방되다]
【開放-】
被開放

그 도서관은 일반인들에게 개방되어 있다.
那家圖書館對一般人開放。

1725  動 **결정됩니다 / 결정돼요 / 결정된다 / 결정되는**

결정되다
[결정되다]
【決定-】
決定/被決定

현재의 운명은 이미 자신에 의해 결정되지 않는다.
現在的命運，已經不是由自己決定。

1726  動 **고정됩니다 / 고정돼요 / 고정된다 / 고정되는**

고정되다
[고정되다]
【固定-】
固定/被固定

모든 사람들의 시선이 화면에 고정되었다.
所有人的視線固定在畫面。

1727  動 **구성됩니다 / 구성돼요 / 구성된다 / 구성되는**

구성되다
[구성되다]
【構成-】
構成/組成

우리 반은 40명으로 구성되어 있다.
我們班由40人所構成。

1728 ★ 動 **규정됩니다 / 규정돼요 / 규정된다 / 규정되는**

규정되다
[규정되다]
【規定-】
規定/被規定

대통령의 권력은 명확히 규정되어야 한다.
總統的權力必須被明確地規定。

1729 ★ 動 **보장됩니다 / 보장돼요 / 보장된다 / 보장되는**

보장되다
[보장되다]
【保障-】
被保障

집회와 결사의 자유는 법으로 보장되어 있다.
集會和結社的自由，被法律保障著。

1730 ★★★ 動 **사용됩니다 / 사용돼요 / 사용된다 / 사용되는**

사용되다
[사용되다]
【使用-】
被使用

라듐은 암 치료에 사용된다.
鐳被使用在癌症治療。

1731 ★ 動 **생성됩니다 / 생성돼요 / 생성된다 / 생성되는**

생성되다
[생성되다]
【生成-】
被生成/被產生

수소와 산소가 결합하면 물이 생성된다.
氫和氧結合，產生水。

1732 ★ 動 **설명됩니다 / 설명돼요 / 설명된다 / 설명되는**

설명되다
[설명되다]
【說明-】
說明/被說明

거기에 모든 것이 상세히 설명되어 있다.
在那裡所有的事情被詳細地說明。

1733 ★ 動 **시행됩니다 / 시행돼요 / 시행된다 / 시행되는**

시행되다
[시행되다]
【施行-】
被施行/被執行

이 정책은 빈곤층을 대상으로 시행될 예정이다.
這個政策預定以貧困階層為對象被執行。

1734 ★ 動 **안정됩니다 / 안정돼요 / 안정된다 / 안정되는**

안정되다
[안정되다]
【安定-】
安定/穩定

나는 안정된 직장이 있다.
我有安定的職業。

1735 ★ 動 **예상됩니다 / 예상돼요 / 예상된다 / 예상되는**

예상되다
[예상되다]
【豫想-】
被預想/被預料

내일은 강한 바람과 눈이 예상됩니다.
明天被預料會有強風和雪。

1736 ★ 動 **예정됩니다 / 예정돼요 / 예정된다 / 예정되는**

예정되다
[예정되다]
【豫定-】
被預定

그 워크샵은 다음 주 월요일로 예정되었다.
那場研討會被預定為下周星期一。

1737 ★	動	완성됩니다 / 완성돼요 / 완성된다 / 완성되는
완성되다 [완성되다] 【完成-】 完成		거의 완성되다. 差一點就完成了。

1738 ★	動	요청됩니다 / 요청돼요 / 요청된다 / 요청되는
요청되다 [요청되다] 【要請-】 被需要/被請求		전문적인 지식과 기술을 지닌 전문인력이 요청된다. 有專門知識和技術的專門人力是被需要的。

1739 ★	動	이용됩니다 / 이용돼요 / 이용된다 / 이용되는
이용되다 [이용되다] 【利用-】 被利用		화학약품이 인공 색소로 이용됩니다. 化學藥品被利用到人工色素。

1740 ★	動	인정됩니다 / 인정돼요 / 인정된다 / 인정되는
인정되다 [인정되다] 【認定-】 被認定		그의 업적이 마침내 인정되었다. 他的業績終於被認定。

1741 ★	動	임명됩니다 / 임명돼요 / 임명된다 / 임명되는
임명되다 [임명되다] 【任命-】 被任命		그는 교장으로 임명되었다. 他被任命為校長。

1742 ★	動	적용됩니다 / 적용돼요 / 적용된다 / 적용되는
적용되다 [저공되다] 【適用-】 被適用		언제부터 변경사항이 적용됩니까? 什麼時候開始，被適用變更事項？

1743 ★	動	전망됩니다 / 전망돼요 / 전망된다 / 전망되는
전망되다 [전망되다] 【展望-】 被展望		하반기 경제성장률이 3%에 이를 것으로 전망된다. 下半期經濟成長率被展望可以達到動%。

1744 ★	動	지정됩니다 / 지정돼요 / 지정된다 / 지정되는
지정되다 [지정되다] 【指定-】 被指定		주요 문화재로 지정되다. 被指定為主要文化財。
1745 ★	**動**	**진행됩니다 / 진행돼요 / 진행된다 / 진행되는**
진행되다 [지냉되다] 【進行-】 進行/被進行		모든 것이 계획대로 진행되다. 所有的事情都按照計劃進行。
1746 ★	**動**	**집중됩니다 / 집중돼요 / 집중된다 / 집중되는**
집중되다 [집쭝되다] 【集中-】 集中		권력이 너무나 소수의 사람에게 집중되어 있다. 權力集中在極少數人身上。
1747 ★	**動**	**추정됩니다 / 추정돼요 / 추정된다 / 추정되는**
추정되다 [추정되다] 【推定-】 被推斷/被推定		범인은 20대 후반의 남성으로 추정된다. 犯人被推定為20歲後半段的男性。
1748 ★	**動**	**한정됩니다 / 한정돼요 / 한정된다 / 한정되는**
한정되다 [한정되다] 【限定-】 被限定/被限制		발언 시간은 3분으로 한정되어 있다. 發言時間被限定為動分鐘。
1749 ★	**動**	**해당됩니다 / 해당돼요 / 해당된다 / 해당되는**
해당되다 [해당되다] 【該當-】 相當 / 等於		그 시험은 한국의 대학 수학능력시험에 해당된다. 那個考試相當於韓國的大學數學能力測驗。
1750 ★	**動**	**해방됩니다 / 해방돼요 / 해방된다 / 해방되는**
해방되다 [해방되다] 【解放-】 被解放		나는 마침내 스트레스에서 해방되었다. 我終於從壓力中被解放了。

1751 ★ 動 허용됩니다 / 허용돼요 / 허용된다 / 허용되는

허용되다
[허용되다]
【許容-】
被容許/被許可

건물 내에서는 흡연이 허용되지 않는다.
在建築物裡面吸煙不被容許。

1752 ★ 動 형성됩니다 / 형성돼요 / 형성된다 / 형성되는

형성되다
[형성되다]
【形成-】
被形成/被造成

태양풍은 지구로 불어오고 오로라가 형성된다.
太陽風吹向地球來，極光被造成。

1753 ★ 動 확정됩니다 / 확정돼요 / 확정된다 / 확정되는

확정되다
[확쩡되다]
【確定-】
確定/被確定

일정이 확정되면 알려 드릴게요.
日程確定的話，我會通知你。

ㅏ되다

1754 ★★ 動 평가됩니다 / 평가돼요 / 평가된다 / 평가되는

평가되다
[평까되다]
【評價-】
被評價

그녀는 유능한 교장으로서 높이 평가되고 있다.
她是有能力的校長，被高度評價。

ㅐ되다

1755 ★ 動 공개됩니다 / 공개돼요 / 공개된다 / 공개되는

공개되다
[공개되다]
【公開-】
被公開/開放

이 미술관은 무료로 공개되어 있다.
這間美術館免費開放參觀。

1756 ★ 動 기대됩니다 / 기대돼요 / 기대된다 / 기대되는

기대되다
[기대되다]
【期待-】
被期待

앞으로의 활약이 기대됩니다.
今後的活躍被期待著。

1757 ★★ 動	소개됩니다 / 소개돼요 / 소개된다 / 소개되는
소개되다 [소개되다] 【紹介-】 被介紹	그녀의 새로운 소설이 어제 신문에 소개되었다. 她的新小説昨天被報紙介紹了。

1758 ★★ 動	오래됩니다 / 오래돼요 / 오래된다 / 오래되는
오래되다 [오래되다] 古老/陳舊	그 그림은 보이는 것만큼 오래되지 않았다. 那幅畫沒有看起來那般的古老。

1759 ★ 動	이해됩니다 / 이해돼요 / 이해된다 / 이해되는
이해되다 [이해되다] 【理解-】 被理解	이 책의 내용은 초보자에게는 이해되기 어려울 것이다. 這本書的內容很難被初學者理解。

1760 ★★ 動	전개됩니다 / 전개돼요 / 전개된다 / 전개되는
전개되다 [전개되다] 【展開-】 展開/被展開	이야기는 뜻밖의 결말로 전개되어 갔다. 談話往意想不到的結局展開。

1761 ★★ 動	확대됩니다 / 확대돼요 / 확대된다 / 확대되는
확대되다 [확때되다] 【擴大-】 擴大/被擴大	여성의 고용 기회가 확대되었다. 女性的僱用機會擴大了。

ㅕ 되다

1762 ★ 動	우려됩니다 / 우려돼요 / 우려된다 / 우려되는
우려되다 [우려되다] 【憂慮-】 憂慮/可慮/擔憂	지하철 노조의 파업으로 교통 대란이 우려된다. 因為地鐵工會的罷工，擔憂交通大亂。

ㅖ되다

1763 ★★ 動 관계됩니다 / 관계돼요 / 관계된다 / 관계되는

관계되다
[관계되다]
【關係-】
關係/有關/相關

그 일에 관계된 사람은 모두 처벌받았다.

和那件事有關的人全部被處罰。

ㅗ되다

1764 ★ 動 보도됩니다 / 보도돼요 / 보도된다 / 보도되는

보도되다
[보도되다]
【報道-】
被報導

그 홍수는 처음 뉴스에서 보도된 것보다 훨씬 더 심각했다.

那個洪水，比起剛開始被新聞報導的情況更加嚴重了。

1765 ★ 動 보호됩니다 / 보호돼요 / 보호된다 / 보호되는

보호되다
[보호되다]
【保護-】
被保護

동물과 식물도 보호되어야 합니다.

動物和植物都應該被保護。

ㅘ되다

1766 ★ 動 강화됩니다 / 강화돼요 / 강화된다 / 강화되는

강화되다
[강화되다]
【強化-】
被強化

9 · 11 테러 이후 백악관 주위의 경비가 강화되었다.

911恐怖活動以後白宮周圍的警備被強化了。

1767 ★ 動 변화됩니다 / 변화돼요 / 변화된다 / 변화되는

변화되다
[벼놔되다]
【變化-】
變化

미국의 대중국 정책이 변화된 것으로 보인다.

美國的對中政策看起來有變化。

1768 ★	動	심화됩니다 / 심화돼요 / 심화된다 / 심화되는
심화되다 [시뫄되다] 【深化-】 深化		세대 간의 갈등이 점점 심화되고 있다. 世代之間的糾葛漸漸深化。
1769 ★	**動**	**악화됩니다 / 악화돼요 / 악화된다 / 악화되는**
악화되다 [아콰되다] 【惡化-】 惡化		정부의 개입으로 사태가 더욱 악화되었다. 因為政府的介入，事態更加惡化。
1770 ★	**動**	**조화됩니다 / 조화돼요 / 조화된다 / 조화되는**
조화되다 [조화되다] 【調和-】 調和/協調/協和		이 건물은 각 부분이 모두 전체와 조화되어 있다. 這棟建築物各個部分和全體都很調和。

ㅚ되다

1771 ★	動	소외됩니다 / 소외돼요 / 소외된다 / 소외되는
소외되다 [소외되다] 【疏外-】 被疏遠		그녀는 사회에서 소외된 사람들을 위해 봉사 활동을 하고 있다. 她為被社會所疏遠人們進行服務活動。
1772 ★	**動**	**제외됩니다 / 제외돼요 / 제외된다 / 제외되는**
제외되다 [제외되다] 【除外-】 被排除在外		일부 상품은 세일 대상에서 제외된다. 一部分商品被排除在減價銷售的對象之外。
1773 ★	**動**	**파괴됩니다 / 파괴돼요 / 파괴된다 / 파괴되는**
파괴되다 [파괴되다] 【破壞-】 被破壞		한번 파괴된 자연을 원상태로 되돌려 놓기는 어렵다. 要挽回一度被破壞的自然的原狀很困難。

ㅛ되다

1774 ★★ 動 **발표됩니다 / 발표돼요 / 발표된다 / 발표되는**

발표되다
[발표되다]
【發表-】
被發表/被公布

시험 결과는 언제 발표돼요?
考試結果什麼時候發表。

1775 ★ 動 **소요됩니다 / 소요돼요 / 소요된다 / 소요되는**

소요되다
[소요되다]
【所要-】
需要

서울에서 대전까지는 버스로 2시간 정도 소요된다.
從首爾到大田，搭乘巴士需要2個小時左右。

ㅜ되다

1776 ★★ 動 **요구됩니다 / 요구돼요 / 요구된다 / 요구되는**

요구되다
[요구되다]
【要求-】
被要求

이 위기에 대해 즉각적인 조처가 요구된다.
針對這個危機，被要求即刻的措施。

1777 ★ 動 **주됩니다 / 주돼요 / 주된다 / 주되는**

주되다
[주되다]
【主-】
主要

관광산업이 우리의 주된 수입원이다.
觀光產業是我們的主要收入來源。

ㅠ되다

1778 ★ 動 **분류됩니다 / 분류돼요 / 분류된다 / 분류되는**

분류되다
[불류되다]
【分類-】
被分類

모든 책들은 알파벳순으로 분류되어야 한다.
所有的書本必須按照字母順序被分類。

ㅢ되다

1779 ★ 動	논의됩니다 / 논의돼요 / 논의된다 / 논의되는
논의되다 [노니되다] 【論議-】 被議論	몇 가지 중요한 문제가 그 회의에서 논의되었다. 幾個重要的問題在那個會議被議論著。

ㅣ되다

1780 ★ 動	금지됩니다 / 금지돼요 / 금지된다 / 금지되는
금지되다 [금지되다] 【禁止-】 被禁止	병원 안에서 흡연은 금지되어 있다. 在醫院裡面吸煙被禁止。
1781 ★ 動	되풀이됩니다 / 되풀이돼요 / 되풀이된다 / 되풀이되는
되풀이되다 [되푸리되다] 被反復/被重複	똑같은 훈련이 되풀이되다. 完全相同的訓練被重複。
1782 ★★ 動	분리됩니다 / 분리돼요 / 분리된다 / 분리되는
분리되다 [불리되다] 【分離-】 分離/被分離	그 식당은 흡연석과 금연석으로 분리되어 있다. 那間餐廳，吸煙區和禁煙區被分離。
1783 ★★ 動	설치됩니다 / 설치돼요 / 설치된다 / 설치되는
설치되다 [설치되다] 【設置-】 被設置	침대 밑에 폭탄이 설치되어 있었다. 床底下被設置了炸彈。
1784 ★★★ 動	실시됩니다 / 실시돼요 / 실시된다 / 실시되는
실시되다 [실씨되다] 【實施-】 被實施	이 계획은 실시되지 않았다. 這個計劃沒有被實施。

1785 ★	動	유지됩니다 / 유지돼요 / 유지된다 / 유지되는
유지되다 [유지되다] 【維持-】 被維持		이 병원은 한 자선단체의 지원으로 유지된다. 這家醫院由一個慈善團體的支援而被維持著。
1786 ★★	動	**제기됩니다 / 제기돼요 / 제기된다 / 제기되는**
제기되다 [제기되다] 【提起-】 被提起		그 책에는 중요한 문제들이 제기되어 있다. 在那本書裡，重要的問題被提起。
1787 ★★	動	**제시됩니다 / 제시돼요 / 제시된다 / 제시되는**
제시되다 [제시되다] 【提示-】 被提示/被提出		그 회의에서 몇 가지 흥미로운 가설들이 제시되었다. 在那個會議有幾個有趣的假設被提出來。
1788 ★	動	**준비됩니다 / 준비돼요 / 준비된다 / 준비되는**
준비되다 [준비되다] 【準備-】 準備好/被準備		빠르고 쉽게 준비되는 요리가 뭐죠? 可以快又簡單地準備好的烹調是什麼？

索引

ㄴ

ㄷ

ㅁ

ㅂ

ㅅ

ㅇ

ㅊ

ㅋ

ㅌ

ㅍ

ㅎ

筆記本

筆記本

好・書・推・薦

搞定韓語旅行會話就靠這一本 (MP3)

作者：　陳慶德／鄒美蘭
出版日：2010 年 12 月 24 日
頁數：　192 頁
印刷：　全彩
定價：　249 元

作者簡介

陳慶德

台灣嘉義市人
東海大學中文、哲學系雙學士
中山大學哲學研究所碩士班畢業
目前就讀南韓首爾國立大學（Seoul National Uni.）西洋哲學組博士班
前任中南部救國團、社區大學韓國語講師
韓文著作《簡單快樂韓國語》、《韓語 40 音輕鬆學》（統一）
翻譯著作《用 21 個句型環遊世界》（捷徑）、《世界建築紀行》（聯經）

鄒美蘭

南韓仁川人
韓國壇國大學 EMBA 研究所畢業
韓國梨花女子大學畢業
嘉義市大同大學管理學院韓國語講師
國立嘉義大學語言中心韓國語講師
嘉義市青年救國團韓國語講師
國際獅子會口譯、國際同濟會關係顧問
從事韓文口譯、翻譯以及演講有二十餘年資歷。

【專為台灣人設計的韓國旅遊書】

旅居韓國作者，專為國人設計出來的旅行對話。

【還在支支吾吾講韓語嗎？】

還在指來指去，全書附上韓國官方認可的羅馬標音，這樣說才聽得懂。

【韓國趴趴走，這本一定夠！】

自助旅行必定遇到九大情景，三十四個小情景，開口享受道地韓國生活。

【模擬情境會話＆必備單字！】

實用句型舉一反三，輕鬆應付各種疑難雜症。

【書很輕，隨手攜帶到處玩！】

地鐵圖、旅遊重要資訊，背包客、跟團旅遊帶著玩 。

【隨書附贈中韓對照 MP3】

韓籍教師標準發音， 隨身版 MP3 帶著走、隨處聽、順口說。

實用單字全收錄：

還在死背一些沒用到的韓文單字嗎？筆者幫你挑選出自助旅行必備的詞彙。

臨時的一句話：

緊急情況、想殺價時，卻不知如何開口？筆者幫你挑選出自助旅行的一句話。

場景設計：

還在死背硬梆梆的句型？筆者幫你挑選出自助旅行九大環境，三十四小場景，內容包括出國訂機票、購物、交友以及飲食…等等，讓你也能自由開口說韓文，享受道地韓國生活。

道地的韓國接觸：

到韓國不知道要到哪裡玩嗎？還是拿本都是圖片的旅遊書到處跑，沒有跟當地韓國人開口說過半句韓文呢？趕快來使用書中的句型，來接近韓國吧！

豐富句型設計：

實況場景加上合宜的對話設計，由在韓，首爾大學博士班一陳慶德（前救國團、社區大學韓國語老師）親身留學在韓經驗，精心挑選、設計合宜國人旅遊必備用語，收錄句型將近千句。

不懂文法也能開口說：

特聘資深韓籍老師錄製重量級份量對話，邊聽邊學，邊搭配羅馬拼音，不用學文法也能背包一提，開口玩遍韓國。

超夠用！韓語單字會話醬就 Go(MP3)

作者：　趙文麗／范詩豔
出版日：2010 年 1 月 1 日
頁數：　272 頁
印刷：　全彩
定價：　249 元

作者簡介

趙文麗　中文 / 韓文 著作

韓國首爾人
韓國東國大學 (英語英文學系)
日本東京筑波日本語學院
現職 專業韓文譯者 (民國九十年起 迄今)
口譯經歷：
行動電視暨廣播傳輸國際研討會
台北國際圖書展好書評審
亞州表演藝術節研討會
韓國國立藝術團表演演出
國際資訊、網路及通訊技術整合研討會

范詩豔　資料搜集 / 英文翻譯

台灣台北人
MBA, Saginaw Valley State University, MI, USA
兼職英文講師及英文譯者，翻譯文件包括法律合約條款、專利文件、企管教育訓練手冊、股東會議紀錄、年報…
行動派，喜歡嘗試各種挑戰刺激、自助旅行、遊歷各國結交朋友、吃喝玩樂、無樂不歡…

就算不懂韓文，也能開開心心的將韓國玩透透！！

本書以最標準的「羅馬拼音」與最貼心的「注音符號」，協助您輕輕鬆鬆唸出一口流利的標準韓語，萬一真的韓語還是無法溝通時，別擔心還有世界的共通語言「英文」挺你度過難關。

本書就出國旅途上會遇到的情況加以歸納分類：

一、常用單字：出國旅遊篇、日常生活篇、韓國生活會話體驗篇

二、旅遊會話：找行李、找客運、在飯店…

三、韓語會話公式：問路、購物、點餐…

在你快速學會韓語單字的同時，搭配幾句實用的旅遊會話，再加以靈活運用最後單元精選的『韓語會話公式』，將所學的單字套進簡單的公式裡，就可以輕鬆模擬真實情況，快樂的在全韓國暢遊無阻。

心動了嗎？一同來體驗韓國這個美麗國度吧！

國家圖書館出版品預行編目(CIP)資料

韓語動詞形容詞黃金方程式 / 鄭吉成 作. -- 初版. --
臺北縣中和市： 智寬文化，民99. 12
面； 公分
含索引
ISBN 978-986-86763-2-9(平裝附光碟)
1. 韓語 2. 詞彙
803.22 99025867

韓語學習系列 K003
韓語動詞形容詞黃金方程式
2011年2月 初版第1刷

編著者 鄭吉成
審訂者／錄音者 金貞淑
出版者 智寬文化事業有限公司
地址 新北市235中和區中山路二段409號5樓
E-mail john620220@hotmail.com
電話 02-77312238・02-82215078
傳真 02-82215075
排版者 菩薩蠻數位文化有限公司
印刷者 永光彩色印刷廠
總經銷 紅螞蟻圖書有限公司
地址 台北市內湖區舊宗路二段121巷28號4樓
電話 02-27953656
傳真 02-27954100
定價 台幣320元
郵政劃撥・戶名 50173486・智寬文化事業有限公司